Christopher West The Sauria Trading Company 1912 London England

JAY JAY BURRIDGE

# SUPER SAURIER

## KAMPF DER RAPTOREN

JAY JAY BURRIDGE

# SUPER SAURIER

## KAMPF DER RAPTOREN

Aus dem Englischen von Rainer Schumacher

BAUMHAUS

Weitere Bücher von Jay Jay Burridge sind bei Baumhaus in Vorbereitung.

FSC
www.fsc.org
MIX
Papier aus verantwortungsvollen Quellen
FSC® C014496

Titel der englischen Originalausgabe:
»Supersaurs – Raptors of Paradise«

Für die Originalausgabe:

Die englische Originalausgabe erschien 2017 bei Supersaurs,
an imprint of Bonnier Zaffre, London


Für die deutschsprachige Ausgabe:

Umschlaggestaltung: FAVORITBUERO, München
in Anlehnung an das englische Original
Illustrationen: Chris West und Jay Jay Burridge

Satz: Götz Rohloff – Die Buchmacher, Köln
Gesetzt aus der Adobe Jenson
Druck und Einband: GGP Media GmbH, Pößneck

Printed in Germany
ISBN 978-3-8339-0709-8

5 4 3 2 1

Sie finden uns im Internet unter www.baumhaus-verlag.de
Bitte beachten Sie auch www.luebbe.de

Für Maus, Bär und Fuchs
und all die anderen Kreaturen
in meinem Leben.

# PROLOG

## DER ANFANG DER NAHRUNGSKETTE

*– Irgendwo tief im Regenwald –*

Der Morgen war schon weit fortgeschritten, als ein Mann die Lichtung betrat und eine gefleckte dunkelgraue Feder aufhob. Dann inspizierte er das Ding, das schlaff vor ihm hing. Kopfüber und mit einem Bein in der Schlinge drehte sich die große, gefiederte Gestalt langsam herum. An dem freien Bein war deutlich die rasiermesserscharfe Klaue zu sehen. Schließlich richtete der Mann den Blick auf die eisblauen Augen.

Der Mann beugte sich vor und schaute genauer hin. Plötzlich schnappte der Raptor mit seinen mächtigen Kiefern nach ihm. Der Mann stolperte zurück und schrie vor Schreck.

»Alles in Ordnung dahinten?«, verlangte eine barsche Stimme zu wissen.

»Tut mir leid, Boss. Der lebt ja noch!« Der Mann zog seinen Revolver. »Soll ich ihn erledigen?«

»Nein. Den will ich lebend …«

NEW TOWN,
WOKAN, ARU-INSELN
DIE MOLUKKEN IM OSTEN INDONESIENS 1932

# 1

## ANKUNFT MIT DEM BOOT

*– Nach einer Menge Nichtstun –*

Beatrice Kingsley schreckte inmitten eines Gewirrs von Tauen und altem Segeltuch aus dem Schlaf. Die Maschinen der Orca hatten ihre Tonlage geändert. Das kleine, stark überladene Dampfboot wurde langsamer, und das hieß … Land in Sicht! Bea setzte sich rasch auf, blinzelte den Schlaf aus den Augen und schaute in die mondlose Nacht hinaus. Draußen war alles schwarz. Nur die Sterne und die Lichter an Bord der Orca waren zu sehen. Dann stieg Bea der unverkennbare feuchte Geruch des Waldes in die Nase, der von der näher kommenden Insel kam. Es war berauschend.

»Bea? Bist du wach?«, dröhnte eine tiefe Stimme aus dem Steuerhaus.

»Ja, Käpt'n!« Barfuß sprang Bea die Stufen zu Käpt'n Woods hinauf, der im schummerigen Licht der Lampen an seinem Kartentisch stand.

»Aye, das habe ich mir schon gedacht. Los jetzt. Mach dich nützlich.« Er deutete auf eine schwere Rolle Tau. »Ich werde uns reinbringen, aber du musst auf den Pier springen und die Leine um einen Poller ziehen. Und fall bloß nicht rein!«

Die Orca näherte sich einem wackeligen, alten Steg. Träge baumelte eine Laterne an der Reling, doch die Schwärze der Nacht wich ohnehin allmählich dem Grau der Morgendämmerung. Bea ging so weit nach vorne wie sie konnte und stellte einen Fuß auf die Reling, bereit zum Sprung.

»Ich kann von hier nicht viel sehen, Bea. Du musst mich reinlotsen.«

»Weiter geradeaus, Käpt'n. Wir sind fast da«, rief Bea zurück. »Ich springe in drei … zwei …« Geräuschlos landete sie mit dem Tau in der Hand auf den Holzplanken und schlang es um einen Pfosten. Kurz darauf legte das Boot sanft an. Sie waren endlich angekommen.

»Sehr gut, Bea. Jetzt knote es am Bug fest. Wenn du fertig bist, werfe ich dir die Heckleine zu.«

Zwei Minuten später war die Orca festgemacht. Bea wischte sich die Hände an ihrem Baumwollrock ab und schaute die Anlegestelle hinunter. Endlich wieder festen Boden unter den Füßen! Zwei Tage und Nächte in der Enge der Orca auf dem Weg von Papua waren gerade so zu ertragen gewesen. Jetzt wollte Bea erst einmal auf Entdeckungstour gehen und die Zeit an Land so gut wie möglich nutzen. Dabei hatten sie gerade erst die Hälfte ihrer Reise zurückgelegt. Es würde noch mal so lange dauern, bis sie wieder daheim in England waren.

»Nicht schlecht für eine Landratte. Du bist tatsächlich besser zu gebrauchen als mein fauler Haufen.« Käpt'n Woods streckte die Hand aus, um Bea wieder an Bord zu helfen.

»Soll ich die anderen wecken und ihnen Bescheid sagen, dass wir da sind?«, fragte Bea.

»Nein, nein. Lass ihnen ihren Schönheitsschlaf. Jetzt wird erst mal ohnehin nichts passieren. Tatsächlich könnte ich auch eine Mütze Schlaf vertragen. Dir würde das übrigens auch nicht schaden. Leg dich ruhig wieder hin.«

Der Kapitän warf sich in seine Hängematte, zog den Hut ins Gesicht und war getreu seinen Worten nach wenigen Sekunden eingeschlafen.

Bea war jedoch hellwach. Das Beste, dachte sie, wäre wohl, wenn sie sich ein wenig nützlich machen würde. Ihr Gepäck sowie das ihrer Großmutter und von Theodore waren als Letztes eingeladen worden, und deshalb mussten sie jetzt als Erstes wieder von Bord. Bea machte sich an die Arbeit. Ihr Gepäck war leicht. Es bestand aus einem kleinen Koffer mit ein paar Wechselsachen. Ansonsten hatte sie nur noch ihre Reitklamotten mitsamt Stiefeln dabei, für den Fall, dass sie doch einmal machen konnte, was sie wollte. Vielleicht fand sie ja sogar jemanden mit einem Allosaurus, der sie reiten lassen würde. Ursprünglich hatte Bea noch einen zweiten Koffer voller hübscher, feiner Kleider dabeigehabt, doch den hatte sie irgendwann einfach verschwinden lassen. Bunty, ihre Großmutter, hatte sie gezwungen, die Sachen einzupacken, doch darin konnte man weder rennen noch reiten.

In der Schule glänzte Bea vor allem in Naturwissenschaften und Kunst. Deshalb hatte ihre Großmutter sie auch als offizielle Zeichnerin und Chronistin auf diese Reise mitgenommen. Beas Leidenschaften waren keine Überraschung, wenn man die Bibliothek ihres Vaters betrachtete mit all ihren Informationen, Diagrammen und Illustrationen. Ihre Freunde neckten sie oft, weil sie nicht das geringste Interesse an aktuell beliebten Romanen oder Schulgerüchten hatte. Bea interessierten nur Fakten.

In ihrer Umhängetasche hatte sie ihr Handwerkszeug: ein kleines Notizbuch, ein Skizzenbuch, in dem sich schon viele bunte Zeichnungen befanden, und ihr zerschlissenes Federmäppchen mit dem großen Loch in der Mitte. Das musste sie dringend flicken. Auch eine Kordel voller Markierungen gehörte zu ihrer Ausrüstung, mit der man Dinge messen konnte, sowie ein wenig Klebstoff für den Fall, dass man die Kordel festkleben musste. Und zu guter Letzt war da noch ein Zinnkästchen mit Pinseln und Wasserfarben, um ihre Zeichnungen zum Leben zu erwecken.

Beas Großmutter Bunty hingegen pflegte ihre Sachen nach einem anderen System zu packen. Jeder ihrer drei Koffer war groß genug, um in ihn hineinzuklettern, und sie enthielten eine verwirrende Vielfalt an Korsetts, Unterröcken und Hüten. Offenbar galt das als »leichtes Gepäck«, aber wie Bea oft ermahnt wurde, »weiß man nie, was kommt«. Und dem Gewicht der Koffer nach zu urteilen, rechnete Bunty mit allem bis hin zum Weltuntergang. Schließlich musste man auch zur Apokalypse korrekt gekleidet sein.

Bunty Brownlee hatte gemeinsam mit ihrem Mann, dem verstorbenen Sidney Brownlee, in Amerika ein erfolgreiches Saurier-gestüt aufgebaut. Nach Sidneys Tod war Bunty wieder nach England zurückgekehrt, um dort Sidneys altes Gut in Oxfordshire zu übernehmen. Anschließend hatte sie ihre Farm in Kenia in eine Safari Lodge verwandelt, von der aus die Gäste die letzten frei lebenden Tyrannotitanen beobachten konnten. Heißes Klima war Bunty ebenso gewohnt, wie mit den Männern anzupacken, aber deshalb gab sie noch lange nicht ihre Prinzipien auf.

Das letzte Gepäckstück war Theodore Logans Ausrüstung: ein alter, zerschlissener Seesack aus seiner Zeit beim Militär, der sein gesamtes Leben enthielt. Sollte er dadrin auch Wäsche zum Wechseln haben, dann sah sie vermutlich genau so aus wie das, was er anhatte. Seit Bea ihn kannte, trug er das Gleiche. Es war sogar durchaus möglich, dass er mit seinem Cowboyhut schlief.

Kleider waren Theodore aber ohnehin nicht wichtig. Für ihn zählten nur sein Messer, sein Hut und seine Pistole – in der Reihenfolge –, gefolgt von seiner Überlebens- und Erste-Hilfe-Ausrüstung. Er hatte im Weltkrieg gekämpft und dabei ein paar harte Lektionen gelernt. Seitdem war er noch besser auf alles vorbereitet als Bunty.

Theodore arbeitete schon ewig für Bunty. Sie und ihr verstorbener Mann Sidney hatten ihn bei sich aufgenommen, nachdem sie ihn als blinden Passagier auf ihrem Schiff erwischt hatten. Damals war er ein schmächtiger und abgemagerter Junge gewesen, der dem harten Leben in den Docks von London entfliehen und in die Neue Welt auswandern wollte: nach Amerika. Jetzt glich er mehr einem Cowboy als einem Straßenjungen – wenn auch mit Cockney-Akzent, der in den Arbeitervierteln der englischen Hauptstadt gesprochen wurde. Den beiden Frauen war er stets ein zuverlässiger Begleiter.

Bea fand einen kaputten Gepäckwagen am Pier, auf dem sie die Koffer stapeln konnte. Dann setzte sie sich oben drauf, ließ die Beine baumeln und beobachtete den Sonnenaufgang. Zuerst war da im ersten Licht des Tages die Silhouette der Insel am anderen Ende des Piers zu sehen. Dann ging endlich die Sonne am Horizont auf und tauchte Bea und die Orca in ein Meer aus geschmolzenem Gold. Schließlich wanderte das Licht eine Planke nach der anderen den Pier hinauf, bis es die kleine Stadt dahinter erreichte.

Ein paar Mannschaftsmitglieder kletterten an Deck, streckten sich und gähnten. Auf Zehenspitzen schlichen sie am schnarchenden Kapitän vorbei und schenkten sich den Kaffee ein, den Bea gekocht hatte. Dankbar nickten sie ihr zu. Doch alles Gute hatte mal ein Ende. Plötzlich riss Käpt'n Woods die Augen auf und richtete sich so schnell auf, dass er mit einem Schrei aus der Hängematte fiel. Da wusste Bea, dass Bunty an Deck kam.

»Guten Morgen, Herr Kapitän. Warum liegen Sie denn unter Ihrer Hängematte? Ah, Beatrice, Liebes, da bist du ja. Bitte, sei so lieb, und hol einen Gepäckträger.«

»Ich glaube nicht, dass das so eine Art von Hafen ist, Oma«, erwiderte Bea und deutete auf den leeren Pier. Ein junger Matrose reichte Bunty eine Tasse Kaffee und duckte sich rasch weg.

»Da irrst du dich, Liebes. Gepäckträger gibt es in allen Häfen dieser Welt. Man muss sich nur darum kümmern. Und wäre es wirklich so schlimm gewesen, wenn du ein wenig geholfen hättest?«, fuhr Bunty fort. »Du hättest ruhig diesen Kaffee kochen können, anstatt da auf unseren Koffern zu hocken. Wenigstens waren die Matrosen fleißig.«

Bea öffnete den Mund, um sich über den ungerechten Vorwurf zu beschweren, doch dann schloss sie ihn wieder. Sie hielt es für besser, nicht zu viel Staub aufzuwirbeln … jedenfalls nicht so früh am Morgen. Stattdessen holte sie mürrisch ihren Notizblock heraus und schrieb: 1.) Mach keinen Kaffee mehr. NIE WIEDER!

Theodore Logan schob sich mit gesenktem Kopf vorsichtig durch die Kabinentür. Die Orca war eindeutig für kleinere Menschen gebaut. Er winkte Bea mit seinem Hut und folgte seiner Nase zur Kaffeekanne.

»Das riecht genau, wie ich es mag. Offenbar habt ihr endlich herausgefunden, wie man echten Kaffee kocht.« Er schüttelte dem Kapitän die Hand. »Wilbur. Danke für die Fahrt, Kumpel. Wir werden uns jetzt vom Acker machen. In ein paar Tagen kommen wir dann wie verabredet wieder zurück.«

Viele Menschen mochten Theodore Logan instinktiv, und Kapitän Woods bildete da keine Ausnahme. Im Laufe der letzten Nächte hatten sie so manch einen Schluck von Theodores geliebtem Single Malt Whisky geteilt. Und der Kapitän hatte zu diesen Anlässen ein paar Flaschen Rum beigesteuert … eine Kombination, die zu einem freundlichen Wettstreit darüber geführt hatte, wer die spektakuläreren Geschichten zu erzählen hatte. Soweit es jedoch Bea betraf, hatten sie und Bunty die Seereise über so gut wie nichts getan.

Theodore eilte zu Bunty, um ihr vom Schiff und auf den Pier zu helfen. Dem schlanken Matrosen, der das übernehmen wollte, winkte er zu gehen.

»Ich mach das schon. Du hast schon genug getan. Diese Taschen sind bestimmt schwerer, als sie aussehen. Bea, kümmere dich mal um Bunty, während ich uns einen Gepäckträger suche.« Und mit diesen Worten marschierte Theodore davon.

Die Ankunft auf Aru, der letzten Station dieser epischen Plackerei von einer Reise, war die größte Enttäuschung, die Bea bis jetzt erlebt hatte, dachte sie und schaute sich in dem menschenleeren Hafen um. Eigentlich hätte sie sich in den Sommerferien mit ihren Freundinnen in Oxfordshire vergnügen sollen, irgendwo auf dem Land, wo sie Duster, ihren geliebten Allosaurus, reiten konnte. Aber stattdessen hatte man sie um die halbe Welt zu den Gewürzinseln geschleppt, mit Zügen, Flugzeugen, Automobilen und schließlich mit der Orca, einem stinkenden, beengten, alten Lastkahn.

Doch hier waren sie nun mal: Oma, die wie immer Hilfe brauchte, um vom Schiff zu kommen, Theodore, der Bunty um die ganze Welt folgte, um sicherzustellen, dass ihr beim Vonbordgehen nichts passierte, und Bea. Sie schrieb: 2.) Geh auf kein Schiff mehr. NIE WIEDER! Und eine Minute später fügte sie in Klammern hinzu: (Es sei denn, es ist das erstbeste Schiff nach Hause).

Bea seufzte. Das versprach wieder, so ein Tag zu werden. Bea liebte Bunty und Theodore von ganzem Herzen, aber manchmal brachten sie sie einfach auf die Palme, und wichtige Entscheidungen besprachen sie ohnehin nie mit ihr. Auch von dieser Reise hatte man ihr erst vor einem Monat erzählt. Bunty hatte gesagt, das sei eine gute Gelegenheit, viele der exotischen Orte und Kreaturen kennenzulernen, mit denen die Bücher von Beas Vater gefüllt waren. Doch allein die Fahrt hierher war schon so beschwerlich gewesen, dass sie das nicht mehr genießen konnte. Bea seufzte erneut. Manchmal vermisste sie ihre Eltern mehr, als sie ertragen konnte.

Bunty fühlte Beas Stimmung, und so versuchte sie, ihre Enkelin aufzuheitern. »Erinnerst du dich noch an diesen wunderbaren Federhut, den dir deine Großtante Geraldine gegeben hat? Den, der leider mit deinem anderen Koffer verloren gegangen ist? Nun, der kam von hier.«

»Ich dachte, sie hätte ihn in der Burlington-Galerie in London gekauft«, erwiderte Bea mürrisch.

»Nun ja, da hat sie ihn gekauft, aber die wundervollen Federn stammten von hier. Wer weiß? Vielleicht haben wir ja Glück und sehen ein paar Paradiesraptoren, solange wir hier sind. Wenn du genug Federn sammelst, könntest du dir ja selbst einen machen, sobald wir wieder daheim sind.«

»Ich kann es kaum erwarten«, knurrte Bea.

Nach ein paar Minuten kehrte Theodore wieder zurück.

»Gute Neuigkeiten. Ein Gepäckträger – oder so was in der Art – ist schon auf dem Weg. Ich habe allerdings keine Ahnung, wann er hier sein wird. Anstatt zu warten, können wir uns ja ein wenig in der Stadt umsehen. Ich werde den Kapitän bitten, unsere Sachen im Auge zu behalten. Nun denn, Bunty … Die Post ist direkt die Straße rauf.«

»Ich würde lieber hierbleiben«, sagte Bea rasch. Sie wollte einfach ein wenig allein sein.

Theodore und Bunty schauten einander kurz an, dann antworteten sie im Chor: »Toll!«

»Wirklich?« Bea war verwirrt. Sie sagten nie Ja zu ihren Plänen.

»Aber natürlich, Liebes«, sagte Bunty. »Bleib du nur, und warte auf den Gepäckträger. Wir werden nicht lange fortbleiben. Ich will mir nur ein wenig die Beine vertreten und einen Brief aufgeben, bevor es zu heiß wird.« Bunty lächelte Bea übertrieben an. Dann öffnete sie zum Schutz vor der Sonne ihren Schirm und hakte sich bei Theodore unter.

Bea schaute ihnen hinterher und runzelte die Stirn. Irgendetwas stimmte nicht.

# 2

## ELF JAHRE VERSPÄTUNG

*– Post von den Gewürzinseln kommt immer an –*

Mit strammen Schritten folgten Theodore und Bunty den Geräuschen, Gerüchen und der immer breiter werdenden, staubigen Straße in die Stadt. Die meisten Einheimischen hielten kurz in ihrer Arbeit inne, um die Neuankömmlinge zu begutachten. Bunty lächelte ein Kind an, das gerade versuchte, seinem Vater dabei zu helfen, mit Palmzweigen ein Paddock für zwei Kurzhorntriceratopse auszukleiden. Ohne dass der Junge es merkte, landeten einige der Palmzweige auf einem exotisch aussehenden Oviraptor, der daraufhin verzweifelt versuchte, seine Jungen vor den fallenden Blättern in Sicherheit zu bringen.

Als sie um eine Ecke bogen, rief Theodore, Bunty solle den Blick abwenden. Zu spät. Bunty sah mit eigenen Augen, wie ein Metzger den Kadaver eines Triceratopskalbs zerhackte. Blut spritzte auf die silberne Haut des toten Tiers und tropfte in eine Metallwanne unter dem Tisch.

Die Hitze und der Anblick des Metzgers machten Bunty sichtlich zu schaffen. »Sollen wir uns etwas Wasser holen, Theodore?«, fragte sie und deutete zu einem Hadrosaurus, der zwei große, undichte Fässer an den Seiten trug und geduldig neben seinem Besitzer wartete.

Verstohlen murmelte Theodore: »Dieses Wasser stammt vermutlich aus derselben Quelle, in der sich die Hadrosaurier suhlen. Es hat schon einen guten Grund, warum es in der Bar den ganzen Tag über Alkohol gibt: keine Keime.« Dann nahm er die Feldflasche von seinem Gürtel und bot sie Bunty an. Dankbar trank sie einen Schluck.

Als sie das Postamt erreichten, war zum Glück nichts mehr von Metzgern oder verdorbenem Wasser zu sehen, aber an der Tür hing ein Schild mit der Aufschrift: Geschlossen. Theodore blieb draußen, doch Bunty ignorierte das Schild einfach und drückte die Klinke herunter. Die Tür knarrte, als Bunty das Postamt betrat, begleitet von einem rasiermesserscharfen Sonnenstrahl, der einen hellen Strich auf den Boden warf. Buntys Duft nach Rosen strömte in den Raum, ihr Parfüm war eine Seltenheit in der feuchten Hitze von Aru.

Zielstrebig marschierte sie zum Tresen. Sie straffte die Schultern, blähte die Wangen, strich über ihren Glücksbringer an der Halskette und schlug auf die Klingel. Das Geräusch war leise,

POSTAM

aber es führte zu einem gewaltigen Donnerwetter, das aus dem Schatten hinter dem Tresen kam.

»Was soll das, du armseliger Witzbold? Kann man hier nicht mal in Ruhe meditieren? Wenn du die Glocke noch einmal anfasst, dann drehe ich dir nicht nur die Nase um!«

Bunty konnte der Versuchung einfach nicht widerstehen und schlug ein weiteres Mal auf die Glocke. Dann wich sie einen Schritt zurück und wartete darauf, was passieren würde. Sie wurde nicht enttäuscht.

Hinter dem Tresen schoss eine Masse leuchtend bunter Federn inmitten kohlrabenschwarzen Haars empor, begleitet von einer Flut an Flüchen und Beleidigungen in mindestens fünf verschiedenen Sprachen.

Doch statt eines hirnlosen Witzbolds auf der anderen Seite des Tresens fand die Postbeamtin (denn das war sie) eine bodenständige englische Lady, die von Kopf bis Fuß in eleganter Reisekleidung steckte. An ihrem Arm hing ein Sonnenschirm, und sie war sichtlich amüsiert.

Die Postbeamtin kreischte, verschwand noch einmal hinterm Tresen, und nach ein paar Sekunden voller Rascheln und Fluchen tauchte sie wieder auf. Jetzt trug sie einen blauen Arbeitskittel, auf dem »Internationale Post der Gewürzinseln« stand, und dazu einen offiziell aussehenden Hut, der die Federn in ihrem Haar recht nett betonte.

»Ähem«, sagte sie. »Bitte, entschuldigen Sie die kurzfristige Unterbrechung unserer Dienstleistungen, Madam. Wie kann ich Ihnen behilflich sein?«

»Guten Morgen«, erwiderte Bunty. »Es tut mir leid, dass ich Sie geweckt habe, aber ich konnte der Versuchung einfach nicht widerstehen, noch einmal auf die Glocke zu schlagen.«

»Aber das macht doch nichts, Madam. Ich bin nur froh, dass Sie nicht dieses elende Abziehbild eines Sohnes sind, Shuggy. Ständig isst er gezuckerten Ingwer und haut auf die Glocke, anstatt seiner armen Mutter bei der Arbeit zu helfen. Sind Sie neu auf der Insel? Ich habe ein paar Zimmer zu vermieten.«

Bunty hatte das »Zimmer zu vermieten«-Schild draußen schon gesehen, aber das war nicht akzeptabel.

»Danke, aber das ist nicht nötig. Ich habe jedoch gehofft, dass Sie mir helfen können. Es geht nämlich um einen Brief, wissen Sie?«

»Dann sind Sie hier genau richtig, Madam. Das hier ist schließlich nicht nur ein Gemischtwarenladen, sondern auch ein Postamt.«

»Jaja, aber Sie müssen wissen, dass es nicht einfach nur irgendein Brief ist. Und ich habe ihn bereits bekommen … Ich meine, er ist an mich geschickt worden … nach Hause, in England.«

»England? Oh! Wie geht es Ihrem gut aussehenden König? Ich habe ein paar seiner Briefmarken hier.«

Bunty schüttelte den Kopf. »Ich bin sicher, unserem König geht es gut. Vielen Dank. Offenbar habe ich mich nicht klar genug ausgedrückt. Der Brief ist von meiner Tochter Grace, und ich versuche, sie zu finden. Und die Briefmarke … Er ist erst vor einem

Monat angekommen, und ich bin sofort losgefahren, aber sie hat ihn vor elf Jahren abgeschickt. Bitte, schauen Sie ihn sich mal an«, bat Bunty und holte einen abgegriffenen, alten Briefumschlag voller Briefmarken aus der Tasche. »Auf dem Brief steht Februar 1921.«

Ein breites Lächeln erschien auf dem Gesicht der Postbeamtin. »Madam, es ist mir eine Ehre! Ich habe schon viele Briefe in Ihr Land verschickt, doch ich habe noch nie erlebt, dass einer wieder zurückkommt und noch dazu mit einer Person als Anhang. Aber wo sind meine Manieren? Bitte, setzten Sie sich auf meinen Bürostuhl. Dann sehen wir uns das einmal genauer an.«

In allen guten Postämtern gab es ein Vergrößerungsglas, und das Hauptpostamt der Gewürzinseln bildete da keine Ausnahme. Die hiesige Amtsleiterin trug ihres – eine wunderschöne Lupe mit Elfenbeingriff, die fast genauso alt aussah wie ihre Besitzerin – an einer dicken Kordel um den Hals. Sie setzte sich neben Bunty an den Schreibtisch, hielt sich die Lupe vors Auge, musterte den Briefumschlag und murmelte vor sich hin.

Schließlich richtete sie sich wieder auf, rückte ihren Hut zurecht und verkündete: »Ja, Lady Brownlee, dieser Brief stammt tatsächlich von hier. Er muss schon vor vielen Jahren aufgegeben worden sein, doch durch Zufall hat er mich in meiner offiziellen Funktion erst vor sechs Monaten erreicht.«

»Sehen Sie?«, erwiderte Bunty ungeduldig, ihre Stimme klang für sie ungewöhnlich zittrig. »Und ich versuche nun herauszufinden, was damit passiert ist.«

»Was damit passiert ist? Meine Liebe, er ist an Sie geschickt worden, und dann haben Sie ihn wieder hergebracht. Er liegt genau hier. Auf meinem Schreibtisch. Bitte, schauen Sie mich nicht so aufgebracht an.« Die Postbeamtin tätschelte Bunty die Hand. »Sie haben eine lange Reise hinter sich, es ist heiß, und Sie sind aufgeregt. Warum erzählen Sie mir nicht einfach alles von Anfang an? Dann werden wir der Sache gemeinsam auf den Grund gehen.«

Die Postbeamtin begriff, dass hier anscheinend etwas Wichtiges vor sich ging. Also nahm sie ihre Dienstmütze ab, ersetzte ein paar Federn in ihrem Haar, und schließlich machten sich die beiden älteren Damen an die Arbeit.

»Dieser Brief … Ist das der Grund, warum Sie hier sind?«

»Ja.«

»Und er hatte Verspätung?«

»Das kann man wohl sagen. Elf Jahre.«

»Und sind Sie jetzt hier, um eine formelle Beschwerde einzureichen?«

»Nein, nein. Bitte, verstehen Sie mich nicht falsch. Ich will nur wissen, warum er zu spät gekommen ist. Meine Tochter hat ihn mir geschickt … und zwar laut Stempel ein paar Tage, nachdem sie und ihr Mann verschwunden sind. Bis zu diesem Brief habe ich immer geglaubt, nie mehr von ihr zu hören. Er hat uns wieder Hoffnung gegeben. Ich wage es gar nicht, meiner Enkelin davon zu erzählen … Sie glaubt, wir seien nur hier, um uns die Tiere anzusehen. Theodore, ein Freund meines Mannes – er ist draußen –, und ich sind die letzten elf Jahre durch die ganze Welt gereist und haben versucht herauszufinden, was mit meiner Tochter und ihrem Gatten geschehen ist.«

»Und jetzt sind Sie hier.«

»In der Tat. Und jetzt sind wir hier.«

»Sie arme Frau. Kein Wunder, dass Sie so aufgeregt sind. Ich fürchte nur, ich werde Ihnen nicht viel helfen können. Sie müssen nämlich wissen, wir hätten ihn gar nicht gefunden, wäre Shuggy nicht von der Leiter gefallen.«

»Wie meinen?«

»Von der Leiter. Hinten. Der alte Postmeister ist … Nun, ja … Er ist gefressen worden, und ich habe das Amt vor fünf Jahren übernommen. Und der Brief ist in einer alten Konservendose gefunden worden neben der, in der ich Shuggys Ingwer versteckt habe. Der kleine Tunichtgut ist nachts runtergeschlichen, um sich einen Snack zu klauen. Dabei hat er die andere Dose umgeworfen, ist von der Leiter gefallen und hätte sich fast den Arm gebrochen. Der Lärm hat mich geweckt, und ich bin mit meiner alten Machete runter. Ich dachte, da wäre ein Einbrecher, und den wollte ich in kleine Stücke hacken … IN KLEINE STÜCKE! HAST DU DAS GEHÖRT, SHUGGY?«, brüllte sie plötzlich nach hinten.

»Jaja«, sagte Bunty. »Und in der Dose war …?«

»Da lag er. Neben dem Ingwer. Auf dem Boden. Die Dose ist aufgegangen, als sie auf den Boden geknallt ist, und raus fiel dieser alte, nicht verschickte Brief. Damit es schneller geht, habe ich noch ein paar zusätzliche Briefmarken draufgeklebt – auf eigene Kosten natürlich – und ihn abgeschickt.« Sie hielt kurz inne und nickte vor sich hin. »Immerhin bin ich die Postbeamtin hier.«

Bunty suchte nach einer passenden Antwort darauf, doch alles, was ihr einfiel, war: »Oh … Jaja … Schulde ich Ihnen irgendetwas für die Briefmarken? Die sind wirklich schön.«

»Nein, nein! Der Brief mag zwar Verspätung gehabt haben, aber die Post der Gewürzinseln kommt immer an.«

»Das zumindest ist mir jetzt auch klar«, erwiderte Bunty wehmütig. »Einen Moment. Ich will Ihnen etwas zeigen.« Sie grub in ihrer Handtasche und holte einen kleinen, ausklappbaren Fotorahmen heraus. »Sehen Sie? Das da sind meine Tochter und ihr Mann. Das andere Bild zeigt meinen verstorbenen Mann, Sidney. Himmel, es kommt mir wie gestern vor, dass ich sie zum letzten Mal gesehen habe.«

Vorsichtig nahm die Postbeamtin das Foto mit beiden Händen und schaute es sich lange an. »Sie ist wirklich hübsch«, bemerkte sie schließlich. »Und sie sieht Ihnen ja so ähnlich. Was für ein schönes Brautkleid. Traumhaft. Für einen Ort wie diesen hier ist das zwar ein wenig verrückt, aber schön. Es tut mir ja so leid, dass ich Ihnen nicht weiterhelfen kann. Was werden Sie jetzt tun?«

Bunty steckte die Fotos wieder in ihre Tasche und lächelte tapfer. »Na ja, wenn man den weiten Weg schon fährt, dann sollte man sich auch den Dschungel ansehen. Alles andere wäre Irrsinn. Unser Begleiter Theodore sucht gerade einen Führer. Vielleicht bekommen wir ja sogar ein paar Paradiesraptoren zu Gesicht. Anschließend geht es dann wieder heim. Das hier war unsere letzte Hoffnung. Danke, dass Sie mir zugehört haben … und tut mir leid, dass ich Sie gestört habe.«

Bunty drehte sich um und war schon fast an der Tür, als die Postbeamtin sie wieder zurückrief. »Einen Moment, Madam! Vielleicht haben Sie ja nur die falsche Person gefragt. Gehen Sie draußen nach rechts, und ein paar Gebäude weiter finden Sie das Kontor.« Sie deutete durchs Fenster. »Fragen Sie nach Hayter. Vermutlich schmollt er oben in seinem Büro.«

»Wirklich? Wer ist dieser Hayter denn?«

»Hayter glaubt gerne, dass er hier das Sagen hat, und das reibt er auch jedem unter die Nase. Er ist wie ein Blutegel, der allen hier das Leben aussaugt.« Sie knurrte. »Ein richtig fieser Kerl … Nichts kommt auf diese Insel oder verlässt sie wieder, ohne dass er davon erfährt. Wahrscheinlich weiß er auch bereits von Ihnen. Und es wird ihn ziemlich ärgern, dass Sie nicht zuallererst ihn aufgesucht haben.«

Bunty schützte ihre Augen mit der Hand vor der Sonne und schaute kurz durchs Fenster zum Kontor. »Was genau wird dort gehandelt?«, fragte sie.

»Das werden Sie schon herausfinden, sobald Sie reingehen. Hayter nimmt die Insel nun schon seit Jahren aus. Gott allein weiß, was er damit alles macht. Aber wie auch immer … Ich muss wieder zu Shuggy und der Post. Die verschickt sich schließlich nicht von selbst.« Sie zwinkerte.

»Danke noch mal. Dann werde ich mal sehen, ob Mr. Hayter mir helfen kann. Auf Wiedersehen.«

Draußen, im Schatten, wartete Theodore. Er hockte neben ein paar Käfigen und hatte die Feldflasche in der Hand.

»Und?«, fragte er. »Glück gehabt?«

»Nicht wirklich.« Bunty seufzte. »Die Frau war zwar sehr nett und hilfsbereit, aber damals war sie noch nicht bei der Post. Sie hat den Brief nur durch Zufall gefunden. Elf Jahre lang habe ich jeden Tag auf den Briefkasten gestarrt und mich gefragt, warum keine Briefe mehr kommen. Ich habe ständig daran gedacht.« Bunty seufzte erneut. »Was um alles in der Welt ist das denn für ein seltsam aussehender Saurier?«

Theodore bückte sich zu der Kreatur im Käfig hinunter. »Einen von denen habe ich schon mal in Australien gesehen. Das ist kein Saurier, sondern ein Vogel. Ein Kasuar. Er sieht zwar harmlos aus, hat aber ein ziemliches Temperament und verdammt scharfe Krallen.«

»Bist du sicher, dass das nicht einer dieser merkwürdigen, kurzschwänzigen Oviraptoren ist, die wir eben schon gesehen haben?«, fragte Bunty.

Theodore schüttete sich ein wenig Wasser in die Hand und bot es dem Tier durch die Gitterstäbe hindurch an. »Ja, da bin ich mir sogar ziemlich sicher. Die Oviraptoren imitieren diese bösartigen, einheimischen Vögel nur, damit Raubtiere es sich zweimal überlegen, bevor sie sie angreifen«, erklärte er weiter. Dann jedoch, obwohl er das Gefühl hatte, Bunty wollte absichtlich vom eigentlichen Thema ablenken, fragte er trotzdem: »Und? Konnte die Postbeamtin dir sagen, warum der Brief so lange gebraucht hat? Wäre er nämlich früher eingetroffen, hätte ich es mir sparen können, ein Jahr lang in Australien zu suchen.«

Bunty schaute zu dem verrosteten Wellblechdach des heruntergekommenen Postamts hinauf. Dann drehte sie sich zu dem Kontor die Straße runter um. »Shuggy hat Ingwer geklaut und ist von der Leiter gefallen. Hör mal, das hier ist vermutlich die letzte Spur ... Doch wir wissen noch nicht einmal mit Sicherheit, ob wirklich Gracie den Brief hier aufgegeben hat. Es könnte auch jemand anderes gewesen sein.«

»Dürfte ich wohl fragen, wer Shuggy ist?« Theodore war verwirrt. Der Kasuar trank ihm aus der Hand.

»Ach, vergiss Shuggy«, antwortete Bunty. »Die eigentliche Frage ist: Wer ist Hayter? Die Postbeamtin hat gesagt, er sei nicht gerade nett, aber er könnte uns vielleicht helfen. Lass uns kurz bei ihm vorbeischauen und dann wieder zurück zu Beatrice. Würden Sie mich da wohl begleiten, Sir?«

»Es wäre mir eine Freude, Ma'am«, murmelte Theodore, lächelte und bot Bunty den Arm an. Dann schlenderten sie gemeinsam die staubige Straße hinunter, als würden sie im Hyde Park spazieren gehen.

# 3

## CHRISTIAN HAYTER

*– Dieser furchtbare, kleine Mann –*

Zwischen den Hütten auf der verschlammten roten Dreckpiste, der sogenannten Hauptstraße, ragte das Kontor hoch empor. Die Wände waren von der Sonne schwarz verbrannt, und die kleinen, verschmutzten Fenster des Hauptgebäudes reichten bis unter das Wellblechdach. Ansonsten war das einzig Auffällige ein verwittertes Schild über der Tür, auf dem zu lesen stand:

**HANDELSKONTOR, GEGR. 1922**
**CHRISTIAN HAYTER,**
**IM DIENSTE DER GEMEINSCHAFT**

Darunter hatte irgendein Witzbold »und der eigenen Geldbörse« hinzugefügt.

Draußen, neben einem Stapel leerer Käfige und einem Haufen Sägespäne, standen zwei schnittige Ornithomimosaurier. Gesattelt und gezäumt waren sie an die Pfähle des Zauns gebunden, der fast das gesamte Gebäude umgab.

Aus dem Inneren hörten Theodore und Bunty Stimmen und das Krächzen unzähliger Tiere. Und je näher sie kamen, desto stärker wurde der Gestank. Bunty drückte sich ihr Taschentuch auf die Nase. Theodore, der in einem Schlachthof groß geworden war, konnte es besser ertragen. Er ging voran und wollte gerade klopfen, als sie einen Schrei von drinnen hörten. Einen menschlichen Schrei.

Dem folgte ein hohes Kreischen, und jemand brüllte: »SCHNAPPT IHN EUCH!« Klappern und schnelle Schritte rasten von einer Seite des Kontors zur anderen, und Staub quoll zwischen den Wandbrettern hindurch. Irgendetwas Großes stapfte auf der anderen Seite der dünnen Holzwand und ließ das Schild über der Tür des baufälligen Gebäudes beben. Die festgebundenen Mimosaurier versuchten zurückzuweichen, wurden jedoch von ihren Zügeln festgehalten.

»Setzt euch doch drauf! Drückt ihn auf den Boden, ihr Deppen!« Plötzlich hallte das hohe, durchdringende Kreischen eines verängstigten Tiers durch die Luft. Dann krachte Holz, und die Mimos, Theodore und Bunty zuckten unwillkürlich zusammen. Was auch immer dadrin los war, es war offensichtlich noch nicht vorbei.

Erneut hallte ein wütender Schrei aus dem Inneren des Kontors – »Aua! Er hat mich erwischt!« –, gefolgt von einer Flut von Flüchen. Missbilligend hob Bunty die Augenbrauen.

Plötzlich flog die Tür auf, und die ohnehin schon nervösen Mimosaurier gerieten in Panik. Zwei Männer wurden herausgeschleudert und landeten im Dreck. Es stank nach Fleisch. Einer der beiden sah ziemlich mitgenommen aus. Er blutete stark aus einer Wunde an der Stirn.

Sein rothaariger Gefährte beugte sich über ihn, packte ihn grob am Kopf und verkündete: »Ach, ein paar Stiche, dann siehst du aus wie neu.«

Bunty tippte dem Mann auf die Schulter. »Bitte, entschuldigen Sie. Mr. Hayter?«

»Wer? Ich? Nein, Ma'am. Der Boss ist drinnen. Er ist der Einzige, der noch steht. Komm, Bishop. Sehen wir mal zu, dass sie dich wieder zusammenflicken.«

Nachdem die beiden Männer davongehumpelt waren, nahm Theodore Bunty am Ellbogen und sagte: »Es wäre vielleicht besser, wenn ich diesmal vorausgehe.«

»Natürlich, Theodore. Mir fällt das Atmen ja schon schwer, vom Sprechen ganz zu schweigen.« Der Gestank von feuchtem Fell und Federn war immer stärker geworden, und jetzt mischte sich auch noch der beißende Geruch von Mist darunter.

Plötzlich verstummte das Kreischen. Dann brüllte jemand im Inneren des Kontors: »Ein Seil! Bringt mir ein Seil! Bishop, Ash, ihr Clowns ... Wo steckt ihr denn?«

Hilfsbereit wie immer stieß Theodore die Tür auf. Der Raum war riesig. Kisten und Käfige in allen möglichen Größen stapelten sich an den Wänden, und aus allen wollte sich irgendwer oder irgendwas befreien. In der Mitte, im Licht eines einzelnen Sonnenstrahls, der durch die Fenster fiel, stand ein großer, stämmiger Mann. Unter dem Arm hielt er einen großen gräulichen Raptor im Schwitzkasten. Ein Bein des Sauriers war jedoch frei, und damit trat er nun um sich und kratzte auf dem Boden. Sowohl der Saurier als auch der Mann zitterten vor Anstrengung und konnten offensichtlich Hilfe gebrauchen.

»Wer auch immer Sie sind … Ein Seil! Holen Sie mir ein Seil!«

Theodore folgte dem Blick des Mannes und entdeckte eine Seilrolle neben einem umgestürzten Schreibtisch. Rasch maß er ein paar Meter ab, zückte sein Bowiemesser und schnitt das Stück ab.

»Fertig.«

»Und jetzt binden Sie ihm damit das Maul zu. Schnell!«

Der Raptor bekam einen seiner Flügel unter dem Knie des Mannes heraus und flatterte damit wie wild, um sich zu befreien. Staub und Federn flogen durch den Raum. Der Mann drückte dem Saurier das Knie in den Rücken, um ihn festzuhalten. Währenddessen bastelte Theodore eine Schlinge aus dem Seil, warf sie dem Saurier über die Schnauze und wickelte das lose Ende fünfmal darum herum.

»Und jetzt binden Sie den Schwanz an die Schnauze.«

»Was?«, fragte Theodore.

»Schnappen Sie sich den Schwanz, und binden Sie ihn dem Vieh an den Kopf«, wiederholte der Mann übertrieben betont. »So kann er nicht mehr weglaufen, sondern nur noch im Kreis.«

»Wird ihm das nicht wehtun?«, fragte Bunty, die sicherheitshalber an der Tür geblieben war.

Der Mann starrte sie nur an. Theodore schwieg und band die Fessel. Allerdings ließ er dem Tier ein paar Fingerbreit Spielraum. Was er hier tat, gefiel ihm ganz und gar nicht, doch das war nicht der richtige Zeitpunkt für eine Diskussion.

»Und jetzt treten Sie zurück und nehmen das andere Ende des Seils. Bereit?«

Theodore stellte sich vor Bunty und schlang sich das Seil um den Unterarm. Erst jetzt stand der Mann rasch auf und wich einen Schritt zurück. Kurz wirkte der Raptor überrascht, sprang dann auf und brachte den Mann leicht aus dem Gleichgewicht. Doch da sein Kopf an den Schwanz gefesselt war, war der Raptor viel zu verwirrt, als dass er mehr hätte ausrichten können. Es sah beinah komisch aus, wäre es nicht so traurig gewesen.

Theodore hielt das Seil fest, während der Mann eine fürchterlich aussehende Waffe aus dem Gürtel zog. Es war ein langer Knüppel mit einem Kopf aus Stahl, aus dem ein brutaler, langer Haken ragte. Mit einem präzisen Schlag riss er dem Raptor die Beine unterm Körper weg. Dann, und ohne auch nur einen Moment an die rasiermesserscharfen Krallen zu denken, sprang er wieder auf das Tier drauf und packte die Beine mit seinen starken Armen.

»Ganz ruhig«, versuchte er, das Tier zu besänftigen, während er ihm den Ellbogen in die Hüfte drückte. »Bleib einfach liegen. Unser neuer Freund hier wird dir jetzt die Schnürsenkel binden.«

Der Mann schaute zu Theodore. Theodore war mit den Methoden zwar nicht einverstanden, aber sie funktionierten, und er hatte bereits eine zweite Schlinge parat. Man musste schon sehr stark sein, mutig und wohl auch ein bisschen verrückt, um mit einem wilden Supersaurier zu ringen. Theodore fragte sich, ob auf diesen Typen alles drei zutraf.

Nachdem die Arbeit erledigt war, bot Theodore dem Mann die Hand an, um ihm von dem ordentlich verschnürten Raptor aufzuhelfen. »Also, das nenne ich mal einen aufregenden Morgen.«

»Nett, Sie kennenzulernen, Kumpel. Sie haben mir den Hintern gerettet. Wie darf ich Sie nennen?«

»Theodore Logan.«

»Christian Hayter.«

Sie schüttelten sich die Hände. Keiner der beiden Männer lächelte, während sie einander musterten.

»Und das hier ist meine gute Freundin, Barbara Brownlee«, stellte Theodore Bunty vor.

»Erfreut, Sie kennenzulernen, Mr. Hayter.«

»Gleichfalls.« Hayter grub ein schmuddeliges Taschentuch aus seiner Tasche und wischte sich damit Schweiß und Dreck von der Stirn. »Was führt Sie in meinen Teil der Welt? Ich hoffe, Sie suchen Arbeit, Logan. Sie können gut mit Sauriern umgehen, und ...« Er schaute sich im Raum um. »Na ja, ich bin nicht sicher, ob Ash und Bishop noch ihren Bonus abholen werden.«

Bunty wollte etwas sagen, doch Theodore kam ihr zuvor. »Ich kenne diesen Akzent. Wie lange sind Sie schon aus London weg?«

»Wenn ich Sie so höre, dann offenbar genauso lang wie Sie, mein Freund. Und ich vermisse die Stadt kein bisschen«, antwortete Hayter. Er hob einen Stuhl auf und klopfte mit seinem Taschentuch den Staub von der Sitzfläche ... oder zumindest war das seine Absicht. Tatsächlich verteilte er ihn mehr, als dass er ihn beseitigte. »Bitte, setzen Sie sich.« Er grinste Bunty an.

»Ich stehe gerne. Danke«, erwiderte Bunty. Erneut hob sie das Taschentuch vor die Nase und atmete tief durch. »Bitte, entschuldigen Sie. Offenbar sind wir zur falschen Zeit gekommen.«

»Kein Problem ... Für Geschäfte habe ich immer Zeit«, sagte Hayter. Er stellte den Schreibtisch wieder auf und öffnete die

Tür, um frische Luft hereinzulassen. »Normalerweise handeln wir nicht auf dem internationalen Markt, aber Sie beide sehen wie Sammler aus, und da machen wir schon mal eine Ausnahme. Keine Zwischenhändler … Das ist für beide Seiten von Vorteil. Was suchen Sie?«

»Was ist das?«, fragte Bunty und deutete auf den verschnürten Saurier.

»Einen von denen wollen Sie bestimmt nicht. Das ist ein Schattenraptor. Normalerweise knallen wir die sofort ab … wenn wir sie denn überhaupt sehen, heißt das. Die sind verdammt gut im Verstecken. Und sie sind bösartig, hässlich und nicht einen Penny wert. Ihre Gefiederfarbe ist nicht gerade der letzte Schrei in der Modewelt.«

»Wenn die eher Ungeziefer sind, warum haben Sie dann einen?«, wollte Bunty wissen. Der Saurier schaute sie traurig an.

»Ich gönne meinem Haustier, einem Schwarzen Zwergtyranno, dann und wann mal Lebendfutter. Je frischer, desto besser. In jedem Fall ist es mal was anderes als stinkender Fisch, und es macht auch noch Spaß.«

Bunty verzog das Gesicht und schwieg.

In dem Versuch, seine Besucher zu einem Barkauf zu bewegen, trat Hayter zu Theodore, der gerade in einen der vielen Holzkäfige schaute.

»Was denken Sie, Logan?«

»Der hier scheint definitiv deutlich einfacher im Umgang zu sein.«

»Gute Wahl, mein Freund. Die sind auch sehr beliebt. Das ist ein Goldener Fächerschwanz. Das Gefieder ist einfach großartig. Einer der vielen Paradiesraptoren hier. Die Inseln sind voll davon.

Wir verkaufen immer mehr. Sie überleben auch die Reise besser als die größeren wie der da drüben ...« Hayter ging zu den großen Käfigen. »Das hier ist ein Riesenparadiesraptor. Der Name sagt schon alles. Normalerweise rupfen wir nur die beiden langen Schwanzfedern aus und werfen den Rest weg, aber ich habe da einen Kunden in Hongkong, der auch die grünen Kopffedern brauchen kann. Deshalb haben wir ein paar für ihn gefangen.«

Theodore folgte Hayter und schaute in den dunklen Käfig. Ein Saurier lag zusammengerollt und mitleiderregend in der Ecke. Seine langen Federn waren matt.

»Ich weiß, was Sie denken, Logan«, fuhr Hayter fort. »Sie fragen sich, ob es den Aufwand wert ist, einen von denen lebend für Ihre Sammlung mitzunehmen. Nun, um ehrlich zu sein, liegt das bei Ihnen. Normalerweise schlachten wir sie hier und frieren sie ein. In Europa werden sie dann ausgestopft. Im Augenblick ist allerdings der Generator kaputt, und wir lassen sie leben, bis die Ersatzteile da sind.« Hayter trat gegen den Käfig, und der verängstigte Saurier zog sich noch weiter in die Ecke zurück.

»Wie lange sind Sie schon in diesem Geschäft?«, fragte Theodore.

»Ha! Ich kämpfe schon mein ganzes Leben mit den Viechern. Ich habe mir meine Sporen in den Raptorengruben von Plaistow verdient, in London.« Hayter grinste. »Schauen Sie mich nicht so schockiert an, Kumpel. Nicht viele überleben das ... jedenfalls nicht mit allen Fingern!«

Theodore nickte anerkennend und korrigierte seinen ersten Eindruck von dem Mann. Auf den Typ trafen definitiv alle drei Punkte zu.

»Und wie lange sind Sie schon auf dieser Insel?«

»Hm … gut zehn Jahre. Ein Holländer hat den Laden hier lange geführt, doch dann hat er seine Lizenz verloren, und ich habe ihn übernommen.«

Theodore schaute zu Bunty. »Dann erinnern Sie sich vielleicht auch an einen guten Freund von uns, der vor einiger Zeit während seiner Reise hier Zwischenhalt gemacht hat: Franklin Kingsley, ein Amerikaner.«

Es war, als hätte jemand eine Tür in Hayters Kopf geschlossen. Anstatt sofort zu antworten, wie er es bis jetzt getan hatte, war er wie erstarrt. Dann drehte er sich weg und inspizierte einen unsichtbaren Schaden an dem Käfig.

»Tut mir leid, Kumpel. Den Namen habe ich noch nie gehört.« Als er sich wieder seinen beiden Besuchern zuwandte, war sein Blick verhärtet. »Wollen Sie nun etwas kaufen oder nicht? Ich habe viel zu tun, und dank dem Vieh hier habe ich schon genug Zeit verschwendet. Und Zeit ist Geld. Aber natürlich war es mir eine Freude, Sie kennenzulernen.« Erwartungsvoll trat er zu der offenen Tür. Das Gespräch war offenbar zu Ende.

Bunty verstand sofort. Sie nickte höflich und schob sich an dem Mann vorbei hinaus. »Vielen Dank, dass Sie sich Zeit für uns genommen haben, Mr. Hayter.«

Doch Theodore hatte noch eine Frage: »Erinnern Sie sich noch an Logans Saurierhandel auf der High Street in Plaistow?«

»Ah, Sie stammen aus Plaistow, ja? Logans … Wie könnte ich das vergessen? Der Laden hatte zwei richtig hässliche Pachys, die mich mehr als einmal fertiggemacht haben. Sie kamen mir von Anfang an bekannt vor.«

»Diese beiden Pachys waren das Beste an dem ganzen Laden.«

Kurz erschien ein Funkeln in Theodores Augen. »Lady und Champion sind das Einzige, was ich von damals vermisse. Man sieht sich, Mr. Hayter.«

»In der Tat, Mr. Logan. In der Tat. Und an Ihrer Stelle würde ich so schnell wie möglich von hier verschwinden. Es gibt hier nichts für Sie.«

Bunty und Theodore verließen den stinkenden Kontor und gingen zum Pier zurück. Bunty klammerte sich fester an Theodores Arm als sonst.

»Das war ein Fehler, Theo.«

»Was meinst du?«

»Du hättest diesem armen Raptor helfen und stattdessen diesen furchtbaren, kleinen Mann fesseln sollen.«

»Ja, da hast du wohl recht, Bunty. Komm. Lass uns Bea suchen. Wir haben viel vor.«

# 4

## SAMMY, DER GEPÄCKTRÄGER

*– Neun Jahre alt, aber nicht neun Jahre jung –*

Kaum waren Bunty und Theodore aufgebrochen, um zu erledigen, was auch immer sie zu erledigen hatten, da hatte es nicht lange gedauert, bis die Mannschaft der Orca ihre Fracht entladen hatte.

Jetzt lag der Käpt'n wieder in seiner alten Hängematte im Steuerhaus, und der Rest der Mannschaft tummelte sich

auf den Taurollen und Netzen, spielte Karten oder döste vor sich hin. Kisten und andere Behälter warteten in Stapeln darauf, eingesammelt zu werden, um den nächsten Schritt ihrer Reise anzutreten.

Das Dampfschiff war nun wesentlich leichter als bei seiner Ankunft und ragte dadurch deutlich über den schmuddeligen Pier hinaus. Irgendjemand hatte begonnen, den Dreck, der dadurch zum Vorschein gekommen war, mit einer groben Bürste abzuschrubben. Doch kaum hatte der Käpt'n in seiner Hängematte geschnarcht, hatte der vermeintlich fleißige Arbeiter wieder damit aufgehört.

Ein paar Seemöwen watschelten wichtigtuerisch umher und hofften, ein paar Futterbrocken zu finden.

Auf dem Mast der Orca hockte ein Pterosaurier und beobachtete das aufmerksam. Vielleicht spekulierte er darauf, sich eine Möwe schnappen zu können, wenn sie ihm zu nahe kam.

Bea saß auf ihrem Thron aus Koffern und hielt das alles in ihren Zeichnungen fest. Plötzlich nahm sie einen Schatten hinter sich wahr und drehte sich um. Ein dürrer, kleiner Junge grinste sie an. Er trug ein orientalisch aussehendes Hemd, eine ausgefranste, an den Knien abgeschnittene Hose, schmutzige Sandalen und eine alte Yankees-Kappe.

»Hallöchen«, sang er. »Ich bin Sammy. Willkommen auf den Aru-Inseln.«

Bea erwiderte das Lächeln, war aber noch nicht bereit, Freundschaften zu schließen.

»Oh Mann«, fuhr der Junge fort. »Für so eine kleine Person haben Sie aber richtig viele Koffer.«

»Ich bin nicht klein. Vielen Dank«, erwiderte Bea. »Außerdem bist du viel kleiner als ich.«

»Meine Mutter hat auch so einen lustigen Schrankkoffer zu Hause. Warum haben Sie so viele davon? Wollen Sie lange bleiben?«

Offenbar gab es viele Fragen zu beantworten. Also stieg Bea von ihrem Thron herunter, um dem Jungen anständig zu antworten.

»Ich bin Bea. Nein, ich bleibe nicht lange – hoffe ich –, und nein, die sind auch nicht alle von mir.«

»Da brauchen Sie doch sicher einen Gepäckträger.«

»Ja. Man hat mir gesagt, er würde gleich kommen.«

»Jep! Und hier ist er!« Sammy schnappte sich den größten Koffer ganz unten im Stapel, riss daran, und die anderen fielen auf den Pier.

»Mooooment! Wo willst du damit hin? Hör sofort auf damit!« Überrascht stellte Bea fest, dass sie mit dem Fuß gestampft hatte … genau wie ihre Großmutter. »Überlass die dem Gepäckträger. Außerdem ist das Ding doppelt so groß wie du.«

»Keine Angst!« Sammy zog weiter. »Es wird vielleicht ein wenig länger dauern, aber ich schaffe das schon. Und ich habe ja auch noch Junior.«

»Nein! Du wartest auf den Gepäckträger. Der kommt doch gleich, du dummes Kind.«

Sammy blieb sofort stehen, und sein freundliches Lächeln wich einem ernsten Gesichtsausdruck. »Lady, Sie können mich ja dumm nennen, wenn Sie wollen, aber ich bin Gepäckträger. Ja, ich bin neun Jahre alt, aber nicht neun Jahre jung. Seit ich sechs bin, arbeite ich als Gepäckträger, und ich verdiene genauso viel wie mein Vater. Ich habe mein eigenes Geschäft, und ich bin sehr gut darin. Junior, mein Kylo, ist der stärkste und hübscheste Saurier in der ganzen Stadt, und er hat noch nie eine Ladung fallen gelassen. Noch nie!«

Bea erkannte ihren Fehler. Sie hatte den Jungen unterschätzt. »Tut mir leid, Sammy. Bitte, entschuldige … Weißt du, wo ich herkomme, da gehen alle Neunjährigen in die Schule.«

»Schule? Keine Sorge. Die habe ich schon hinter mir. Wo, glauben Sie, habe ich wohl Englisch, Holländisch, Spanisch und Französisch gelernt? Tot ziens, bedankt! Cómo estás, bienvenido! Si impossibler cum on ouis seas san sellibonnier! Mondu!«

Bea hatte keine Ahnung, was Letzteres bedeutete, aber sie wusste, dass Sammy sich in einer Sprache über ihre Unwissenheit lustig gemacht hatte, die sie nicht verstand. Sie ging zu ihm, packte einen der beiden Koffergriffe und hob das schwere Gepäckstück hoch. Sammy nahm die andere Seite.

»Okay, Sie fleißiges Bienchen. Helfen Sie mir ruhig. Aber glauben Sie bloß nicht, dass ich Ihnen Trinkgeld gebe.« Das Lächeln erschien wieder auf Sammys Gesicht, und gemeinsam mit Bea trug er das Gepäck den Pier hinauf.

»Tut mir leid, dass ich so unfreundlich war«, sagte Bea. »Ich habe ein paar harte Wochen hinter mir, und um ehrlich zu sein, weiß ich noch nicht einmal so richtig, wo wir hier sind und warum. Theodore und meine Großmutter sagen mir nie etwas.«

»Nun, da bin ich genau der Richtige.« Sammy hielt kurz inne und atmete tief ein. »Die Aru-Inseln sind eine Inselgruppe von insgesamt fünfundneunzig Inseln. Um genau zu sein, stehen Sie gerade auf Wokan. Dobbo ist der größte Hafen des Archipels, dahinten, auf der anderen Seite des Meeres. Hier in Koto Baru sind wir ein wenig ab vom Schuss. Man hat mir erzählt, dass es hier früher mal ganz nett war, aber heute geht es hier ein wenig rauer zu. Sind Sie wegen der Gewürze hier?« Sammy bemühte sich, verschlagen auszusehen, und zwinkerte Bea unbeholfen zu. »Ich kann Ihnen welche für einen besseren Preis besorgen.«

»Nein«, antwortete Bea. »Wir sind hier, um uns die Paradiesraptoren anzusehen.«

»Aaah ... Die sind auch wirklich wunderschön.«

»Das sagt mir meine Großmutter auch ständig. Aber die Welt ist voller schöner Kreaturen. Ich verstehe nicht, was an denen so besonders sein soll.«

Sammy stellte den Koffer ab und schaute sie an. »Früher, vor langer, langer Zeit, war Aru einmal mit Papua verbunden. Wir haben viele seltsame Vögel, Saurier und andere Tiere von dort geerbt, die es nur in diesem Teil der Welt gibt.«

»Ja, das habe ich schon in einem Buch von einem Mann mit Namen Wallace gelesen«, erwiderte Bea ungeduldig.

»Aber ein Buch kann Ihnen nicht zeigen, wie sie tanzen!«, fuhr Sammy fort.

»Die Raptoren tanzen?« Bea war fasziniert.

»Ja! So!«, antwortete Sammy. Er ließ den Kopf auf und ab hüpfen und streckte die Ellbogen nach außen. Gleichzeitig steckte er die Finger in die Mundwinkel und stieß einen derart schrillen Pfiff aus, dass die Vögel aus einem Baum in der Nähe flatterten.

»Junior?«, rief Sammy plötzlich über die Baumwipfel hinweg und pfiff erneut. Diesmal vertrieb er auch die Vögel aus den restlichen Bäumen. »Junior?«

Mit zusammengekniffenen Augen entdeckte Bea etwas Seltsames, das halb versunken am anderen Ende des Piers im Flachwasser kauerte. Es war ein riesiger Ankylosaurus, mindestens acht Meter lang, und er genoss sichtlich das kühle Wasser.

»Suchst du das da?«, fragte sie.

»Junior! Was machst du da? Heute ist nicht Badetag! Wir haben eine Kundin. Komm sofort raus.« Sammy watete ins Wasser und kletterte das Seilgeflecht hinauf, das auf dem schwer gepanzerten Rücken des Tieres als Sattel diente. »Bitte, entschuldigen Sie mich einen Moment, Bea. Das ist wirklich peinlich. Junior! Raus jetzt!«

Sammy zog mit aller Kraft an dem dünnen Halfter. Schließlich und schier unendlich langsam drehte der Ankylosaurus den Kopf und watete aus dem Wasser. Jetzt war auch zu sehen, wie groß Junior wirklich war. Einfach atemberaubend! Sein Rücken war so breit wie ein Lastkarren und mit wunderschönen Knochenplatten in seltsamen Farben und Mustern bedeckt. Den Rand des Rückenpanzers wiederum zierten mächtige Dornen, an denen sich hervorragend Seile und Taschen festmachen ließen. So war der Saurier das perfekte Lasttier für schwere Güter … das heißt, sobald man ihn in die richtige Richtung dirigiert hatte, was offenbar sehr mühsam war.

»Wie ich sehe, sind hier nicht nur die Vögel und Paradiesraptoren so schön bunt. Was für ein wunderbarer Schmuck. Hast du die selbst bemalt?«, fragte Bea sehr zu Sammys Freude.

Langsam stapfte Junior den Sand hinauf und schlug schließlich mit seinem großen Schwanz ins Wasser wie ein verspielter Hund. Bea war mit einem Schlag von oben bis unten nass.

»Junior! Hör auf, mit den Kunden zu spielen! Wir haben Gepäck zu transportieren«, ermahnte ihn Sammy. »So. Dann mal los. Aber lassen Sie ihn uns im Schatten beladen. Auf dem Pier ist es viel zu heiß.«

*

Kurze Zeit später kehrten Beas Reisegefährten wieder zurück. »Also, das ist zwar definitiv unsere gute, alte Orca«, sagte Bunty. »Aber wo steckt Bea mit unserem Gepäck?«

Theodore öffnete seine Feldflasche, nahm einen kräftigen Schluck und gurgelte laut.

Dann wollte er das Wasser wieder ausspucken, doch nach einem missbilligenden Blick von Bunty schluckte er es widerwillig herunter. In diesem Augenblick hallte ein schriller Pfiff über den Pier.

»Mister! Kommen Sie! Mister! Lady! Ich bin Sammy, der Gepäckträger. Ihr Gepäck ist schon verladen. Kommen Sie! Kommen Sie! Lassen Sie uns im Schatten reden. Für meine besten Kunden ist es hier draußen viel zu heiß. Kommen Sie, und trinken Sie einen Schluck Kokoswasser! Sauber und frisch!«

Sammy stand auf Junior, in einer Hand die Kokosnuss, und er winkte so heftig, dass er drohte runterzufallen. »Wie es aussieht, haben wir unsere Koffer gefunden«, bemerkte Theodore. »Sollen wir mal rübergehen, damit er sich nicht verletzt, wenn er weiter so wild winkt?«

»Entschuldigung?«, rief Bunty, als sie hinübergingen. »Das Mädchen, das bei den Koffern war … Wo ist sie?«

»Hier drüben.« Sammy deutete aufs Ufer. Bea stand bis zu den Waden im Wasser und wusch sich die Hände.

»Ist das dein Ankylosaurus, Junge?«, fragte Theodore, strich mit der Hand über Juniors Rücken und bewunderte die bunten Panzerplatten. »Sie ist wirklich schön. Auch die Bemalung ist nicht schlecht.«

»Danke, Mister. Aber lassen Sie ihn das nicht hören. Er ist nämlich ein Männchen. Ich nenne ihn Junior, aber richtig heißt er Junti. Mein echter Name ist Shamila, aber sie können mich ruhig Sammy nennen.«

»Es freut mich, dich kennenzulernen, Sammy«, sagte Bunty. »Ich bin Bunty Brownlee, und das hier ist mein Partner, Mr. Theodore Logan.«

»Schön, Sie kennenzulernen, Lady Brownlee. Und Sie auch, Mr. Wogan.«

»Logan«, korrigierte ihn Theodore. »Und es heißt Mrs. Brownlee.«

»Das habe ich doch gesagt. Bogan.«

»Ich bin sicher, das werden wir auf dem Weg noch klären«, sagte Bunty und grinste. »Jetzt mach nicht so ein Gesicht, Theodore. Das sieht dämlich aus. Sammy, wie ich sehe, hast du Beatrice schon kennengelernt.«

»Das fleißige Bienchen? Jaja. Sie ist stark … für ein Mädchen. Vielleicht habe ich ja einen Job für sie. Ich will mich nämlich vergrößern und eine Partnerin für Junior suchen … Sie könnte meine Teilhaberin werden. Sie kennt sich wirklich gut mit Knoten aus.«

Bunty starrte Sammy verwirrt an. »Bist du sicher, dass wir über dieselbe Person sprechen?«

»Ihr Französisch ist allerdings ein wenig eingerostet. Daran wird sie arbeiten müssen. Wir haben hier nämlich viele Franzosen.«

Mit den Schuhen in der einen und Muscheln in der anderen Hand kam Bea wieder zurück. »Tasche, Theodore. Bitte«, rief sie, kurz bevor sie bei den anderen eintraf.

Theodore öffnete seine linke Jackentasche und hielt sie auf, wie er es schon unzählige Male zuvor getan hatte. Theodore hatte stets jede Menge Extrataschen, in denen man alle möglichen Dinge verstauen konnte. Jetzt gesellten sich die Muscheln zu den unterschiedlichsten Kuriositäten, die Beas Interesse auf der Reise geweckt hatten. Irgendwann, vermutlich während der ewig dauernden und langweiligen Heimfahrt, würde sie all diese Dinge katalogisieren und Bilder davon in ihr Skizzenbuch malen. Doch fürs Erste war Theodores Tasche der beste Ort dafür.

»Beatrice, mein Kind. Sammy hier hat ein Jobangebot für dich … Was soll das eigentlich alles?«

»Ich habe schon Nein gesagt. Das ist außerdem nur eine Taktik, um einen besseren Preis zu bekommen … und ich bin kein Kind. Ich bin dreizehn … aber dreizehn Jahre alt, nicht dreizehn Jahre jung.« Bea zwinkerte Sammy zu. Der Junge hob den Daumen. Dann richtete Sammy sich zu voller Größe auf und übernahm das Kommando.

»Nun denn, Mrs. Brownlee«, sagte er in ernstem Ton. »Wie ich sehe, sind Sie schon in der Stadt gewesen. Aber wissen Sie auch schon, wo Sie wohnen werden?«

»Wir haben nirgends reserviert, wenn es das ist, was du meinst. Was steht denn zur Auswahl?«

»Hier in New Town haben Sie eigentlich nur zwei Möglichkeiten. Zum einen wäre da das Gasthaus neben der Bar an der Hauptstraße. Da geht es zwar nicht sehr freundlich zu, aber wenn man aus der Bar kommt, dann kann man direkt nebenan ins Bett fallen. Allerdings sehen Sie mir nicht gerade danach aus, als seien Barbesuche Ihr Ding. Oder Sie können zum Gemischtwarenladen gehen. Das ist auch das Postamt. Die Leute da sind nett, allerdings lebt Shuggy auch dort.«

»Ah, ja. Shuggy. Mehr brauchst du nicht zu sagen. Ich weiß Bescheid. Gibt es vielleicht noch etwas außerhalb der Stadt?«

»Klar. Da gibt's noch Old Town, die Altstadt, aber da leben wir Alteingesessenen. Schick ist es da nicht.« Sammy zuckte mit den Schultern. »Die meisten Besucher kommen gar nicht so weit. Da gibt es ein paar leer stehende Hütten, die Sie so lange nutzen können, wie Sie wollen. In jedem Fall sollten Sie aber lange genug bleiben, um die Fischsuppe meiner Mum zu probieren.«

»Das klingt perfekt«, sagte Bunty. Theodore machte ihr eine Räuberleiter, und sie kletterte auf Juniors Rücken und auf den Flechtsattel. »Sollen wir?«

# 5

## BIGGIE

*– Was ich nicht weiß, macht mich nicht heiß –*

Die Hauptstraße – die einzige Straße – war ein von Spurrillen durchzogener, staubiger Weg, der sich aus der Stadt wand und dann gut eine Meile der Bucht folgte. Die Wohn- und Lagerhäuser wurden nach und nach kleiner und standen weiter auseinander, bis sie schließlich einem Gewirr aus Wellblechhütten wichen. Die Hütten lagen an einer kleinen natürlichen Lagune. Jede von ihnen stand auf zerbrechlich aussehenden Stelzen gut einen Meter über dem Boden. Als die Besucher näher kamen, meldete ein herrischer Hahn ihre Ankunft seinen Hennen mit einem lauten Krähen, und die Hühner huschten in den Schatten unter einer Hütte. Ein junger, fauler Hadrosaurus kaute langsam sein Futter und ignorierte den lärmenden Hahn neben sich.

Sammy, der mit Bea vorausging, drehte sich zu Theodore und Bunty um und verkündete, dass sie eingetroffen seien. »Willkommen in Koto Lama, Old Town, der Altstadt. Das Wasser ist hier nicht so tief, und manchmal wird alles überflutet, aber nachts ist die Luft hier besser. Deshalb haben wir auch keine Moskitos. Und hier ist mit Abstand der beste Angelplatz, der weit und breit zu finden ist.«

»Und der Dschungel scheint auch näher dran zu sein«, bemerkte Theodore.

»Ja. All die alten Pfade nehmen hier ihren Anfang. Die neuen Handelswege sind zwar breiter und führen direkt zum Hafen, aber wir halten die alten weiter instand. Bitte. Ruhen Sie sich ein wenig aus. Wie es aussieht, sind gerade alle auf der Arbeit. Ich muss noch schnell was erledigen, bevor sie wieder zurückkommen.«

»Kann ich mitkommen?«, fragte Bea.

»Es wäre mir eine Freude. Kommen Sie. Kommen Sie.«

Theodore schaute den beiden hinterher und kraulte Junior gedankenverloren unterm Kinn. Bunty wiederum überließ Theodore kurz seinen Gedanken, dann sagte sie: »Was ist? Ich kenne dich lange genug, um zu wissen, wenn etwas nicht stimmt. Ist es wegen Hayter?«

Theodore dachte kurz nach. Dann antwortete er: »Ich fürchte ja, Bunty. Ich dachte, ich hätte das alles schon lange hinter mir gelassen, und dann finde ich ausgerechnet hier jemanden, der in den Raptorengruben gekämpft hat. Und ich helfe ihm auch noch. Das ist falsch.«

»Ich muss sagen, ich tappe ein wenig im Dunkeln. Ich weiß nicht viel über die Raptorengruben. Ist das nicht ein Sport oder so was?«

»Ich weiß nicht, ob man das unbedingt als ›Sport‹ bezeichnen sollte, aber das mit dem Dunklen stimmt definitiv. Menschen entscheiden selbst, ob sie gegeneinander kämpfen wollen, und das ist dann auch irgendwie okay. Sie wissen wenigstens, worauf sie sich einlassen.« Theodore rückte seinen Hut zurecht und suchte nach den richtigen Worten. »Und natürlich kämpfen auch Tiere gegeneinander. So läuft es halt in der Natur. Aber Menschen, die gegen Tiere kämpfen? Das ist barbarisch. Und genau darum geht es in den Raptorengruben. Man züchtet Raptoren auf sogenannten ›Farmen‹ und lehrt sie, zu kämpfen und Menschen zu hassen. Dann, eines Tages, öffnet sich der Käfig eines solchen Raptors, und das Tier sieht sich einem Menschen gegenüber, während andere am Rand der Grube Party feiern und auf den Ausgang wetten. Die Menschen, die diese Tiere für den Kampf züchten, sind selbst nicht mehr als Bestien. Ich kann kaum glauben, dass überhaupt irgendetwas so einen Kampf überlebt … geschweige denn Jahre solcher Kämpfe.«

»Das klingt wie eine Bärenhatz«, sagte Bunty traurig.

»Es ist sogar noch schlimmer«, erwiderte Theodore. »Viel, viel schlimmer. Die Klauen der Raptoren sind scharf, doch ihre Schnauzen sind zugebunden. Offensichtlich hätten sie sonst einen unfairen Vorteil gegenüber einem Menschen. Sie werden an einen Pfosten in der Mitte der Grube gekettet, damit sie nicht zu weit springen können. So kann sich der Mensch am Rand in Sicherheit bringen, wenn es sein muss. Da sie keine Klauen haben, setzen die Menschen ein paar richtig üble Waffen ein … wie die, die Hayter, dieser Schlächter, gehabt hat. Mit so einem Ding kann man selbst den übelsten Räuber zähmen.«

Bunty schauderte. »Wer profitiert denn von so etwas?«

»Die Zuschauer wetten viel, egal ob Gangster, korrupte Polizisten oder reiche Dandys. Das ist ein großes Geschäft in der Unterwelt. Die Raptorenzüchter bekommen einen Anteil davon, und einige verdienen auch noch gut dazu, wenn sie Kämpfe manipulieren. Die Verlierer wiederum sind immer die beiden in der Grube … Schau dir nur mal Hayter an. Der hat doch eine Schraube locker.«

»Warum hast du nie davon erzählt?«, fragte Bunty in sanftem Ton.

»Weil dich das nie mehr losgelassen hätte«, antwortete Theodore. »Ich habe diesem Leben aus gutem Grund den Rücken gekehrt und bin weggerannt. Das war kurz nach Ladys Tod und nachdem Champion von einem Mob hirnloser Schläger zu Tode geprügelt worden war. Da habe ich dann auch dich und Sidney getroffen. Die Begegnung mit Hayter hat einfach ein paar finstere Erinnerungen an eine traurige Zeit in mir geweckt. Und wenn ich jetzt so darüber nachdenke, dann hätte es durchaus Hayter sein können, der Champion getötet hat.« Theodore ballte die Fäuste.

»Also, was mich betrifft, so bin ich jedenfalls froh, dass wir dich gefunden haben. Sidney – möge seine Seele in Frieden ruhen – und ich haben sofort erkannt, was für ein Rohdiamant du warst.«

Freundschaftlich stieß Bunty Theodore mit dem Ellbogen an, um ihm ein Lächeln abzuringen.

»Danke, Bunty.« Und Theodore lächelte tatsächlich. »Es … Es war einfach nur komisch, auf Hayter zu treffen. Hättet ihr mich nicht gerettet, wäre ich vielleicht genauso geworden wie er. Damals hatte ich genug mit seinesgleichen zu tun.«

»Jetzt werd mir bloß nicht sentimental, Theodore«, unterbrach ihn Bunty. »Wir brauchten einen Stallburschen für unseren Allosaurus, und es ist ja nicht so, als hätten wir dir mehr als das Übliche gezahlt.«

»Manche Dinge ändern sich einfach nie.« Theodore grinste.

»Also, soweit es mich betrifft, kannst du Hayter so oft auf die Nase hauen, wie du willst, wenn du ihn das nächste Mal siehst. Aber wenn es dazu kommen sollte, würde ich gerne dabei sein.«

»Hayter hat Sie auch verärgert, Lady B?«, fragte Sammy verschmitzt, als er mit Bea im Schlepptau hinter einer der Hütten hervorkam. »Ja, das geht den meisten Leuten so, wenn sie ihn kennenlernen. Mr. Rogan wird sich hinten anstellen müssen, wenn er ihn sich vorknöpfen will.«

»Sehr komisch, du Wicht«, scherzte Theodore und zielte halbherzig mit der flachen Hand auf Sammys Ohr. Der Junge lachte und tanzte außer Reichweite. »Und es heißt Logan.«

Sammy ignorierte Theodore und wandte sich an Bunty. »Wie lange wollen Sie denn bleiben, Lady B? Meine Eltern kommen bald wieder zurück. Ich kann für jeden von Ihnen ein Zimmer putzen.«

»Das ist nett von dir, Sammy, aber ich fürchte, Theodore und ich haben andere Pläne. Wir wollen ins Landesinnere der Insel und uns eure fantastischen Paradiesraptoren ansehen.«

Bea sah ihre Großmutter überrascht an. »Jetzt schon? Aber wir sind doch gerade erst angekommen.«

»Was du heute kannst besorgen, das verschiebe nicht auf morgen, Beatrice.«

Sammy schüttelte den Kopf. »Sind Sie sicher? Der Marsch dauert Tage, und selbst dann haben Sie keine Garantie, dass Sie die Tiere sehen.«

»Das ist uns klar. Deshalb hoffen wir ja auch, einen Führer zu finden.«

»Heute noch? Zuerst brauchen Sie dafür eine Erlaubnis von Hayter, und die wird er Ihnen nicht geben. Keine Besucher. Niemals.« Sammys Stimme nahm plötzlich einen ernsten Tonfall an. »Hören Sie ... Es begeben sich zwar Leute in den Dschungel, aber sie kommen nie mehr raus.«

»Keine Sorge, Junge«, grunzte Theodore und schnallte sein Feldgeschirr ab. »Ich bin schon mit schlimmeren Typen wie Christian Hayter fertiggeworden. So ... Wo gibt es hier Frischwasser? Wir brauchen etwas für den Trip.«

»Sind Sie wirklich sicher?«, fragte Sammy erneut. Trotz der Gefahr funkelten seine Augen aufgeregt. Dass jemand sich so beiläufig Hayters Autorität widersetzte, hatte er noch nie erlebt. »Mein Vater kennt die Pfade. Er kann sie Ihnen zeigen ... aber Hayter wird das sehr wütend machen. Und es ist sehr gefährlich. Es gibt dort viele Fallen, viele üble Überraschungen und böse Geister.«

»Es muss ja niemand wissen, dass wir in den Dschungel gegangen sind. Überlass das uns. Wir werden mit deinem alten Herrn reden, sobald er wieder zurück ist«, sagte Theodore über die

Schulter hinweg. Er war bereits auf dem Weg zu den Regenwassertonnen hinter den Hütten.

Im Laufe des Nachmittags räumte Theodore alles aus Buntys Koffer, was sie im Dschungel nicht brauchen würden. Aber dann lud er doch wieder ihr gesamtes Gepäck auf Juniors Rücken, nachdem Bunty ihm erklärt hatte, sie könne unmöglich auf irgendwas verzichten. Knurrend versteckte Theodore einen Koffer in Sammys Hütte, in dem ohnehin nur Hüte waren. Damit würde er Bunty dann bei ihrer Rückkehr beweisen, wie überflüssig ihr ganzer Kram war.

Bea hatte sich ans Ufer zurückgezogen. Sie zeichnete die Aussicht und sammelte wieder Muscheln. Sammy lief herum und suchte alles zusammen, was Bunty haben wollte. Dabei gelang ihm auch eine Erfindung, auf die er besonders stolz war. Ein Stuhl mit hoher Korblehne – eines von Sammys wenigen hübschen Besitztümern – wurde auf Juniors Rücken gehievt und an den Dornen des Rückenpanzers festgebunden. Es sah aus wie ein Thron. Bunty war beeindruckt und zufrieden. Sie wusste, dass ihnen eine anstrengende Reise bevorstand. Da war etwas, das sowohl bequem als auch praktisch war, nicht zu verachten.

Ein Mann trat zwischen den Bäumen hervor und kam auf sie zu. Als Sammy ihn sah, rannte er ihm sofort entgegen und begrüßte ihn fröhlich mit einer Flut von hiesigem Dialekt, gemischt mit Englisch. »Biggie! Biggie! Gäste!«

Als die beiden näherkamen, erkannte Bunty, dass das Sammys Vater sein musste. Sie hatten die gleiche Art zu gehen und das gleiche breite Grinsen. Sammy übernahm die Vorstellung.

»Biggie, das sind Lady Bunty und Mr. Logging.«

»Logan. Schön, Sie kennenzulernen, Biggie.«

»Danke, Mr. Logan. Biggie ist der Spitzname, den Shamila mir gegeben hat. Das hat was mit meiner Größe zu tun. Ich glaube nicht, dass er das unfreundlich meint. Lady Bunty, ich freue mich, Sie kennenzulernen. Und wer ist die junge Dame hier?«

»Ich bin Beatrice Ki…«

»Nenn sie Bea«, unterbrach Sammy sie. »Wir sind jetzt auch per Du.«

»Warum musst du eigentlich jedem einen neuen Namen geben, Shamila? Das macht alles so kompliziert!« Biggie hob frustriert die Hände.

»Bea ist wirklich besser«, sprang Bea Sammy zur Seite, »und einfacher.«

»Okay, dann ist das also geklärt. Shamila – tut mir leid, Sammy – sagt, Sie wollen Raptoren sehen, ist das wahr? Sind Sie sicher? Warum ruhen Sie sich nicht erst einmal einen Tag lang aus, bevor Sie in den Dschungel ziehen? Dann können Sie auch ins Depot und sich eine Erlaubnis von Hayter holen.«

»Danke, aber wir haben diesen Schlägertypen im Kontor schon kennengelernt. Ich möchte nichts mehr mit ihm zu tun haben«, erklärte Bunty mit fester Stimme.

»Christian Hayter? Ah! Dann sind Sie wohl die beiden, nach denen er in ganz New Town fragt. Er hat sich schon eine ganze Reihe von Leuten vorgeknöpft, um herauszufinden, wo Sie sich aufhalten. Und wer hat Sie gefunden? Sammy! Da haben Sie Glück gehabt. Aber wie auch immer … Hayter wird es nicht gefallen, wenn Sie auf seiner Insel jagen.«

»Jagen? Nein, nein. Daran haben wir kein Interesse, Biggie. Im Gegenteil«, erwiderte Bunty. »Wir wollen nur die Raptoren sehen

… Sie wissen schon … lebende … singend und tanzend. Das wird doch wohl erlaubt sein, oder?«

»Lady, ich habe schon gesehen, wie Hayter jemanden verprügelt hat, nur, weil ihm sein Blick nicht gefallen hat.«

Theodore stand auf. »Biggie, Sir, wir sind weit gereist, und jetzt wollen wir die Raptoren nicht in Käfigen bewundern, sondern in ihrer natürlichen Umgebung. Um Bunty und Bea werde ich mich schon kümmern. Sie müssen nur für Junior sorgen und uns den Weg zeigen.«

»Vergessen Sie mich nicht, Mr. Hogan!«, rief Sammy. »Ohne mich geht Junior nirgendwohin.«

»Wir können Sie natürlich auch bezahlen«, warf Bunty ein.

»Ich verlange nur wenig …«, begann Biggie. Sammy unterbrach ihn mit einem Husten und stieß ihm den Ellbogen in die Rippen. »Ich … äh … Ich meine, mein Lohn entspricht dem Üblichen … Aber sollte Hayter herausfinden, was wir vorhaben, dann könnte uns das mehr kosten als nur Geld.« Er schaute von Bunty zu Theodore und wieder zurück. »Okay. Dann ist es also abgemacht. Und wie ich sehe, haben Sie schon alles gepackt und verladen … einschließlich des Stuhls? Shamila, wenn wir wieder zurückkommen, wirst du das deiner Mutter erklären müssen.«

# 6

# EIN MEDAILLON VOLLER ERINNERUNGEN

*– Fast unsichtbar –*

Bea kam mit ihrer neuen Halskette gut voran. Mit einer von Buntys Hutnadeln bohrte sie Löcher in die Muscheln, die sie gesammelt hatte. Dann zog sie eine Angelschnur hindurch, die Theodore aus seiner Ausrüstungstasche hervorgezaubert hatte. Für gewöhnlich hatten Beas Großmutter und Theodore eine einfache Lösung für jedes Problem. Das Einzige, was ihnen wirklich Kopfzerbrechen bereitete, waren Bea und ihre Erziehung.

Bea war knapp zwei Jahre alt gewesen, als ihre Eltern auf eine lange Reise nach Australien aufgebrochen waren. Da Bea damals Scharlach gehabt hatte, konnten sie sie nicht mitnehmen. Also hatten ihre Eltern sie in Buntys Obhut gegeben. Eigentlich hatten sie nur acht Monate fortbleiben wollen. Zu Weihnachten und Beas drittem Geburtstag sollten sie wieder zu Hause sein. Doch sie waren nie zurückgekehrt.

Bea blieben nur Fotos und die Geschichten ihrer Großmutter und von Theodore als Erinnerungen. Für eigene war sie noch viel zu jung gewesen. Theodore war praktisch mit Grace, Beas Mutter, aufgewachsen, und wenn er von ihrer gemeinsamen Kindheit erzählte, kam es Bea fast so vor, als wäre sie selbst dabei und Teil der Geschichte. Bunty ergänzte Theodores wilde Erzählungen dann immer um jedes noch so winzige Detail, und schließlich wurden die alten Schwarz-Weiß-Fotos in der Vorstellung ihrer Enkelin von Gerüchen, Klängen und Farben erfüllt.

Beas wertvollster Besitz war ein silbernes Medaillon an einer langen, dünnen Kette. Es enthielt zwei Porträts von Grace und Franklin, und es war das letzte Geschenk, das sie ihrer kleinen Tochter gegeben hatten. Die Muschelkette, die Bea gerade bastelte, sollte dem Medaillon um ihren Hals Gesellschaft leisten. Bea bohrte weiter kleine Löcher in die Muscheln, doch dank Juniors Schaukelgang wurde sie allmählich seekrank. Aber natürlich hatte Theodore auch dafür eine Lösung: nach oben schauen, zum Horizont, und nicht nach unten.

»Tasche, bitte«, rief Bea fröhlich. Theodore, der neben Junior herging, öffnete seine rechte Brusttasche und hielt sie auf,

sodass Bea die Muscheln hineinstecken konnte. Bea dankte ihm mit einem Lächeln und erntete dafür ein funkelndes Augenzwinkern, wie es typisch für Theodore war. Bea wusste, dass man sich gut um sie kümmerte. Eltern wären natürlich ideal gewesen, doch Theodore und Bunty lagen auf einem tollen zweiten Platz. Vielleicht war sie manchmal nicht dankbar genug dafür, dachte sie.

Vor ihr ritt Sammy auf Juniors dickem, schwer gepanzertem Hals. Er hielt eine lange graue Feder in der Hand. Bea saß mit verschränkten Beinen hinter ihm auf einem Flechtsattel und Bunty hinter ihr auf dem Korbstuhl. Sie schnarchte leise vor sich hin.

Bea beschloss, eine Weile zu Fuß zu gehen, um die Seekrankheit abzuschütteln, und so kletterte sie vorsichtig von Junior herunter und gesellte sich zu Theodore.

Theodore hatte jede Menge Ratschläge und Informationen zu all den unterschiedlichen Tieren parat, denen sie begegneten. Junior war das beste Beispiel dafür.

»Regel Nummer eins: Stell dich niemals hinter einen Ankylosaurus.«

Das war ein guter Rat, denn der Saurier wedelte fröhlich mit seinem riesigen Keulenschwanz, besonders, wenn sie eine kurze Pause machten und es leckeren Farn zu fressen gab. Ein einziger Schlag dieser Keule könnte ihrer Reise ein jähes Ende bereiten.

Die abgeflachten Knochenplatten auf Juniors Rücken waren ideal, um darauf zu stapeln, was auch immer man transportieren wollte. Zu beiden Seiten wurden die Platten nach außen hin immer länger und spitzer, bis schließlich lange Dornen aus ihnen herausragten. Daran konnte man perfekt die unterschiedlichsten Dinge festbinden. Sammy hatte auch einige spezielle Verbesserungen ausgetüftelt, die Theodore sofort erkannt und bewundert hatte.

Damit nichts von Juniors Rücken fallen konnte, hatte Sammy Kerben in die Dornen geschnitzt, um die Taue zu sichern. So war ein riesiges Netz entstanden, das die Ladung sicher an Ort und Stelle hielt.

Bea wandte sich an Sammy. »Warum wedelst du Junior ständig mit der langen Feder vor den Augen herum?« Auch Theodore drehte sich neugierig um.

»Junior ist wesentlich älter, als sein Name vermuten lässt. Seine Augenlider sind schwer«, antwortete Sammy und fügte erklärend hinzu: »Das Alter eines Kylo kann man an der Länge der Dornen und der Dicke der Knochenplatten auf den Augenlidern erkennen.«

»Okay, er ist also alt und hat schwere Augenlider. Aber warum wedelst du mit einer Feder davor herum?«, hakte Bea nach.

»Wegen der Insekten. Der Dschungel ist voll davon. Junior blinzelt nicht gerne, also halte ich sie von ihm fern. Ich helfe ihm, und er hilft mir. Ich kümmere mich nämlich um meine Mitarbeiter, und ich füttere ihn auch nur mit bestem Farn.«

Theodore erinnerte sich an die vielen Gepäckträger, die ihm in seinem Leben schon begegnet waren. Alle hatten sie ihre Ankylosaurier mit Schlägen gegen den Hals gelenkt und unter Kontrolle gehalten.

Dieser Junge musste jedoch keine Macht über seinen Kylo haben. Er verstand einfach, was das Tier brauchte, und so kamen sie gut miteinander aus.

»Diese Art zu lenken ist auch für mich neu«, bemerkte Theodore. »Bei Elefanten und Brachiosauriern habe ich das zwar schon gesehen, aber nicht bei einem Kylo.«

Bea schaute auf die Stelle, auf die Theodore deutete. Sammy hatte die Füße auf die Nackendornen des Sauriers gestellt und seine großen Zehen hinter Juniors Ohren geklemmt. Es sah aus, als würde er Juniors Kopf mit Pedalen lenken.

Sammy runzelte die Stirn. »Macht das nicht jeder so, Mr. Slogan?«

»Oh, nein. Die meisten würden ihre Tiere eher treten, als sie hinter den Ohren zu kraulen. Arbeitssaurier sind den Menschen egal, mein Junge. Und nebenbei ... Es heißt noch immer Logan. Das kann doch nicht so schwer sein«, knurrte Theodore.

Biggie war ein Stück vorausgegangen, um nachzuschauen, ob der Weg frei war. Nach ein paar Stunden war die Wahrscheinlichkeit, von Hayter oder einem seiner Männer entdeckt zu werden, aber deutlich gesunken. Der Dschungel wurde mit jedem Schritt dichter. Sie holten Biggie ein, als der Pfad in eine kleine Lichtung mündete, auf der sie ein hölzerner Unterstand erwartete, eigentlich nur ein Dach auf Stelzen. Dort standen Fässer und ein paar lange Holzkisten. Biggie hatte bereits das Laub von der leicht erhöhten Plattform darunter gefegt und es als Zunder für ein Feuer in der Grube daneben benutzt.

»Willkommen im Regenwaldhotel von Aru, meine Freunde!«, begrüßte Biggie sie. »Das ist unser kleines Ferienhaus.«

»Was ist das für ein Ort?«, fragte Bea Sammy.

»Nicht alle Gewürze, die mein Vater erntet, wandern in Hayters Kontor, damit er sich seinen Anteil nehmen kann. Einen Teil davon versteckt er im Dschungel. Hayter kann nicht überall seine Augen haben.« Er zwinkerte Bea zu. »Was er nicht weiß, macht ihn nicht heiß.«

»Wir haben ein Bett und ein Moskitonetz für Lady Bunty«, erklärte Biggie. Dann öffnete er die längste Kiste und holte ein zusammenklappbares Feldbett heraus. »Sammy und ich werden für uns andere ein paar Hängematten am Feuer aufhängen. Nur weil wir im Freien sind, heißt das nicht, dass wir es uns nicht auch bequem machen können.«

»Hervorragend«, sagte Bunty. Sie war ehrlich überrascht, derartige Bequemlichkeiten im Dschungel vorzufinden.

»Das ist wirklich eine gute Ausrüstung«, bemerkte Theodore und kramte ein wenig in der Kiste rum.

»Passen Sie auf, Logan.« Rasch räumte Biggie die Kiste weg. »Heute Nacht sollten wir die lieber ein Stück vom Lager entfernt abstellen.«

Theodore legte den Kopf auf die Seite und las, was auf der Kiste stand: Sprengstoff. Er hob die Augenbrauen und sah zu einer zweiten Kiste. Er war erleichtert.

»Sie haben auch militärische Sanitätsausrüstung?«

»Sicher«, antwortete Biggie. »Im Dschungel darf man kein Risiko eingehen. Schattenraptoren können sich sehr gut verstecken und einen Mann förmlich in Stücke reißen … und auch das Problem mit den Wildererfallen wird immer schlimmer. Ich versuche, mich aus dem Krieg zwischen den beiden herauszuhalten, zumal es in diesem Krieg nur Verlierer geben wird.«

»Wir haben schon von den Schattenraptoren gehört«, sagte Bunty und blickte zu Theodore. »Sind sie wirklich so gefährlich?«

»Nun, sie können es in jedem Fall sein. Aber das gilt für die meisten Dinge hier, wenn man sie ärgert. Was halten Sie von Sammys Feder?«, fragte Biggie, als Sammy sie Bea gab. »Die stammt von einem Schattenraptor.«

»Das ist nicht gerade die hübscheste Feder, die ich je gesehen habe. Das Grau wirkt ein wenig trist.«

»Das macht sie ja so besonders«, erklärte Sammy. »Wäre sie bunt, würde Junior von ihr abgelenkt, wenn ich damit vor ihm herumwedele. Aber weil sie so trist ist, bemerkt er sie kaum. Die Fliegen hassen sie allerdings.« Sammy nahm Beas Hand, in der sie die Feder hielt, und wedelte damit vor ihrem Gesicht herum.

»Oh, ja. Jetzt sehe ich es … oder genauer gesagt, ich sehe eigentlich gar nichts. Alles verschwimmt.« Jetzt wedelte Bea selbst, und zwar immer schneller. »Tatsächlich wird sie fast unsichtbar!«

»Genau. Alle anderen Raptoren auf diesen Inseln haben bunte Federn entwickelt, doch diese Spezies hat genau das Gegenteil getan und ist mit den Schatten verschmolzen.«

»Eine sehr ergiebige Tarnung«, bemerkte Bunty. »Sind die Schattenraptoren deshalb größer als die anderen Paradiesraptoren?«

»Oh ja, Lady B. Bevor die Jäger gekommen sind, standen sie an der Spitze der Nahrungskette. Es ist nahezu unmöglich, einen Schattenraptor zu entdecken, der mit dem Hintergrund verschmolzen ist. Sie sind sehr gut darin, sich an ihre Beute heranzupirschen. Deshalb essen sie auch sehr gut.« Sammy rieb sich den Bauch. »Und deshalb sind sie auch größer … genau wie mein Papa.«

»Nicht nur größer, sondern auch klüger«, fügte Biggie lächelnd hinzu.

»Äh … Und fressen sie auch Menschen?« Bea konnte sich die Frage nicht verkneifen.

»Es gibt viele Geschichten über Menschen, die im Dschungel verschwunden sind, und immer gibt man als Erstes den Schattenraptoren die Schuld daran. Während die Paradiesraptoren laut, bunt und dumm sind, sind die Schattenraptoren still, listig und klug.« Sammy tippte sich an den Kopf, um das zu unterstreichen. »Die schmächtigeren und hübscheren Spezies fressen viele kleine Nagetiere. Die Schattenraptoren hingegen verspeisen deutlich größere Säuger wie Opossums und Baumkängurus. Wo wir gerade davon sprechen … Ich sollte besser das Essen aufs Feuer stellen. Es gibt Süßkartoffeln und Fischeintopf.«

# 7

## AUGEN IM DSCHUNGEL

*– Banjieier zum Frühstück –*

Die schattenhafte, gefiederte Gestalt schwebte geräuschlos durch das Lager. Die Menschen schliefen tief und fest. Die Gestalt hielt an einem der Weibchen inne und beobachtete ihre Bewegungen. An ihr war irgendetwas anders, ... ihr Geruch. Mit leisem Schnüffeln lokalisierte die Kreatur den Ursprung des ungewöhnlichen Geruchs, der das Weibchen umgab, und atmete tief ein. So etwas hatte die Kreatur noch nie gerochen: Es duftete wie eine Blume, war aber so intensiv, dass es fast schmerzte. Im Gegensatz zu anderen Menschen schlief dieses Weibchen auf einem erhöhten Nest und nicht in einem Kokon. Die Kreatur schaute unter das Nest. Da war etwas, das einer genaueren Untersuchung bedurfte. Die Kreatur streckte eine Klaue aus, zog den Gegenstand vorsichtig heraus und schaute ihn sich an. Dann drehte sie ihn ein paarmal um, sodass der Inhalt auf den Boden fiel. Irgendetwas Schweres, Glänzendes funkelte im Mondlicht. Es war ein Behälter mit einer Flüssigkeit, und die wiederum war die Quelle des berauschenden Dufts. Die Kreatur roch daran, doch der Duft war so stark, dass er ihr in der Nase brannte. Rasch zog die Kreatur den Kopf zurück und nieste dreimal.

Ein junges Männchen, das durch das Geräusch kurz aus dem Schlaf gerissen wurde, schaute sich instinktiv um, konnte aber nichts erkennen und schlief wieder ein.

Die dunkle Gestalt war perfekt mit dem Hintergrund verschmolzen. Kurz war sie wie erstarrt. Dann schlich sie geräuschlos an dem Menschenweibchen und einem riesigen, schlafenden Ankylosaurus vorbei zu den anderen Menschen, die in ihren Kokons hingen. Der, der am tiefsten hing, war definitiv das Alphamännchen, dem dieses Revier gehörte. Sein Duft war überall. Er hing an jedem Gegenstand, war aber nicht gefährlich. Dieser Mensch respektierte die Gesetze des Dschungels. Die Kreatur schlich weiter. Im nächsten Kokon lag ausgestreckt ein großes Männchen, vielleicht ein Neuling im Rudel. Dieser hier hatte Fell am Maul und eine wesentlich blassere Haut.

Besonders interessant war jedoch der letzte Kokon. Aufgrund der geringen Größe musste das ein Junges sein. Menschenjunge fand man nur selten so tief im Regenwald. Da waren Spuren des beißenden Geruchs, den die Kreatur bei dem Weibchen aufgenommen hatte. Also gehörte das Junge vermutlich ihr. Der Kokon bedeckte vollständig den Kopf des Jungen. Deshalb musste die Kreatur mit einer großen Klaue die Öffnung aufziehen, um das Junge besser sehen zu können. Das Junge hatte einen ganzen Wust aus dunklem Fell

auf dem Kopf und blasse Haut. Es war ein Weibchen, und es trug etwas Funkelndes um den Hals.

*

»Sie sind weg!« Beas Ausbruch weckte das ganze Lager. »Mama und Papa sind weg!« Dann brach sie in Tränen aus wie schon so oft in ihrem Leben, wenn sie wieder einmal aus einem Albtraum erwacht war und die schreckliche Wahrheit sie heimsuchte.

Theodore war der Erste, der aus seiner Hängematte sprang und sie tröstete. Er schlang die Arme um sie, und Bea vergrub schluchzend das Gesicht in den Händen.

»Alles wird gut«, tröstete Theodore sie. »Alles wird gut, Liebes.«

In der Zwischenzeit suchte Bunty nach einem Weg, sich von ihrem Feldbett zu erheben, ohne dabei das Gleichgewicht zu verlieren. Schließlich schwang sie die Beine heraus, und als sie die Füße auf den Boden setzte, spürte sie etwas darunter. Ihre Handtasche lag dort, und alles war herausgefallen.

»Verdammt!«, fluchte sie. »Ich komme, Beatrice. Ich muss mir nur schnell die Stiefel anziehen.« Sie drehte sie erst mal um und schüttelte sie aus, wie Theodore es ihr gezeigt hatte. Schließlich konnte dort in der Nacht wer weiß was hineingekrabbelt sein. Dann zog sie sie an, stand auf und übernahm Bea von Theodore, der angeboten hatte, Tee zu kochen.

»Sie sind weg! Mama und Papa sind von dieser Insel verschwunden!« Bea weinte und vergrub den Kopf an Buntys Brust. »Sie waren hier!«

»Schschsch, Liebling. Das war doch nur ein Traum«, tröstete

Bunty sie und schaute über Beas Kopf hinweg besorgt zu Theodore. Auch er machte sich so seine Gedanken. Ihm war nicht entgangen, wie nahe das Mädchen der Wahrheit kam.

»Nein, das war kein Traum«, erklärte Bea verwirrt. »Mein Medaillon … Es ist weg! Gestern Abend hatte ich es noch, und wie immer habe ich ihnen Gute Nacht gesagt. Und jetzt ist es weg!«

»Ich verstehe, Liebling. Es ist hier sicher irgendwo«, sagte Bunty, stand auf und machte sich auf die Suche. »Vielleicht ist es einfach irgendwo in eine Ritze gefallen oder so etwas. Frag mal Sammy. Nachts kommen alle möglichen Nagetiere aus ihren Löchern. Siehst du? Sie haben sich auch deine Muschelkette angeschaut. Die Teile liegen hier verstreut.«

Bunty bückte sich und begann, die Muscheln einzusammeln, während Bea um Fassung rang. Ihre Schultern bebten immer noch, und sie atmete mehrmals tief durch. »Tut … Tut mir leid«, flüsterte sie.

»Dafür gibt es keinen Grund«, erwiderte Bunty. »Wir räumen erst mal auf, dann finden wir auch dein Medaillon. Und sieh dir bloß mein Bett an. Diese Gauner haben meine Tasche durchwühlt und das Parfüm ausgeschüttet!«

Drüben, am Feuer, hatte Sammy inzwischen den Kessel aufgesetzt. Theodore hielt ihm die Tassen hin, und Sammy goss ein.

»Ist mit Bea alles okay?«, fragte Sammy besorgt. »Ihre arme Tochter.«

»Ich bin nicht ihr Vater, nur ihr Vormund«, erwiderte Theodore leise. »Sie hat ihre Eltern schon vor langer Zeit verloren. Sie waren gute Freunde von mir. Die besten. Die arme Bea hat noch immer Albträume deshalb.«

»Das tut mir leid zu hören«, sagte Sammy traurig.

Biggie kehrte auf die Lichtung zurück. Er hielt den Hut wie eine Schüssel in der Hand, mit der Öffnung nach oben.

»Ich glaube, heute Nacht waren nicht nur ein paar Nager hier.« Er sprach laut genug, sodass alle ihn hören konnten, und holte eine kurze grau gefleckte Feder aus der Tasche. Die gab er Bea. »Da waren auch Raptoren. Die war gestern Abend noch nicht da.«

»Ein Schattenraptor?«

»Ja, ich glaube, das ist eine Armfeder.« Biggie lächelte Bea an, als sie sich die Feder ins Haar steckte. »Und ich habe auch Frühstück gefunden: frische Eier. Wer hat Hunger?« In seinem Hut lagen drei gefleckte Eier, jedes so groß wie eine Grapefruit.

»Was für ein Dschungelfasan hat die denn gelegt?«, fragte Bunty.

»Das sind keine Vogeleier. Die stammen von einem Banji, einer Art Oviraptor. Die gibt es überall auf der Insel«, erklärte Biggie. »Sie sehen ziemlich hässlich aus, und sie schmecken auch so, aber ihre Eier sind köstlich.«

Dank der Banjieier und dem sanften Licht der Morgensonne besserte sich die Stimmung rasch. Doch während die anderen packten und sich auf den Aufbruch vorbereiteten, suchte Bea noch immer auf allen vieren den Dschungelboden ab. Nach wie vor war ihr Medaillon verschwunden. Ein paar Muscheln schienen ebenfalls zu fehlen, aber die steckten vermutlich noch in Theodores Taschen. Auch wenn sie es sich nicht anmerken lassen wollte, es war einfach ein furchtbares Gefühl, etwas so Kostbares zu verlieren. Schließlich war das Medaillon das letzte Geschenk ihrer Eltern. Sammy kam, um ihr zu helfen, und eine Weile suchten die beiden stumm das Areal um Beas Hängematte ab.

»Stehlen Schattenraptoren auch?«, fragte sie.

»Ja«, antwortete Sammy schlicht.

»Heißt das, der ist hier reingeschlichen und hat das Medaillon von meinem Hals genommen?« Instinktiv griff Bea danach, doch da war nichts mehr.

»Nein«, sagte Sammy.

Enttäuscht verzog Bea das Gesicht. »Ja und nein?«

»Ein Schattenraptor hat Klauen, keine Finger. Er hätte dir das Medaillon nicht vom Hals nehmen können, ohne dass du es gemerkt hättest. Vermutlich war es einer der geflügelten Geister.«

»Geister? Was meinst du damit?«

»Die Geister der Menschen, die im Dschungel verschwunden sind. Manche haben sie schon gesehen. Sie haben Engelsflügel.«

Bunty, die so tat, als höre sie nicht zu, schaute zu Theodore.

»Das ist wahr«, sagte Biggie. »Mir hat man schon Geld gestohlen, Getreidesäcke und manchmal auch Werkzeuge und Taue … viele Taue.«

»Was will ein Geist denn mit Geld?«, fragte Bea.

»Ich nehme an, sie mögen einfach alles, was glitzert«, antwortete Sammy.

»Lasst doch den Unsinn«, mischte Bunty sich nun in scharfem Ton ein. »Beatrice, hör nicht auf die beiden. Sie wollen dich nur aufziehen.«

Sammy schaute zu seinem Vater. Biggie zuckte mit den Schultern und wechselte das Thema.

»Sollen wir noch mal alle zusammen nach dem Medaillon suchen? Aber wenn wir es nicht bald finden, müssen wir weiterziehen. Tut mir leid, Bea.«

Theodore beschloss, die Stimmung aufzuheitern. »Gute Idee, Biggie. Versuchen wir's. Augen auf, ihr Camper! Wer es findet, gewinnt zehn Dollar!«

*

Für die gefiederte Kreatur hoch oben im Baum lief da unten einiges falsch. Das junge Weibchen verlangte viel Aufmerksamkeit, und alle, einschließlich des Alphamännchens, halfen ihr. Der verzweifelte Schrei hatte alles und jeden in der Gegend aufgeschreckt, und die Kreatur war verwirrt.

Als die Menschen um den Fuß des Baumes schlichen, folgte die Kreatur ihnen lautlos. Vorsichtig setzte sie einen Fuß vor den anderen, um besser durch das dichte Blätterwerk sehen zu können.

Eine Beinfeder blieb an einem Ast hängen, wurde herausgerissen und schwebte auf die Lichtung. Sanft landete sie direkt hinter dem jungen Weibchen.

Die Kreatur hätte sich die losen Federn schon gestern ausrupfen sollen, doch sie hatte weder die Zeit noch den Platz dafür gehabt, während sie die Menschen verfolgt hatte …

*

Unten drehte Bea sich um. Offenbar hatte sie ihre Feder verloren. Sie bückte sich, hob sie auf und steckte sie sich ins Haar … doch da war schon eine. Also war das hier eine neue Feder. Aber wo war sie auf einmal hergekommen? Verwirrt schaute Bea nach oben. Und dort, zwischen den Blättern, starrten sie zwei kalte blaue Augen an. Für den Bruchteil einer Sekunde war Bea wie erstarrt. Sie öffnete den Mund, brachte jedoch vor lauter Angst keinen Ton heraus. Sie streckte den Arm aus und tippte Theodore auf die Schulter.

»Tut mir leid, Bea. Es ist nicht hier«, schnaubte er.

Bea tippte erneut, diesmal kräftiger. Dann packte sie Theodore am Arm. Theodore wirbelte herum. »Was ist denn?« Bea war kreidebleich. »Bea, Liebes, was ist los? Bist du okay?«

Bea konnte noch immer nicht sprechen. Stattdessen deutete sie einfach nach oben.

»Was ist da?« Theodore folgte ihrem Finger.

»Augen … Augen im Baum«, krächzte Bea.

»Wo?« Theodore sah sich um.

»Sie waren ganz weit da oben …« Bea blinzelte und schluckte. »Der Raptor war da oben.«

»Bist du sicher?« Theodore nahm sie an den Schultern. »Vermutlich war es nur ein Baumkänguru.«

»Er hat mich direkt angeschaut!« Bea schauderte.

»Da oben könnte man einen Bus verstecken, so dicht ist das Laub. Aber was auch immer da ist, es hat vermutlich mehr Angst vor uns als wir vor ihm. Vertrau mir. Komm. Lass uns von hier verschwinden.«

*

Die Kreatur dachte über die Situation nach. Suchten die Menschen nach der funkelnden, kalten Hülle? Warum ließ der Verlust sie so verzweifeln? Die Kreatur grub tief unter ihren Flügelfedern und zog ein fest gepacktes Bündel aus Zweigen und Moos heraus, das wie ein kleines Vogelnest aussah. Darin steckte eine Kette mit einem runden Ding dran. Vorsichtig löste die Kreatur es heraus.

Die Kreatur warf einen letzten Blick auf die Gesichter darin, dann verdeckte sie die Köpfe mit ihrem kleinen Finger. Sie waren genauso groß wie die Fingerkuppen der Kreatur. Die Kreatur klappte das Ding wieder zu, hielt kurz inne und ließ es schließlich in ein Gebüsch fallen, nicht weit von der Stelle, wo das junge Männchen suchte.

*

Sammy sprang in die Luft.

»Juhuuu! Ich hab's!« Er gab Bea ihr Silbermedaillon. »Mr. Thesaurus, Sie schulden mir eine Menge Geld!«

# 8

## DER GLÜCKLICHE FLUGSAURIER

*– Der blaue, gehörnte Paradiesraptor –*

Bunty setzte sich auf ihren Thron auf Juniors Rücken und drehte sich von den Männern weg, damit die unbeobachtet und auf Männerart das Feuer löschen konnten. Bea wiederum ließ sich auf Sammys Sattel nieder und machte genau das Gegenteil: Sie drehte sich um und wollte sehen, was die Männer aufhielt. Als sie jedoch erkannte, wie die Männer das Feuer löschten, wandte sie sich rasch ab und lief rot an. Sie musste sich zwar auch erleichtern, beschloss jedoch, auf eine bessere Gelegenheit zu warten, um dem Ruf der Natur zu folgen.

Die Stimmung war gut. Theodore ging voraus, hackte hier und da mal einen Ast weg, der ihnen den Weg versperrte, und pfiff ein fröhliches Liedchen vor sich hin. Biggie folgte ihm. Dann und wann blieb er stehen, hielt die Hand ans Ohr und lauschte, doch nur, um den anderen dann zu winken weiterzugehen. Sammy führte Junior am Zügel, sodass Bea lenken und dem Kylo mit der langen Raptorenfeder vor den Augen wedeln musste.

Nach einer Weile hörte sie von hinten ein Schnarchen. Bunty war wieder eingeschlafen. Von oben betrachtet sah der Weg eigentlich recht einladend aus, doch Theodores Hacken und Biggies

Grummeln nach zu urteilen wurde es immer schwieriger voranzukommen.

Über ihnen, in den Wipfeln, wimmelte es förmlich von Leben. Unsichtbare Kreaturen schrien und sangen, doch Bea schaute nicht hinauf. Allein die Vorstellung, wieder diese Augen zu sehen, jagte ihr einen Schauder über den Rücken. Plötzlich bebte der Stuhl auf Juniors Rücken, und Bunty geriet in Panik.

»Stopp! Stopp! Hilfe!«

Rasch tat Bea, was Sammy ihr gezeigt hatte. Mit aller Kraft bohrte sie beide Zehen in Juniors Ohren, und der Kylo blieb sofort stehen.

»Versuchen Sie, nicht mit den Armen zu wedeln!«, rief Sammy. »Ich komme rauf und hole ihn von Ihnen runter!«

»Was ist das? Was passiert hier?« Bea hatte die Augen zugekniffen. Sie konnte es nicht ertragen hinzusehen. Was griff Bunty an?

»Halten Sie still, Bunty! Sammy wird Ihnen helfen!«, rief Biggie. »Wir haben wirklich Glück. Es ist gleich Mittag. Essenszeit.«

Nur wessen Essen?, dachte Bea. Dass Biggie laut lachte, war auch nicht gerade hilfreich.

Sammy sprang an Bea vorbei und zu Bunty. Und Bunty dachte gar nicht daran, Sammys Rat zu folgen. Sie schlug wild um sich.

»Ich denke, es ist an der Zeit, dass Sie mit uns hier unten in der zweiten Klasse reisen«, scherzte Biggie und streckte die Hand aus, um Bunty von Juniors Rücken zu helfen. Bea öffnete die Augen wieder und schaute sich um. Das Haar ihrer Großmutter war vollkommen zerzaust, und Sammy versuchte, den Fuß eines kleinen, flatternden Flugsauriers daraus zu lösen.

»Das war nicht gerade ein schönes Erwachen. Das kann ich Ihnen versichern«, bemerkte Bunty und nahm Biggies Hand.

»So schlimm ist es nun auch wieder nicht.« Biggie grinste. »Tatsächlich können wir von Glück sprechen, hier unten einen so schönen Rhampo zu fangen. Ich mache schnell Feuer. Von dem haben wir alle was.«

Bunty schaute ihm unverwandt in die Augen. »Mr. Biggie, ich habe nicht das geringste Verständnis für Ihren Sinn für Humor. Ich werde diese garstige Kreatur mit Sicherheit nicht essen.«

Sammy hatte dem armen Rhamphorhynchidae im Nu den Hals gebrochen, und jetzt baumelte der zahnbewehrte Schnabel leblos unter einem der papierdünnen Flügel. »Ist der nicht wunderschön, Bea?« Sammy hielt ihn ihr unter die Nase.

Das Tier war tatsächlich deutlich attraktiver als seine kleineren braunen Artgenossen, die bei Sonnenuntergang aus der Scheune ihrer Großmutter flatterten, um an warmen Sommerabenden Fliegen zu fangen.

»Und ihr esst die?«, fragte Bea.

»Sicher. Das ist zwar nicht das Beste, aber im Dschungel verschwendet man keine Mahlzeit. Alle Lebewesen müssen fressen, also muss irgendwas ja die Mahlzeit sein.«

*

Getreu ihrem Wort dachte Bunty nicht daran, auch nur einen Bissen von dem kleinen Flugsaurier zu sich zu nehmen. Stattdessen gab sie sich mit einer Papaya zufrieden. Bea jedoch probierte das Tier, und nachdem sie die feinen Haare mit einem Stock weggerieben hatte, schmeckte das zarte weiße Fleisch tatsächlich wie Hühnchen. Theodore suchte sich einen Flügel aus, doch Bea sah, dass er nur so tat, als genieße er die verbrannten Finger. »Versuch mal den Schwanz!«, forderte Sammy Bea auf, doch die lehnte dankend ab. Der knochige, lange Stumpf sah so gar nicht saftig aus.

»Biggie«, Bunty wischte sich den Mund mit dem Ärmel ihres reißfesten Safarianzugs ab, »diese Raptoren … Wann werden wir sie sehen?«

»Vielleicht überhaupt nicht, Lady. Wie gesagt, sie mögen keine Gesellschaft. Wir müssen sehr, sehr leise sein.«

Seit ihrem Aufbruch hatte Bea sich beherrscht, doch jetzt gab es kein Halten mehr. Sie musste ihre Blase leeren. Sie wischte sich die letzten Reste verbrannter Saurierhaut von der Hand, stand auf, entschuldigte sich und ging hinter einen Baum … wo sie direkt auf einen weiteren Rhampo traf, der kopfüber an einem niedrigen Ast hing. Das Tier schrie sogar noch lauter als sie, und binnen Sekunden verscheuchte Sammy es. »Das nenne ich mal doppeltes Glück! Bist du okay, fleißiges Bienchen?«

»Ja, äh, nein … Kannst du auf mich aufpassen, Sammy?« Bea lief rot an. »Ich muss mich erleichtern«, flüsterte sie.

»Okay. Sicher. Aber hier würde ich das nicht tun. Schau! Rote Ameisen!« Sammy deutete auf den Boden, auf dem es von den kleinen Krabblern nur so wimmelte.

Sammy führte Bea an einem umgestürzten Baum vorbei und zu einer Reihe moosbedeckter Felsen, die einen schützenden Ring bildeten. Das war ideal für Bea. »Ich bleibe hier stehen und gucke auch nicht. Versprochen.«

Da sie nun wusste, dass Sammy auf sie aufpasste, folgte Bea dem Ruf der Natur. Als sie sich erleichtert wieder aufrichtete, bemerkte sie etwas im Grün des Dschungelbodens: eine weiße Muschel.

Sie ging hinüber und schaute sie sich genauer an. Es war eine weiße Muschel mit einem gebohrten Loch wie für eine Halskette.

»Sammy! Sieh dir das mal an!«

»Nein, nein, Bea! Ich bleibe brav hier stehen und gucke nicht!«

»Ich bin fertig, Sammy. Du kannst ruhig kommen … Schau!« Bea deutete auf die Muschel.

Sammy drehte sich um und ließ sich sofort auf den Boden fallen.

»Runter!«, zischte er.

Verwirrt gesellte Bea sich zu Sammy. Der Junge legte den Finger auf den Mund und deutete zu den Farnen.

Bea schaute in die entsprechende Richtung, und tatsächlich hüpfte dort der außergewöhnlichste Paradiesraptor, den man sich vorstellen konnte, durch das ansonsten einheitliche Grün.

Auf den ersten Blick sah das Tier wie ein übergroßer Fasan aus, aber das war kein Vogel. Die Kopffedern waren tiefrot, die Schnauze blassblau, und die schwarzen Augen zierten große, komische schwarze Ringe. Das Tier sah aus wie aus einem Cartoon. Sein gold-orangefarbener Körper wurde von starken schwarzen Beinen mit kurzen, dicken roten Knöchelfedern getragen.

Fasziniert beobachteten die beiden Kinder, wie der Raptor herumhüpfte und immer wieder den Kopf auf die Seite legte, um sicherzugehen, dass er allein war. Schließlich war er davon überzeugt und begann, mit der Schnauze Zweige und Blätter vom Boden aufzuheben und zur Seite zu werfen. Einen größeren Ast, der ihm im Weg lag, trat er einfach weg.

Nachdem er so seine Arena gesäubert hatte, war es an der Zeit, sie neu zu dekorieren. Erst als der Raptor in die Luft sprang, sahen Bea und Sammy die zarten hellblauen Blumen hoch oben im Blätterdach über der Lichtung. Der Raptor riss eine davon am Stängel herunter und zupfte vorsichtig die einzelnen Blütenblätter ab. Was er nicht benötigte, warf er weg. Die winzigen Blütenblätter waren eigentlich viel zu klein, um sie mit Zähnen und Klauen zu bewegen, dennoch baute der Raptor einen perfekten Kreis da raus. Schließlich nahm er den Kopf herunter und atmete gerade kräftig genug aus, um die Blütenblätter wegzupusten und den Kreis so zu vergrößern.

Dann musste er noch ein, zwei Blütenblätter neu arrangieren, um das Bild zu perfektionieren, doch ansonsten hatte er alles mühelos erledigt.

Sammy stieß Bea mit dem Ellbogen an und deutete zu den moosbedeckten Felsen, die sie umgaben. Ein ausgesprochen schlicht aussehender Raptor stand dort auf einem Stein. Das Einzige, worin das Weibchen dem wunderschönen Männchen glich, waren die Augen mit den komischen schwarzen Ringen.

Auch das Männchen bemerkte nun, dass es eine Zuschauerin hatte, und schüchtern sprang es hinter einen Felsen, der vom Moos befreit war. Vermutlich war auch das Teil der Vorstellung. Kurz herrschte Stille, und Sammy stieß Bea erneut an. Sie wussten beide, dass sie gleich Zeugen eines außergewöhnlichen Spektakels werden würden.

Selbstbewusst sprang der männliche Raptor wieder in die Mitte des blauen Rings aus Blütenblättern und schnappte mit weit geöffnetem Maul nach Luft. Plötzlich teilten zwei leuchtend blaue fleischige Hörner die roten Federn auf seinem Kopf und wuchsen nach oben. Das Tier schüttelte ein paarmal den Kopf, um den Prozess zu beschleunigen. Dabei kam auch die faltige blaue Haut an seinem Kinn zum Vorschein. Im Gegensatz zu den Kehllappen eines Hahns reichten die des Raptors jedoch bis über die ganze Brust, wo das Blau in Rot und Violett überging. Innerhalb weniger Augenblicke hatte das Tier sich in den seltsamsten Raptor verwandelt, den Bea je gesehen hatte.

Dann stieß er mit aller Kraft einen ganzen Chorus von tiefen, nasalen Tönen aus. Es klang wie ein Dudelsack. Dabei warf er den Kopf von rechts nach links und ließ den Kehllappen flattern.

Das Geräusch hallte um sie herum von den Bäumen wider und erfüllte schließlich den ganzen Dschungel. Beas Augen leuchteten. Das war wahrlich ein Spektakel.

Das Weibchen schien jedoch weit weniger beeindruckt zu sein. Immer wieder wandte sie sich von der Show ab. Unbeirrt blähte das Männchen sich daraufhin wieder auf, streckte sich zu voller Größe empor und stolzierte selbstbewusst auf seine potenzielle Partnerin zu. Aber es war noch nicht weit gekommen, da hatte das Weibchen genug, sprang hinter den Felsen und verschwand.

Der männliche Raptor hüpfte auf den Felsen, auf dem das Weibchen gewesen war, schaute in die Arena und entdeckte, was das Weibchen gestört hatte. Sofort sprang er wieder zurück, schnappte sich die winzige weiße Muschel und warf sie weg. Mit einem letzten Blick versicherte sich das Männchen, dass das Weibchen wirklich verschwunden war. Dann huschte es ebenfalls ins Unterholz und überließ die Arena der Natur. Erstes Laub fiel bereits auf die Lichtung.

»Wow!« Sammy drehte sich zu Bea um, die noch immer wie verzaubert war. »Ich habe dir ja gesagt, dass der Rhampo dir Glück bringen wird. Das war ein Blauer Gehörnter Paradiesraptor, oder wie wir ihn nennen: eine Blauschnauze. Die sind super selten.«

Bea rappelte sich mühsam auf. Ihre Glieder waren steif geworden. »Hast du gesehen, was er mit der Muschel gemacht hat?«

»Mit der weißen?«

Bea ging zu ihr, hob sie auf und schaute sie sich genau an. »Ja, das ist meine Muschel.« Sie legte sie Sammy in die Hand. »Da ist das Loch, das ich für die Halskette gemacht habe.«

»Hm. Der Blauschnauze hat es jedenfalls nicht gefallen, dass die Muschel das Weibchen abgelenkt hat. All die Arbeit, das Säubern der Arena, das Putzen des Gefieders, das Üben des Tanzes … und eine kleine weiße Muschel macht alles kaputt.« Sammy gab Bea die Muschel wieder zurück. »Vielleicht morgen. Warum hast du die Muschel überhaupt da hingelegt?«

»Habe ich nicht, Sammy. Sie war einfach da. Ich hatte gerade mein Geschäft erledigt, da habe ich sie gesehen. Das wollte ich dir ja zeigen, aber dann hast du den Raptor entdeckt.«

»Du hast sie sicher nur fallen gelassen.«

»Nein. Ehrlich, Sammy. Ich habe sie nicht fallen gelassen. Wie ist sie da hingekommen?«

Doch Sammy war mehr von dem Raptor fasziniert als von der Muschel, und deshalb wollte er so schnell wie möglich zurück zu den anderen. Also ließ Bea das Thema auf sich beruhen.

Die anderen wollten zunächst nicht recht glauben, dass die beiden tatsächlich Raptoren begegnet waren, doch Sammy führte sie zu der Arena, und Biggie bestätigte ihre Echtheit. Bunty entdeckte einen kleinen Haufen Blütenblätter, die am Tag zuvor ordentlich zusammengekehrt worden waren, und eine Schwanzfeder der Blauschnauze. Das freute sie. »Endlich! Das ist ein schönes Souvenir.«

Theodore holte sein Notizbuch heraus und schrieb sich ein paar Einzelheiten auf. »Bea, du bist besser als ich … Könntest du die Szene zeichnen, solange du sie noch frisch im Gedächtnis hast? Ich würde gerne wissen, wie der kleine Kerl ausgesehen hat.«

Bea wollte weiter – die Sache mit der Muschel hatte sie irgendwie nervös gemacht –, trotzdem holte sie ihr Skizzenbuch und die

Wasserfarben heraus und tat ihr Bestes. Insgesamt dauerte es eine Stunde, bis sie wieder weiterzogen und die abgeschiedene Arena so zurückließen, wie sie sie gefunden hatten.

*

Eine Meile entfernt, in dem Lager, von wo aus sie am Morgen aufgebrochen waren, war das Feuer noch nicht kalt geworden. Ein Ast glomm noch immer, und beißender Rauch war durch das Unterholz gedrungen und hatte sie verraten. Einer von Hayters Männern trat den Ast aus dem Feuer und bückte sich, um ihn sich genauer anzusehen.

»Wir haben Gesellschaft, Bishop.«

Bishop, der nach dem Kampf mit dem Schattenraptor in Hayters Kontor einen komischen Turban aus Verbänden trug, stieg von seinem Muli. »Und was für eine Art von Gesellschaft, Ash?«

»Gute Frage. Wenn ich nicht so ein guter Spurenleser wäre ...« Ash schaute sich um. »Zwei kräftige und zwei leichtfüßige Personen und ...« Er stocherte mit dem Finger in einer seltsam aussehenden Spur herum. »Komisch. So etwas habe ich noch nie gesehen ... Schmale, spitze Schuhe ... Damenschuhe.«

Bishop riss die Augen auf. »Wir sollten wieder zurückgehen und dem Boss davon erzählen.«

»Bis der hier ist, hat der Regen die Spur verwischt.«

Nachdenklich verkniff Bishop das Gesicht.

»Was hältst du davon, wenn ich zurückgehe und du weiter? Folg der Spur, und finde heraus, wo sie sind und was sie im Schilde führen. Du kannst sie doch riechen.«

Ash hob den Blick. »Mach dich nicht lächerlich, Kumpel. Ich kann sie nicht riechen. Ich schmecke die Luft, den Boden … Ich fühle ihre Gegenwart …« Er griff sich eine Handvoll Asche, die sich inzwischen in gelbweißen Ton verwandelt hatte, schaute sie sich an, steckte die Zunge rein und wollte gerade so tun, als würde er auf eine göttliche Eingebung warten, um seinen nicht gerade cleveren Freund zu beeindrucken, doch dann spie er sie aus.

»Ammoniak!«, knurrte er. Er versuchte, die Situation herunterzuspielen und cool auszusehen. Dabei brannte das Zeug fürchterlich auf seiner Zunge.

# 9

## DAS TEDDYBÄREN-PICKNICK

*– Sterne sehen –*

Am Nachmittag brannte jeder darauf, der Nächste zu sein, der einen Raptor entdeckte. Bunty hatte zunächst hinter Sammy gesessen, der Junior ritt, doch inzwischen fand sie das nicht mehr ganz so bequem. Deshalb hatte sie beschlossen, stattdessen einen »Nachmittagsspaziergang« zu machen. Bea half ihrer Großmutter, so gut sie konnte. Denn Bunty schien jeden Ast, jede Liane und jede Ranke förmlich anzuziehen und darin hängen zu bleiben, sie ließ sich davon allerdings nicht abschrecken.

»Es mag ja heiß sein«, sagte sie, »aber das Gestrüpp hier ist auch nicht schlimmer als dort, wo ich aufgewachsen bin.« Bea zuckte mit den Schultern und ging voraus, um Theodore zu helfen.

»Theo.«

»Bea?«

»Tasche, bitte!« Bea hielt die Muschel in der Hand, die sie mit Sammy auf der Lichtung gefunden hatte. Die letzten paar Stunden hatte sie sie in der Hand getragen und nachgedacht.

»Sicher. Was ist los?« Theodore musterte Bea aufmerksam. Ihm war nicht entgangen, dass sie in Gedanken woanders war.

»Du hältst mich sicher für verrückt, aber … aber ich glaube, wir werden verfolgt.«

Theodore drehte sich um und schaute nach hinten. »Du hast recht, aber sie verstecken sich nicht sonderlich gut …« Er deutete zu den anderen, die gerade den Stuhl von Juniors Rücken lösten. Mit dem Ding auf dem Panzer kam der Kylo einfach nicht mehr unter den Bäumen hindurch.

Bea schnaubte.

»Ernsthaft, Bea. Ich glaube, du hast etwas gesehen. Es war nur nicht das, was deine Fantasie daraus gemacht hat. Schau mal nach oben.« Theodore hob das Kinn, und gemeinsam schauten sie zu den tanzenden Lichtern hinauf, die durch das Laub hindurch zu sehen waren. Vor lauter Insekten und Vögeln brummte die Luft förmlich. »Da blicken eine Million Augen auf uns herab, denn wir sind Fremde in dieser Umgebung. Vermutlich sehen wir sehr komisch für sie aus.«

Wie immer hatte Theodore die richtigen Worte gefunden, um die Situation zu entspannen.

»Deine Mutter wäre wirklich stolz auf dich, wenn sie wüsste, dass ihr Mädchen sich hier zurechtfindet … und dass sie sogar die berühmten Paradiesraptoren gefunden hat! Du machst das großartig, Bea. Kopf hoch.« Theodore stupste ihr freundschaftlich ans Kinn und lächelte sie stolz an. »So … Kommst du hier zurecht, während ich Bunty wieder auf das arme, bunt bemalte Tier schnalle, nachdem wir den Stuhl runtergeholt haben? Wir wollen doch nicht, dass sie noch in Schwierigkeiten gerät.«

Bea grinste, und Theodore zwinkerte ihr zu und ging pfeifend zu Junior zurück.

Hier und da, wo mal ein Baum umgefallen war, öffnete sich das Dschungeldach kurz, sodass Licht auf den Boden fiel und funkelnde Tropfen in der feuchten Luft hingen. Vor Bea lag gerade genau solch eine Szene. Sie sprang über den langen Baumstamm, der diese Oase des Lichts erschaffen hatte, und landete in einem Wust von frischem Unterholz. Sofort fiel ihr auf, dass auch andere Kreaturen hier Zuflucht gesucht hatten. Der Anblick war geradezu surreal: Vier rote Baumkängurus drehten sich mit großen Augen zu ihr um. Es war wie die Illustration aus einem Kinderbuch, in dem Teddybären Picknick im Wald machten.

Kaum war Bea stehen geblieben und hatte sie angelächelt, da schossen drei von ihnen auch schon in den Wald und kletterten wie der Blitz die Bäume hinauf. Ihre Geschicklichkeit war beeindruckend, und kurz darauf waren sie verschwunden. Als Bea wieder nach vorne schaute, sah sie, dass das vierte Känguru noch immer dort hockte und sie mit seinen schwarzen Augen musterte. Bea fragte sich, warum es den anderen nicht gefolgt war. Langsam bewegte sie sich auf das Tier zu, Schritt für Schritt. Es rührte sich nach wie vor nicht. »Du armes Ding. Haben die anderen dich zurückgelassen?« Bea hielt es für das Beste, ruhig zu bleiben und sich mit der süßen, samtigen Kreatur anzufreunden. »Hab keine Angst. Ich bin's nur. Die kleine Bea.« Ihr Selbstvertrauen wuchs mit jedem Schritt.

Nach ein paar Schritten wusste Bea, was hier los war. Das Baumkänguru war mit einem kurzen Stück Draht um den Hals an einen Stamm gefesselt. »Warum tut jemand einem so süßen Pelzknäuel wie dir so etwas an?« Bea wollte dem Tier helfen, doch bevor es dazu kam, schoss etwas wie der Blitz neben sie. Eine gefiederte Kreatur packte sie.

Binnen Sekunden flog Bea durch die Luft und landete ein paar Meter entfernt auf dem Rücken. Sofort war die Kreatur auf ihr. Der Aufprall hatte Bea die Luft aus der Lunge getrieben, und sie blinzelte mehrmals, um wieder klar sehen zu können. Was war hier los? Sie spürte Federn in ihren Fingern, und da war der Umriss eines Kopfes über ihr. Ein strahlender Heiligenschein umgab ihn.

Ist das ein Engel? Bin ich tot?, dachte sie. Sie konnte kaum atmen, und in ihrem Kopf drehte sich alles. Dann, plötzlich, war das Gewicht auf ihrem Körper weg, und als ihre Lunge sich wieder mit Luft füllte, klärte sich auch ihr Blick. Sterne funkelten in dem Licht, das die Gestalt einrahmte, und es wurde klar, dass es kein Engel war. Kalte, blaue, gefährlich aussehende Augen starrten auf sie hinunter. Voller Angst und in dem Verlangen nach Sauerstoff würgte Bea. Die Gestalt bewegte sich, und die Sonne schien Bea mit all ihrer Kraft ins Gesicht. Erneut konnte sie nichts mehr sehen, und wieder dauerte es eine Weile, bis sich ihre Augen an das Licht gewöhnt hatten. Schließlich erkannte sie, dass sie keine Sterne sah, sondern Blätter, die um sie herum von oben herabschwebten.

Die Gestalt war verschwunden.

Hinten auf dem Weg hatte Theodore das Geräusch von Beas Aufprall gehört. Sofort war er herumgewirbelt, hatte alles stehen und liegen gelassen und war in ihre Richtung geeilt. Auf der hell erleuchteten Lichtung, die ihm schon vorhin aufgefallen war, sprang ihm nun etwas ins Auge, das eben noch nicht da gewesen war. Mittendrin und hoch oben hing ein Netz mit etwas Großem darin, das verzweifelt da rauswollte.

»Bea! Rühr dich nicht! Ich hol dich da runter!«, rief Theodore außer sich. Er hechtete über den umgestürzten Baum, blickte hektisch hin und her und versuchte auszumachen, mit was für einer Falle er es zu tun hatte. Dann entdeckte er ein Seil, das das Netz hielt. Er lief dorthin, zog sein Messer, packte das Seil und schlug es durch. Die Spannung auf dem Seil war größer, als Theodore erwartet hatte. Er wurde in die Höhe gerissen, während sich das Netz gleichzeitig senkte und an einer Seite öffnete.

»Bea! Ich hab dich!«, rief Theodore, obwohl er noch immer ein paar Meter in der Luft hing. Als das Netz sich weiter entfaltete, riss etwas unter Theodores Gewicht, und krachend fiel er herunter. Er rollte sich herum und suchte nach einer Öffnung in dem verwirrten Netz. Als er so etwas wie eine Kante fand, kroch er sofort darunter, packte Bea an den Armen und hob sie hoch ... Nur war das nicht Bea, sondern ein Rotes Baumkänguru, das ihn erschrocken anstarrte.

»Sie ist hier, Mr. Shogun!«, rief Sammy. Er und Biggie waren gerade auf der Lichtung angekommen und ein wenig verwirrt, als sie das niedliche Tier in Theodores Armen bemerkten. Theodore ließ das Känguru los, und augenblicklich schoss es den nächsten Baum hinauf und folgte seinen Freunden mit einem fröhlichen Jaulen.

Sammy hatte Bea ein paar Meter entfernt gefunden. Sie war starr vor Schreck und unfähig, einen zusammenhängenden Satz zu bilden.

»Ganz ruhig, Liebes.« Bunty eilte zu ihrer Enkelin, setzte sie auf und drückte ihren Kopf an sich. »Biggie, was ist das für eine furchtbare Konstruktion?«

»Das, Lady, ist die übelste Art von Falle, die Sie sich vorstellen können. Damit fängt man nichts, sondern man tötet es.«

Theodore steckte sein Messer weg, klopfte seine Jacke ab und nickte Biggie zu.

»Ja, diese Falle ist ziemlich ausgefeilt. Es sieht so aus, als würde der Köder – in diesem Fall ein Baumkänguru – mit dem Netz in Sicherheit gezogen, um ihn dann später noch einmal verwenden zu können. Der Spannung an diesem Seil nach zu urteilen, hätte das Opfer sich den Hals gebrochen, wenn es in die Luft gerissen wird.«

»Du hast ja solches Glück gehabt, Beatrice.« Bunty tröstete ihre Enkelin weiter, doch Bea wusste, dass nicht Glück sie gerettet hatte. Das war diese Kreatur oder der Geist mit den gefährlichen Augen gewesen.

»Wer zum Teufel macht so was?«, verlangte Bunty zu wissen. Dabei hatte sie eine sehr gute Vorstellung davon, wer dahintersteckte.

Biggie seufzte. »Ihr Freund Christian Hayter. Seine Boshaftigkeit kennt keine Grenzen. Diese Falle hier hatte ein Känguru als Köder. Das ist zu groß für die kleinen Paradiesraptoren.«

»Dann ist die wohl für Schattenraptoren gedacht, korrekt?«, fragte Theodore.

»Für was sonst? Das sind die größten Raubtiere auf dieser Insel, und Hayter führt schon lange einen Privatkrieg gegen sie. Er will an der Spitze der Nahrungskette stehen, und unglücklicherweise scheint er diesen Krieg zu gewinnen.«

»Sind hier nicht alle Raptoren bedroht?«

»Ja. Einst hat es auf dieser Insel nur so von ihnen gewimmelt, aber jetzt sind sie zu einer Seltenheit geworden. Die gut aussehenden, bunten haben einen gewissen Wert. Ihre Federn bringen Geld, aber die Schattenraptoren … Ihre Federn sind wertlos. Also tötet Hayter sie einfach so zum Spaß.«

»Und um sie an seinen Tyranno zu verfüttern, sein Haustier«, ergänzte Bunty.

»Diese Bestie ist kein Haustier. Das ist ein … ein Monster. Sie hat nichts auf dieser Insel zu suchen. Allein ihre Gegenwart erfüllt alles schon mit Angst, uns Menschen eingeschlossen. Der Letzte, der sich Hayter widersetzt hat, wurde … gefressen.«

Bunty kniff die Lippen zusammen, und ein Schatten der Wut huschte über ihr Gesicht.

»Ich fürchte, weiter können wir nicht gehen«, verkündete Biggie.

»Was ist mit den Paradiesraptoren?« Theodore straffte die Schultern. »Bis jetzt haben ja nur Bea und Sammy einen zu Gesicht bekommen. Bunty und ich wollen aber auch noch welche sehen.«

»Hören Sie«, erwiderte Biggie. »Viele Leute ziehen auf der Suche nach ihnen in diesen Dschungel, und wie Sie inzwischen ja wissen, kehren sie nicht immer zurück. Hayter hat den Tod auf diese Insel gebracht. Sie müssen wieder mit uns zurück, bevor er erfährt, dass Sie seinen Dschungel betreten haben. Und jetzt haben Sie auch noch eine seiner Fallen zerstört. Das ist nicht gut für sein Geschäft, und dafür werden Sie bezahlen … und der Preis wird Ihr Leben sein.«

»Ich habe keine Angst vor ihm«, erklärte Theodore.

»Ich auch nicht«, sprang Bunty ihm zur Seite.

»Ich schon«, sagte Biggie. »Sammy und ich werden jetzt gehen. Wenn Sie so verrückt sind und bleiben, dann viel Glück. Ich kann es mir nicht leisten, in so einen Kampf verwickelt zu werden.« Er legte seinem Sohn die Hände auf die Schultern. »Sie können ja jederzeit wieder mit dem Schiff verschwinden, aber wir müssen mit den Konsequenzen leben, und ich muss meine Familie beschützen.«

Bunty schwieg. Sie zerlegte jedes einzelne Teil von Hayters mörderischer Falle in kleine Stücke, während Biggie und Sammy sich zum Aufbruch bereitmachten.

# 10

# DER REGENBOGEN-EUKALYPTUSBAUM

*– Seite 134 –*

Obwohl Biggie fest entschlossen war, mit Sammy zu gehen, schaffte Bunty es irgendwie, dass er zumindest Junior zurückließ. Schließlich war der Kylo ja auch mit ihrer Ausrüstung beladen, und ohne ihn konnten sie nicht weiter. Biggie nahm sich nur etwas Wasser und den kleinen Rucksack mit seiner eigenen Ausrüstung.

Sammy machte sich Sorgen um Bea. »Pass gut auf Junior auf, fleißiges Bienchen. Dann wird er auch auf dich aufpassen. Vergiss das nicht.«

Die Ereignisse des Vortages und die darauffolgende schlaflose Nacht hatten allen die Kraft geraubt. Niemand wollte groß reden. Stattdessen gingen alle im Kopf noch einmal das Geschehene durch, und alle kamen sie zu dem Schluss, dass es vielleicht doch besser wäre, nicht tiefer in den Dschungel vorzudringen, nicht ohne Sammy und Biggie. Aber alle waren sie auch viel zu stolz, um sich die Niederlage oder ihre eigenen Schwächen einzugestehen, und so trotteten sie weiter. Nur dann und wann hielten sie mal an, wenn Junior beschloss, zu fressen oder sich zu erleichtern. Besonders Bea hatte viel, worüber sie nachdenken musste.

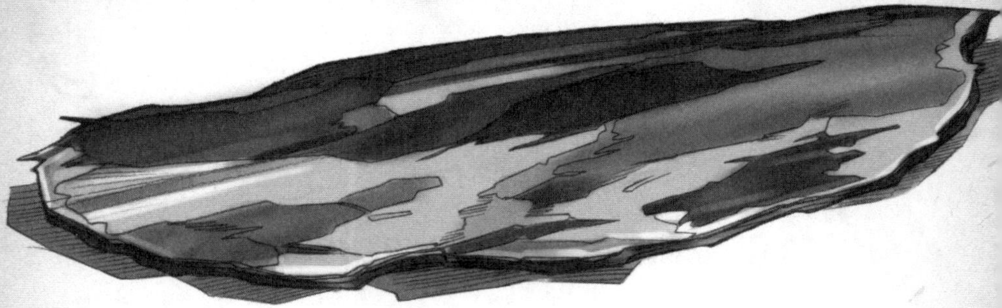

Dass sie der Falle nur knapp entkommen war, hatte ihr eine furchtbare Angst eingejagt, und sie musste ständig daran denken … und an ihren geheimnisvollen Retter.

Schließlich blieb Theodore stehen und drehte sich zu den Frauen um.

»So! Das soll für heute genügen. Dieser Baum hier scheint uns gut vor dem Regen schützen zu können, der …« Er schaute nach oben. Der Himmel verdunkelte sich, und die ersten Tropfen prasselten auf die Baumwipfel.

Bea schauderte und lief in den Schutz des bunten Baums. Bunty zog ihren langen Mantel aus und legte ihn Bea um die Schultern. »Hier, Liebling. Der hält den Regen von dir ab.«

»Was für ein Baum ist das?«, fragte Bea Theodore, der gerade Junior festband und das Nötigste ablud.

»Du kannst mich fragen, was du willst, nur nichts über Bäume. Das ist einfach nicht mein Spezialgebiet.«

Neugierig schaute Bea nach oben. Der Baum war über einen großen Felsen gewachsen und wurde von hohen, mächtigen Wurzeln gestützt, die sich um den Stein gewickelt hatten und nach außen gewuchert waren. Die Äste waren niedrig und lang, und die Ranken an ihnen bildeten eine Zuflucht in dem ansonsten eintönigen Urwald. Der Baum erinnerte Bea an eine Weide, wäre da nicht die Tatsache gewesen, dass die Rinde in allen Farben des Regenbogens leuchtete. Rot, Orange, Gelb, Grün, Blau, Violett … Es sah aus wie Pinselstriche auf dem Bild eines Kindes. Bea brach ein Stück Rinde ab, schaute es sich an und steckte es in ihre Tasche.

»Das ist einer der Reiseführer deines Vaters. Schau … Bäume der Tropen«, sagte Bunty. Sie hatte ein altes Buch aus einem ihrer Koffer geholt, die Junior noch immer auf seinem Rücken trug. »Wie, glaubst du, nennt man diesen Baum?«

»Ich weiß es nicht.« Bea klopfte auf den Stamm und dachte nach. »Regenbogenbaum?«

Bunty schlug das Buch auf und fuhr mit dem Finger den Index hinunter, bis sie gefunden hatte, was sie suchte. »Seite 134.« Sie blätterte dorthin, blickte zu Bea und lächelte. »Korrekt. Das ist ein Regenbogen-Eukalyptusbaum, ein Eucalyptus deglupta, um genau zu sein.«

Bea hob die Augenbrauen. »Ernsthaft?«

Bunty gab ihr das aufgeschlagene Buch. Regen tropfte auf die Seite.

»Hier. Nimm meinen Schirm. Setz dich, und lies etwas.«

Bea folgte dem Rat ihrer Großmutter und setzte sich auf eine der mächtigen Wurzeln. Den Schirm hielt sie so, dass er sie vollständig schützte. Eine Zeit lang konzentrierte sie sich mal auf etwas anderes, als einen Fuß vor den anderen zu setzen, und entfloh so dem furchtbaren, nassen Dschungel.

Auf Seite 134 fand sich eine farbenfrohe Beschreibung, die genau zu dem prachtvollen Baum passte, an dem Bea saß. Unglücklicherweise reichte Beas Enthusiasmus nicht aus, um noch mehr über den rot blühenden Regenbogen-Eukalyptus zu erfahren, und so schloss sie das Buch wieder.

Aber irgendwas an diesen Seiten zog Bea dennoch in ihren Bann. Kurz hielt sie inne, dann schlug sie das Buch wieder auf und schaute sich die allererste Seite an. »Franklin Kingsley, 1908« stand dort geschrieben. Die Vorstellung, dass ihr geliebter Vater selbst hier an ihrer Seite war, tröstete Bea ein wenig. Sie klappte das Buch wieder zu und steckte es in eine der tiefen Taschen von Buntys Mantel. Dabei entdeckte sie etwas. Sie holte es heraus. Es waren die vertrauten Briefe ihrer Mutter, adressiert an sie, Bea, und mit einer roten Schnur zusammengebunden. Bunty hatte sie immer dabei, und oft las sie Bea laut aus ihnen vor, um die Erinnerung an ihre Mutter am Leben zu erhalten.

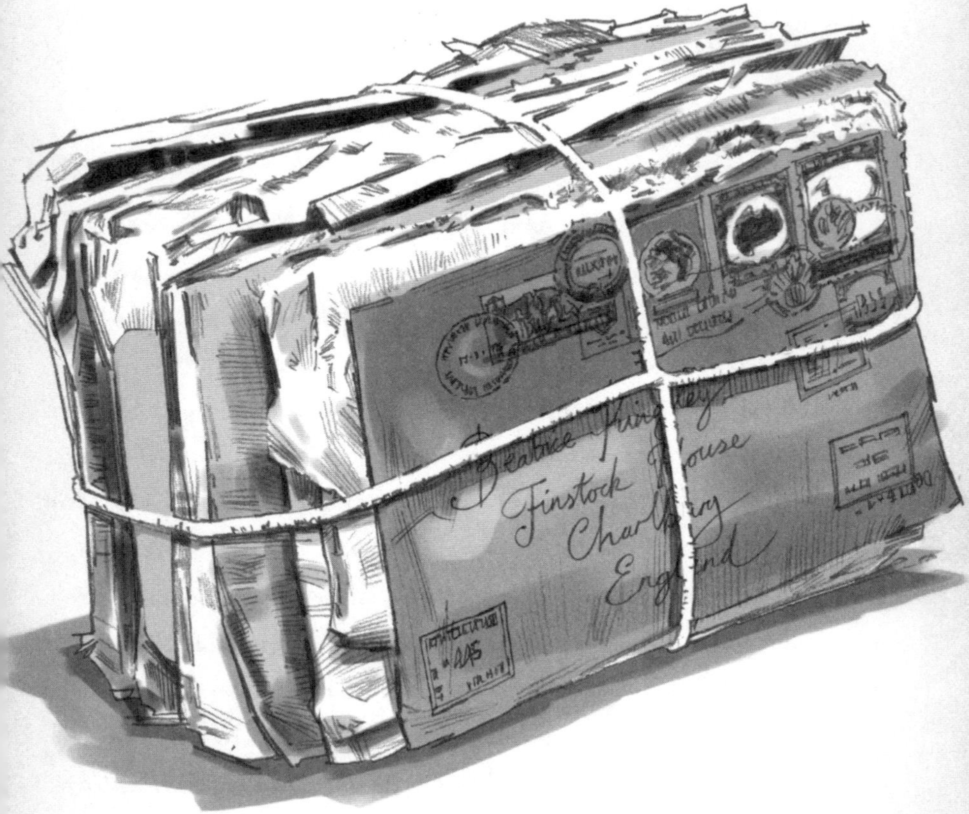


Doch der oberste Umschlag sah irgendwie anders aus. Bea löste ihn aus dem Bündel und verglich ihn mit dem darunter. Er war deutlich weniger abgegriffen, nicht ausgeblichen, und da war eine ganze Reihe unterschiedlicher Briefmarken. Und Bea hatte ihn noch nie gesehen.

Koto Baru, Wokan
Aru-Inseln
Provinz Maluku
Ostindonesien

17. Februar 1921

Liebe Beatrice,

wie du an den hübschen Stempeln und der Briefmarke siehst, haben wir Australien endlich verlassen und uns auf die lange Heimreise um die ganze Welt gemacht, um in ungefähr einem Monat bei dir zu sein.

Nach einer etwas holprigen Überfahrt sind wir auf den Aru-Inseln angekommen, ein wenig südlich von Papua. Franklin wollte hier einen Zwischenstopp einlegen, um eine kurze Exkursion in den Urwald zu unternehmen, wo wir hoffen, einige der fantastischen Paradiesraptoren zu sehen. In Darwin haben wir Paradiesvögel gesehen. Sie hatten wahrlich wunderbare Federn, und wir haben gehört, dass die Raptoren sogar noch prachtvoller sein sollen. Dazu kommen ihre seltsamen Tänze und ihr Gesang. Dein Vater behauptet, der Grund für diesen Ausflug sei rein wissenschaftlich, aber ich weiß, dass er genauso aufgeregt

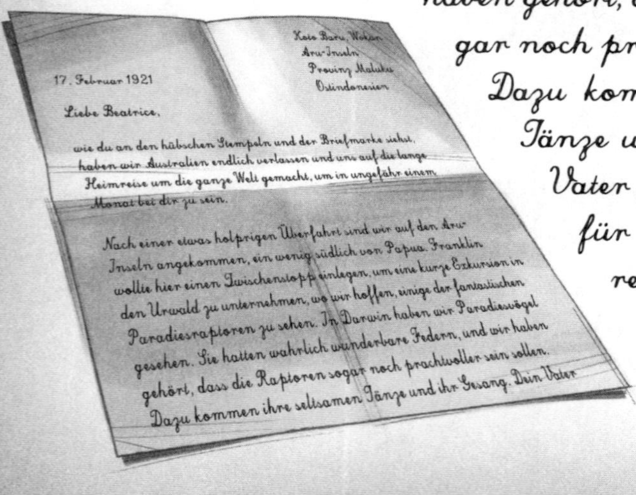

*ist wie ich, sie endlich in freier Wildbahn zu beobachten. Die bunte Feder, die ich diesem Brief beilege, hat mir eine reizende Einheimische geschenkt, die mit uns an Bord war. Ich verspreche, dir noch weitere mitzubringen.*

*Aus Gründen, die viel zu komplex sind, um sie hier darzulegen, waren die letzten Tage die anstrengendsten, aber auch vergnüglichsten, die wir je erlebt haben. Dein Vater und ich können es gar nicht erwarten, wieder bei dir und den anderen zu sein, um euch unsere Überraschung zu zeigen. Es ist das beste Geschenk, das du dir vorstellen kannst, und ich weiß, dass du es lieben und für immer dafür sorgen wirst.*

*Deine dich über alles liebende Mutter*

*Grace xxx*

Mit jeder Träne zitterten die Worte auf dem Papier.

Bea blinzelte, um wieder klar sehen zu können. Dann schaute sie sich noch einmal den Umschlag an und entdeckte eine handgeschriebene Notiz neben den Briefmarken: Bitte, entschuldigen Sie die Verspätung!

Bea hielt den Brief unter die Nase und atmete tief ein, aber das Einzige, was sie roch, war der schwache Duft von Ingwer. Sie las noch einmal die süßen, bezaubernden und lebhaften Worte, doch erneut kam sie zu dem gleichen, verwirrenden Schluss. Jetzt war klar, warum sie wirklich auf diese abgelegene Insel gekommen waren. Aber warum hatten Theodore und ihre Großmutter diesen Brief vor ihr geheim gehalten? Glaubten sie etwa, sie sei noch zu jung, und dass die Wahrheit ihr Angst machen würde?

Bea hob den Schirm, der sie schützte, und schaute zu Bunty und Theodore, die gerade einen Unterstand bauten und Feuer machten.

»Ich bin dreizehn Jahre ALT«, murmelte sie vor sich hin, »nicht JUNG.«

*

Das Flackern des Feuers ließ die Schatten fröhlich um das Lager tanzen. Die Stimmung war jedoch alles andere als fröhlich. Bea war tief in Gedanken versunken. Trotz der allgegenwärtigen Klänge des Dschungels konnte sie nur an den Brief ihrer Mutter denken.

Bea hatte das Buch und den Mantel wieder zurückgegeben, ohne dass ihre Großmutter bemerkt hätte, dass sie den neuen Brief gelesen hatte. Sie wollte etwas dazu sagen, doch das war nicht der richtige Zeitpunkt dafür. Es war besser, darauf zu warten, was passieren würde. In jedem Fall waren sie nicht auf dieser Insel, um sich die Paradiesraptoren anzusehen.

Jetzt war auch klar, warum sie nur zwei Tage nach Beginn der Sommerferien und ohne große Vorplanung diese lange Reise angetreten hatten. Bunty musste den Brief bekommen und beschlossen haben, auf der Stelle aufzubrechen. Hatten Bunty und Theodore wirklich damit gerechnet, dass Beas Eltern sie am Pier erwarten würden?

Und jetzt war genauso klar, warum Bunty direkt nach ihrer Landung schnurstracks zum Postamt gerannt war … Aber was hatten Bunty und Theodore dort erfahren?

Bea versuchte, den Mut aufzubringen, die Lagerfeuergespräche in diese Richtung zu lenken. Sie wollte fragen: Glaubt ihr, dass Mama und Papa hier gewesen sind? Doch tief in ihrem Inneren wollte sie die Antwort gar nicht wissen. Nach elf langen und schmerzhaften Jahren wusste Bea, dass sie nur schlechte Neuigkeiten bekommen würde.

Bea bemerkte, dass Theodore auch etwas auf dem Herzen hatte. Er packte gerade seinen Seesack aus, legte alles sorgfältig in Reih und Glied und blies Staub von Dingen, die er schon seit Ewigkeiten nicht mehr angerührt hatte. Bea kannte dieses Ritual: Es hieß, dass Theo nicht reden wollte.

Bunty tat etwas Vergleichbares. Ihre Handtasche, oder besser ihr Handsack, enthielt alles, was ihr etwas bedeutete, und auch sie suchte nach etwas. Sie hatte den Inhalt ausgekippt, schaute in die leere Tasche und packte schließlich alles wieder ein, schön geordnet nach Bedeutung. Das Bündel mit den Briefen ihrer Tochter war jedoch nicht dabei. Das wäre eine gute Gelegenheit für Bea zu erwähnen, dass sie in der Manteltasche waren … aber bevor sie den Mut dafür fand, fragte Bunty: »Wo sind sie?«

»Wo ist was?«, erwiderte Theodore.

Bunty drehte sich um, schaute Theodore in die Augen und fragte: »Grace und Franklin. Wo sind sie, Theodore? Was zum Teufel machen wir hier in diesem furchtbaren Dschungel?«

Bea starrte ihre Großmutter an. Bunty hatte die Hände vors Gesicht geschlagen und schluchzte.

Theodore stand rasch auf, holte ein Taschentuch aus seiner Tasche und reichte es Bunty. »Hier.« Theodore sah zu Bea. Sie starrte immer noch. »Komm schon, Bunty. Wir sind alle müde.«

Bea hatte noch nicht einmal darüber nachgedacht, wie Bunty sich fühlen musste, seit dieser neue Brief eingetroffen war. Und jetzt stellte plötzlich ihre Großmutter die Frage, die sie selbst hatte stellen wollen, auch wenn sie Angst vor der Antwort hatte. Bea und Bunty trennten zwei Generationen. Grace lag dazwischen, und die liebten sie beide, und sie vermissten sie sehr. Bea sprang aus ihrer Hängematte, lief zu Bunty und schlang die Arme um ihre Großmutter.

»Oma, bitte, stell keine Fragen, auf die es keine Antwort gibt!«

»Liebling, es tut mir ja so leid. Ich war nicht ehrlich zu dir.«

Bea atmete tief durch. »Kein Problem, Oma. Ich habe den Brief gelesen. Ich weiß, warum wir hier sind.«

Bunty drückte sie fest an sich. »Dann weißt du auch, dass sie vielleicht ihre letzten Tage hier verbracht haben. Es tut mir ja so leid, Bea, aber ich musste herausfinden, warum sie hergekommen waren.«

»Wir haben uns alle immer gewünscht, dass sie eines Tages zurückkehren würden, aber jetzt glaube ich, dass das nie geschehen wird.«

»Ich fürchte, du hast recht, Beatrice. Ich habe dich schon viel zu lange wie ein kleines Kind behandelt. Du bist viel klüger, als ich dir zugestehe.«

Bea lief rot an und wischte sich die Tränen aus den Augen.

»Ich hatte gehofft, die Antwort oder wenigstens Spuren von ihnen zu finden«, fuhr Bunty fort. »Aber wir müssen realistisch sein. Vielleicht werden wir nie herausfinden, was geschehen ist. Lasst uns einfach beten, dass wir hier wenigstens mit dieser furchtbaren Sache abschließen können.«

Theodore, der über den beiden aufragte, breitete die Arme aus, bückte sich und drückte die beiden Frauen an sich. Er musste nichts sagen. Seine Kraft hatte zwar Grenzen, sein Herz nicht.

Nach einer Weile lockerte er seinen Griff wieder und sagte: »In der Armee war es unsäglich hart, aber was ihr beide durchgemacht habt, ist die schlimmste Art von Schmerz, die man sich vorstellen kann. Der Verlust eines wahrhaft geliebten Menschen: eines Kindes, der Eltern. Lasst uns nicht streiten, sondern uns gegenseitig helfen.«

Bunty und Bea schluchzten zustimmend an seiner Brust.

»Es ist mitten in der Nacht«, fuhr Theodore fort. »Heute passiert ohnehin nichts mehr. Morgen kehren wir wieder zu Biggie und Sammy zurück und sehen zu, dass wir von diesem Felsen verschwinden. Wenn ich eins bei der Armee gelernt habe, dann, dass man besser nicht ins Wespennest treten soll. Die kleinen Dinge schmerzen stets am meisten. Wir haben uns Feinde auf der Insel gemacht, und es gibt hier kein Gesetz, das uns beschützen würde. Ihr müsst mir versprechen, dass ihr tut, was ich sage. Dann bringe ich euch wieder sicher heim.«

Bea und Bunty schluchzten im Chor und versprachen es ihm. Eine Zeit lang hielten sie sich noch in den Armen, dann nahm Theodores Stimme einen strengen Tonfall an.

»Okay. Wir brechen bei Sonnenaufgang auf. In fünf Minuten geht das Licht aus. Ich werde die erste Wache übernehmen. Wenn ihr euch erleichtern müsst, dann macht schnell. LOS!«

Es dauerte nicht lange, da schliefen Bunty und Bea tief und fest, und ihr Schnarchen mischte sich unter die unzähligen anderen Geräusche um sie herum.

Das Gras daheim war lang, länger als normal. Das muss der Morgen sein, dachte Bea. Tau hatte sich auf die Halme gelegt, die jedes Mal ihren Sturz dämpften, wenn sie von Duster fiel, ihrem prächtigen Allosaurus. Bea versuchte aufzustehen, aber sie wurde auf dem feuchten Boden festgehalten. Sie konnte sich nicht bewegen. Duster beugte sich zu ihr, um sich zu vergewissern, dass sie in Ordnung war. Ja, sie war tatsächlich gefallen – deshalb lag sie auf dem Boden.

Kein Schmerz. Das ist gut, dachte sie. Sie befreite ihre linke Hand, die unter ihr eingeklemmt war, und tätschelte Duster die elegante Schnauze.

»Alles okay. Ich bin nicht verletzt.« Duster leckte ihr die Wange, wie er es immer tat, wenn er noch ein Pfefferminz wollte. »Tut mir leid, Duster, aber ich habe keins mehr. Dabei könntest du eins gebrauchen. Du stinkst!« Bea kicherte, wie es die meisten Menschen tun, wenn ein Gestank noch nicht wirklich ekelig, sondern lustig ist. Sanft schob sie Duster weg. »Du stinkst wirklich! Was hast du gefressen?«

Langsam öffnete Bea nach ihrem langen, tiefen Schlaf die Augen und blinzelte, bis die Wirklichkeit in ihren Traum vordrang.

Ein Schattenraptor lugte in ihre Hängematte, und sie streichelte ihm die Schnauze.

# 11

## HOCH DIE KNIE, MUTTER BROWN

*– Lasst uns alle zum Fluss gehen und eine Banane essen –*

Bea war sofort hellwach. Das große rote Gesicht des Raptors ragte über ihr auf und bewegte sich hin und her. Mit seinen scharfen blauen Augen blinzelte er sie an. Bea war froh, dass das nicht die seltsamen, unheimlichen Augen waren, die sie schon zuvor gesehen hatte. Trotzdem waren sie bedrohlich. Der Raptor stupste sie mit der Schnauze an, sodass ihre Hängematte hin- und herschwang. Dann schaute er wieder hinein, krächzte und entblößte dabei seine rasiermesserscharfen Zähne.

»Rühr dich nicht, Bea!«, zischte Theodore hinter ihr. Er war ebenfalls aufgewacht. »Bunty, wach auf.« Seine Stimme war leise, aber fest. »Bunty, wach auf, und rühr dich nicht!«

Als Antwort erhielt er ein müdes Grunzen. Also versuchte Theodore erneut, das Unvermeidliche abzuwenden. »Bunty, wach auf, und rühr dich nicht! Und mach auch kein Geräusch!«

Doch wie Bea schon vermutet hatte, tat Bunty genau das Gegenteil.

Ihre Großmutter drückte die Seite des Schlafsacks herunter und schaute hinaus ... und dann kreischte sie, und der Schattenraptor kreischte auch und stellte die langen Nackenfedern auf. Bunty fiel von ihrem Feldbett und rollte sich sofort darunter.

»Theodore! Mach das weg!«

»Ganz ruhig, Bunty. Immerhin wollten wir das doch sehen: Paradiesraptoren in freier Wildbahn. Bleibt ganz ruhig und keine hektischen Bewegungen. Wollen wir doch mal sehen, was das Tier vorhat.«

Theodore streckte die Hände zu dem Raptor aus, als wolle er ihm zeigen, dass er unbewaffnet war und nichts für ihn habe. Er fesselte die Aufmerksamkeit des Tiers und bewegte sich dabei zur Seite, weg von Bea und Bunty. »Vertraut mir. Das Tier hat mehr Angst vor uns als wir vor ihm.«

»Das fällt mir schwer zu glauben«, murmelte Bunty.

»Komm, Junge. Ja, so ist gut. Komm, komm ...« Theodore ging jetzt rückwärts. Nun konnte Bea den Schattenraptor auch in Gänze sehen. Er war fantastisch. Sein von Federn bedeckter Körper war in allen möglichen Schattierungen von Schwarz und Grau gefleckt. Jede einzelne Feder fing das Mondlicht ein, doch anstatt es zu spiegeln, schluckten sie das Licht irgendwie und wurden matt. Andere Teile des Gefieders wiederum waren geradezu durchsichtig. Auch das matte Schwarz war nicht wirklich schwarz. Wie bei der Schwanzfeder, mit der Sammy vor Junior herumgewedelt hatte, war es tatsächlich eher dunkelgrün, sodass es perfekt mit dem Grün des Dschungels verschmelzen konnte. Die Beine des Raptors zierten kurze Federn, bis auf die Knöchel, die einen richtigen Federkranz hatten ... ähnlich wie bei den Bantam-Hühnern zu Hause, dachte Bea.

Als der Raptor sich umdrehte, bemerkte Bea, dass die wütende rote Farbe aus dem Gesicht des Tiers gewichen war. Offensichtlich hatte der Saurier sich ein wenig beruhigt.

Theodore gelang es gut, den Raptor zu sich zu locken und damit auf die andere Seite des Baums, wo Junior angebunden war und alles um sich herum ignorierte. Bea rührte sich nicht, genau wie Theodore befohlen hatte. Als sie aus ihrer Hängematte hinausspähte, fiel ihr auf, dass der Boden unter ihr vollkommen sauber war. Sämtliches Laub war entweder unter die Wurzeln oder außerhalb der Reichweite der tief hängenden Äste gekehrt worden. Es war genau so, wie sie es bei der kleineren Blauschnauze gesehen hatte. Also war das hier vermutlich der Tanzplatz des Schattenraptors.

Vorsichtig schwang Bea sich aus der Hängematte. Theodore hob den Blick. »Bea! Mach keine Dummheiten!«

»Das hier ist eine Balzarena«, erklärte sie leise, als der Raptor sich wieder zu ihr umdrehte. Erneut lief er rot an. »Wir machen hier Unordnung.«

Theodore schaute sich um. »Clever. Was schlägst du vor?«

»Wir helfen ihm aufzuräumen.« Bea war sich sicher, was die Situation betraf, aber nicht in Bezug auf die Lösung. Doch es gab nur eine Möglichkeit, das herauszufinden. Sie ging zu einem von Buntys Koffern, versuchte, ihn hochzuheben, zerrte ihn dann jedoch einfach an den Rand und raus aus der Arena.

»Oma, kannst du mir helfen?« Bea schob das Feldbett von Bunty weg, und ihre Großmutter starrte sie mit großen Augen an.

»Beatrice, das ist nicht der richtige Zeitpunkt, um …«

»Bunty, steh auf, und sieh zu, dass deine Sachen von hier verschwinden!«, befahl Theodore in militärischem Ton.

Bunty sprang sofort auf und half Bea mit dem letzten Koffer.

»So! Und was jetzt, Liebes?«, fragte sie schließlich.

Der Raptor hüpfte zu der Stelle, wo die Koffer gelegen hatten, und Bea und Bunty gesellten sich zu Theodore am Stamm.

»Gut gemacht, Bea.«

»Schaut! Er macht die Arena wieder so zurecht, wie sie sein sollte.« Bea lächelte, während der Raptor auf dem Boden scharrte und alle Spuren der Menschen beseitigte. »Und sein Gesicht ist jetzt grau-pink«, fügte sie hinzu. »Er hat sich deutlich beruhigt.«

Fünf Minuten machte der Raptor noch so weiter. Als er schließlich mit seinem Werk zufrieden war, nahm er eine vollkommen andere Haltung an. Er drückte den Kopf an die Brust, streckte die Ellbogen aus und stellte die Nackenfedern zu einem Kranz auf. Eine Weile stand der Raptor einfach nur so da, legte den Kopf von einer Seite auf die andere und stellte sicher, dass ihm auch ja alle zuschauten, bevor er weitermachte.

Plötzlich sprang er mit beiden Beinen hoch in die Luft, sodass sogar seine Füße im Gefieder verschwanden. Dann schlug er mit den Flügeln, schwebte ein paar Sekunden und wirbelte mit dem Flattern den Staub vom Boden auf.

»Seht ihr, deshalb hat er also das ganze Laub entfernt«, flüsterte Bea, und sowohl Theodore als auch Bunty nickten anerkennend.

Der Raptor sprang noch ein paarmal auf der Stelle und änderte dann den Tanz. Indem er am höchsten Punkt des Sprungs den Hals reckte, gewann er noch ein paar Zoll Höhe hinzu. Gleichzeitig wechselte er die Gesichtsfarbe rasch von Pink zu Rot und wieder zurück. Er blinkte förmlich. Das war definitiv die faszinierendste Show, die die drei Menschen je gesehen hatten. Tränen des Glücks traten Bunty in die Augen.

Nach dem letzten Sprung nahm der Raptor wieder eine normale Haltung an und schüttelte sich.

»Sollen wir jetzt klatschen?« Bunty schlug die Hand vor den Mund.

Doch so toll der Tanz auch gewesen war, was dann geschah, war mehr als außergewöhnlich. Der Schattenraptor öffnete leicht die Schnauze und sagte mit tiefer, kehliger Stimme: *Buuunty, waaach auf.*

Die drei Menschen waren wie erstarrt.

*Buuunty, waaach auf,* wiederholte der Raptor, und beim dritten Mal war es perfekt: *Bunty, wach auf.*

Bunty, Bea und Theodore starrten das Tier mit offenen Mündern an.

Schließlich räusperte sich Theodore. »Ja, du bist ja ein lieber Junge.«

Der Raptor schaute Theodore direkt in die Augen, legte den Kopf auf die Seite, öffnete erneut leicht die Schnauze und wiederholte: *Jaaa, du bis' ja ein lieber Juuunge.*

Bea brach in lautes Gelächter aus.

Der Raptor drehte sich sofort zu ihr um und lachte ebenfalls, lachte, lachte immer weiter.

»Faszinierend«, sagte Theodore leise. »Ein Raptor, der Geräusche nachmachen kann. Ich weiß zwar, dass einige Vögel das können – Papageien zum Beispiel oder die Krähen bei uns zu Hause –, aber von so was hier hat noch nie jemand gehört.«

Plötzlich hallte Beas Lachen aus allen Richtungen auf die Lichtung, und rote Flecken erschienen überall in dem Dunkelgrün um den Regenbogenbaum. Einer nach dem anderen kamen Schattenraptoren aus dem Wald und versammelten sich unter dem Blätterdach des Regenbogenbaums. Der tanzende Raptor drehte sich um und wackelte mit dem Kopf, um seine Freunde zu begrüßen. Dabei imitierte er weiter Beas Lachen, bis das Geräusch die ganze Luft erfüllte.

Bea rückte ein wenig näher an Theodore heran.

»Himmel! Das sind aber verdammt viele.« Bunty sah besorgt aus.

Bea drückte sich an Theodore und murmelte: »Ich mag das Lachen nicht. Mach, dass sie aufhören.«

Die Raptoren rückten immer näher heran. Theodore versuchte, die Situation zu erfassen. »Wir sind umzingelt. Das sind mindestens ein Dutzend. So genau kann man das nicht erkennen, weil sie so gut getarnt sind.«

Bea schluckte. Denk nach, denk nach, ermahnte sie sich. Was würde ein Raptor tun? Dann kam ihr eine Idee.

»Tanzt!«

»Was?«

»Tanzt!« Bea schaute zu Bunty.

»Was? Ich?«, erwiderte Bunty und riss die Augen auf. »Ich kann nicht tanzen!«

»Äh, ich bin mir nicht so sicher, was diese Idee betrifft, Bea.« Vorsichtig zog Theodore seine Machete.

Der tanzende Raptor drehte sich wieder zu ihnen um und hüpfte unangenehm nah an sie heran.

»Oh ha! Braver Junge. Und jetzt wieder zurück.« Theodore versuchte, das Tier zu beruhigen, doch der Raptor stieß den Kopf nach vorne und rümpfte die Nase. »Zurück, habe ich gesagt!«

Eine Hand auf dem Heft der Machete, streckte Theodore die andere aus und stieß die Schnauze des Raptors weg, als der ihn anstupsen wollte.

Wie ein Mann hoben die Raptoren ihre gefiederten Schwänze, senkten ihre leuchtendroten Köpfe, ließen ihre eisblauen Augen funkeln und zischten.

Ihre Reaktion war beängstigend, nervös schaute Bea zu Boden.

Schnauzen stießen sie und Bunty in den Rücken und schoben sie raus aus der vermeintlichen Sicherheit des Baums.

»Bleibt dicht beieinander …« Theodore zog sie zu sich. Die drei bildeten eine enge Formation, Rücken an Rücken.

Die Raptoren stupsten sie immer wieder an.

»Theodore!«

»Halt durch, Bea!«

Bea hob den Blick wieder. Sie waren von zischenden Schattenraptoren umzingelt.

Bevor Theodore seine Machete heben konnte, riss Bunty ihren Regenschirm hoch und öffnete ihn abrupt. »Schu! Schu! Schu!«

Verwirrt von dieser plötzlichen Bewegung erstarrten die vordersten Raptoren kurz und fielen dann steif um. Das hatte einen Dominoeffekt, bis schließlich alle Raptoren vor Bunty auf dem Boden lagen. Theodore und Bea drehten sich zu Bunty um. Bunty grinste und öffnete und schloss ihren Schirm weiter in schneller Folge, wann immer ein Raptor sich wieder aufrappeln wollte.

»Schu! Schu!«

Theodore kratzte sich den Kopf. »Also, ich muss schon sagen, Bunty ...«

»Habt ihr noch nie gesehen, wie eine Ziege in Ohnmacht fällt? Ich glaube, das nennt man myotonisches Irgendwas. Keine Ahnung, warum sie das tun oder wie es funktioniert, aber ich dachte, wenn das bei Tieren auf dem Bauernhof klappt, warum dann nicht auch hier?« Sie schloss und öffnete weiter ihren Regenschirm. »Außerdem ist es eigentlich recht harmlos.«

Theodore packte Beas Hand. »Okay. Lauf!«

Doch als sie versuchten, die durch Buntys Schirm entstandene Lücke zu nutzen, stolperte Theodore über ein Raptorenbein, und er und Bea fielen auf das Tier.

Bunty wirbelte zu ihnen herum. »Steht auf! Schnell! Das wird nicht mehr lange funktionieren.«

Doch es war schon zu spät. Die Gelegenheit war vorbei. Bunty klappte weiter den Schirm auf und zu,

doch jetzt waren die Raptoren gegen die Überraschung immun. Erneut rückten sie gegen die drei vor.

»Tanzt! Los!«, brüllte Bea. »Uns bleibt doch eh nichts anderes mehr übrig! Tanzt um euer Leben!«

Bea sprang auf, und die Raptoren wichen ein paar Schritte zurück, als sie plötzlich mit den Armen wirbelte. So entstand ein kleiner Kreis um sie herum. Dann erinnerte Bea sich an ihre Ballettstunden und tanzte eine Pirouette.

»Beatrice! Ich dachte, du hasst Ballett!«, rief Bunty und steckte den Schirm weg. Theodore stand ebenfalls auf und begann, laut zu klatschen. Die Raptoren schauten ihnen aufmerksam zu.

»Das kann ich den ganzen Tag durchhalten!«, schrie Bea nach ihrer vierten Pirouette.

»Theodore, hilf ihr!«, rief Bunty. »Es funktioniert! Schau! Ihre Gesichter verblassen!«

»Aber ich kann kein Ballett, Bunty!«

»Mach irgendwas! Ich weiß nicht … Sing! Hüpf rum!«

Zu Beas Erleichterung sprang Theodore in den Kreis und stieß seinen Cockney-Cowboy-Schlachtruf aus: »Yeahaaa! Oookay! Let's gooo!« Und dann biss er die Zähne zusammen und sang einen alten Gassenhauer aus dem Weltkrieg:

*»There came a girl from France,*
*Who didn't know how to dance,*
*The only thing that she could do,*
*Was knees up Mother Brown.«*

Knees up Mother Brown? Hoch die Knie, Mutter Brown? Bea schaute voller Staunen zu, wie Theodore die Daumen unter seine Hosenträger schob, die Knie hob und tanzte.

*»Oh, knees up Mother Brown,*
*Knees up Mother Brown,*
*Knees up, knees up, never let the breeze up,*
*Knees up, Mother Brown!«*

Bea und Bunty begannen, im Takt zu klatschen, und grinsten einander an, während Theodore fortfuhr:

*»Oh, hopping on one foot,*
*Hopping on one foot,*
*Hopping, hopping, never stopping,*
*Hopping on one foot!«*

Und wie der Text vorschlug, hüpfte er im Takt auf einem Bein.

Bea hatte Mühe, sich ein Lachen zu verkneifen.

*»Oh, knees up Mother Brown,*
*Knees up Mother Brown,*
*Knees up, knees up, never let the breeze up,*
*Knees up Mother Brown!«*

»Oh, Theodore, ich hatte ja ganz vergessen, dass du dieses Lied kennst!«, feuerte Bunty ihn an.

*»Oh, prancing up and down,*
*Prancing up and down,*
*Prancing, prancing, never dancing,*
*Prancing up and down!«*

Für Bea war Theodores Tanz ein derart lächerlicher Anblick, dass sie nicht länger an sich halten konnte, und sie brach in lautes Lachen aus. Theodore war inzwischen dem Text gemäß zu Bunty stolziert, und nun packte er sie an den Armen und hob sie in die Höhe.

»Los jetzt, Bunty!«, rief er.

*»Oh, whirling round and round,*
*Whirling round and round,*
*Whirling, whirling, never twirling,*
*Whirling round and round!«*

Als die beiden zum letzten Mal so miteinander getanzt hatten, war der Krieg gerade vorbei gewesen. Und jetzt erfüllten sie trotz der Gefahr glückliche Erinnerungen, als sie die letzte Strophe gemeinsam sangen.

*»Oooh myyy, what a rotten song,*
*What a rotten song,*
*What a rotten song,*
*Oooh, what a rotten song,*
*What a rotten singer tooo – Oi!«*

Ja, der Song mochte ja schlecht sein und der Sänger auch, aber Seite an Seite klatschten sie in die Hände und breiteten mit dem »Oi« am Ende triumphierend die Arme aus.

Theo schwang Bunty zu sich herum, und Bea applaudierte. »Zugabe! Wie ging noch mal dieser andere Song? Der mit der Banane am Fluss?«

»Ach, komm, Bea. Das reicht jetzt«, keuchte Theodore. Er war vollkommen außer Atem.

»Bravo!« Bunty applaudierte.

Bravo-o-o, wiederholten die Raptoren. Alle hatten sie die Köpfe auf die Seite gelegt.

Bunty lächelte zitternd. »Nun, Theodore, sollte es heute hier zu Ende gehen, dann wenigstens mit Musik und Tanz.«

Dann kam von oben ein Echo von Theodores Stimme.

»Kneees up Mother Brooown?«

Bea schaute hinauf, und da waren wieder die kalten blauen Augen, die ihr schon seit Tagen folgten. Die Augen lagen in einem leuchtend roten Gesicht inmitten eines Wusts von dunklen Federn. Die Kreatur ließ sich von ihrem Ast fallen und landete direkt vor den dreien. Die Schattenraptoren wichen geschlossen zurück und senkten die Köpfe.

»Knees up Mother Brown?«, wiederholte die Kreatur.

Das Flirren der Flügel und Zucken der Beinfedern konnte die Tatsache nicht verbergen, dass dieser Raptor nur halb so kräftig war wie die anderen. Tatsächlich wirkte er sogar ein wenig dürr und schmuddelig. Aufgrund ihrer Erfahrung an diesem Morgen war Bea inzwischen schon so etwas wie eine Expertin für Schattenraptoren, und ihr fiel sofort aus, dass dieser Raptor einen wesentlich kürzeren und dünneren Schwanz hatte als die anderen. Seine Fuß- und Beinfedern standen zwar genauso ab wie die der anderen, doch irgendwie fehlte ihnen die Eleganz, die sie beim Tanz des Raptors bewundert hatte. Und dann bemerkte sie seine Klauen … Klauen, die er in … die er in den Händen hielt? Der neue Raptor legte die langen Kopffedern an und reckte den Hals.

»Ist das noch eine Art Paradiesraptor?«, fragte Bunty Theodore aus dem Mundwinkel heraus.

Bei diesen Worten richtete der Raptor sich zu seiner vollen Größe auf und starrte sie direkt an.

Bea schnappte nach Luft. »Das ist kein Raptor. Das ist ein Junge!«

# 12

# ICH KANN MEINE AUGEN VERSCHLIESSEN

*– Meine Ohren aber nicht –*

Christian Hayter lehnte sich auf seinem Stuhl zurück und legte die Stiefel auf den Schreibtisch. Es gab viel, worüber er nachdenken musste. Zuerst waren da die Zahlen, doch Rechnen war noch nie seine Stärke gewesen. Manchmal nutzte er sogar die Finger zum Zählen. Die letzte Lieferung bunter Paradiesraptoren war eindeutig kleiner und leichter als üblich gewesen. Ein kleiner Javanese kam mit dem letzten Käfig auf den Armen durch die Schwingtür und stellte ihn auf die übergroße, eiserne Waage.

»Einhundertachtzig Pfund.« Er schaute zu Hayter.

»Bist du sicher?«

»Die Waage lügt nicht. Einhundertachtzig Pfund.«

»Mach zweihundert draus.«

»Und wie?«

»Mach sie nass. Stopf sie mit Steinen … Mir egal. Mach zweihundert draus.« Hayter schlug mit der Faust auf den Tisch. Es wurde immer schwieriger, genug Raptoren zu finden, um die Nachfrage zu befriedigen. Hayter würde seine Jäger tiefer in den Dschungel schicken müssen, und das kostete Geld.

Dann war da noch dieses andere Problem, doch das würde er schon bald lösen. Erneut öffnete sich die Schwingtür, und Bishop stürzte vollkommen außer Atem in den Raum.

»Boss! Boss!« Erschöpft fiel er auf die Knie.

»Ich habe euch zwei Deppen doch erst vor zwei Tagen losgeschickt. Weshalb bist du schon wieder hier?«

»Boss … Boss …«

»Ja! Was ist?«

Bishop stützte die Hände auf die Knie und schnappte nach Luft. »Boss, ich bin die ganze Nacht auf dem Esel geritten.«

»Ja, und, du Idiot?«

»Wir haben draußen auf dem alten Gewürzpfad die Reste eines Lagerfeuers gefunden.«

Hayter rollte mit den Augen. »Und?«

»Ash hat ein paar interessante Spuren entdeckt. Eine gehörte einer Frau.«

Hayter war sofort hellwach. »Wie sicher ist er sich?«

»Also, wenn wir es nicht mit einem kleinen Mann zu tun haben, der gerne Damenschuhe trägt … Und das Lager riecht ein wenig nach … Was hat er noch mal gesagt? … Ammoniak … Ist das so eine Art Parfüm, Boss?«

Hayter sprang sofort auf und schnappte sich sein Jackett vom Stuhl.

»Lauf zur Bar, und ruf die Männer zusammen. Wir brechen sofort auf!«

Der Javanese riss die Augen auf. »Alle?«

»Nein, Jong, du wirst weiter die Raptoren vollstopfen und die ganze Ladung zum Pier bringen«, befahl Hayter und deutete auf die Käfige, die inzwischen fast das gesamte Kontor füllten. »Diese Ladung wird pünktlich verschifft. Verstanden?«

*

Tatsächlich dauerte es über eine Stunde, bis die Männer wirklich aufbrachen. Schließlich kann man nicht einfach so in den Dschungel stürmen. Man braucht Ausrüstung: Wasser, Gewehre und ein paar Flaschen Arak, den einheimischen Schnaps, der alles auf den Inseln befeuerte, die Straßenlaternen eingeschlossen.

»Los jetzt, ihr Gauner!«, bellte Hayter seine Männer ungeduldig an, als sie ihre vier Mimosaurier und drei Esel sattelten. Dazu kamen zwei junge Ankylosaurier als Lasttiere, die noch fit genug waren, um mit den anderen mitzuhalten.

Auf den breiten, gut gepflegten Handelswegen verschaffte Schnelligkeit Hayter einen Vorteil, doch sobald es dunkel wurde, mussten sie vorsichtiger sein. Dann mussten sie auf Wegkreuzungen achten und nach Markierungen suchen, die Bishop zurückgelassen hatte, um den Weg zurück zu finden.

Schließlich endeten die dunklen Pfade und mündeten auf die Lichtung, wo Bea die Raptorenfalle ausgelöst hatte. Dort, wo das Tageslicht bis auf den Dschungelboden durchgedrungen war, erhellte nun auch das Mondlicht Hayters Umgebung. Der bläuliche Mondschein ließ den Morgentau funkeln, und Hayter konnte auch ohne Laterne sehen. In der Mitte der wie verzaubert aussehenden Lichtung lag Ash und schlief an einem Feuer. Als Hayter näherkam, wachte Ash sofort auf und hob instinktiv sein Gewehr.

»Ash, bring mich auf den neuesten Stand. Wen oder was hast du gefunden?«

»Sie sind noch in der Nähe, Boss, und sie verwischen ihre Spuren nicht. Man kann ihnen leicht folgen.«

»Wie viele?«

»Ich war zunächst ein wenig verwirrt, da sie auf einem Kylo reiten. Deshalb sind nicht immer alle Spuren zu sehen. Aber es handelt sich definitiv um eine Frau, einen kräftigen Mann und ein Kind.«

»Ein Kind?« Hayter dachte darüber nach. »Im Kontor haben sie kein Kind erwähnt. Egal … Gute Arbeit. Denkst du, wenn wir noch vor Sonnenaufgang aufbrechen, könnten wir sie im Schlaf überraschen?«

»Kein Problem«, antwortete Ash.

»Was zum Teufel ist hier eigentlich passiert? Haben wir etwas gefangen?« Hayter schaute sich um.

»Nein, Boss. Ich habe schon ein wenig aufgeräumt. Hier herrschte das reinste Chaos. Ich habe die Schlingen neu ausgelegt, aber die große Falle ist ausgelöst und dann in Stücke gehackt worden. Die kann man nicht mehr benutzen.«

»Logan«, sagte Hayter. »Ich wusste gleich, dass der Kerl uns noch Ärger machen würde. Ich hätte ihn und seinen Saurierliebling schon vor Jahren erledigen sollen. Das hätte mir jetzt viel erspart.«

»Was ist mit der Lady, Boss?«

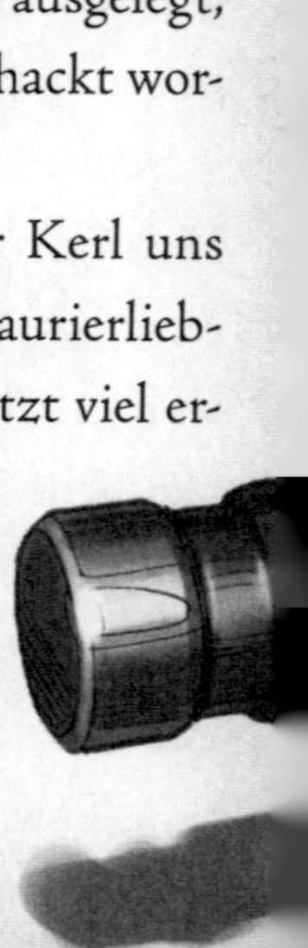

»Ich kann nicht zulassen, dass sie die Antwort auf ihre Fragen nach den Kingsleys findet … Das wäre schlecht fürs Geschäft, sowohl für meins als auch für das vom großen Boss. Er wird nicht gerade glücklich darüber sein, dass es nach so vielen Jahren noch ungelöste Probleme gibt.

»Und das Kind?«

»Was soll mit ihm sein? Da draußen gibt es jede Menge Waisen.«

*

Auf der Lichtung war die Dämmerung genauso idyllisch wie der Mondschein, doch die Männer bemerkten das nicht, als sie sich auf den Aufbruch vorbereiteten. In ausreichender Menge trübte der einheimische Schnaps, der Arak, selbst den schönsten Morgen. Sie waren noch nicht lange auf dem Marsch, als Hayter seinen Männern winkte, still zu sein. Alle machten sofort halt.

Der Dschungel schwieg nie, doch jenseits ihres schweren Atmens und der unzähligen Tiergeräusche hörte Hayter schwach etwas äußerst Ungewöhnliches. Er drehte den Kopf ein Stück und schloss die Augen, um sich zu konzentrieren.

»Lachen! Da kommt Lachen aus der Richtung.« Weiter den rutschigen Pfad hinauf blieb Hayter erneut so abrupt stehen, dass seine Männer hinter ihm fast in ihn reingelaufen wären. Er drehte sich um, funkelte sie böse an und legte den Finger auf die Lippen.

Erneut hielt er die Luft an und schloss die Augen, um herauszufinden, aus welcher Richtung genau das Lachen kam, doch jetzt war alles still. Hayter drehte den Kopf nach rechts, nach links ... nichts.

»Ihr könnt doch nicht einfach verschwunden sein«, murmelte er vor sich hin, während seine Männer mit den Schultern zuckten. »Ich weiß, dass ihr noch da seid.« Hayter atmete tief ein, schnüffelte die Luft und kniff die Augen zusammen. »Moment. Das Lachen mag ja verschwunden sein, aber was ist das?«

Er schloss die Augen, konzentrierte sich und blendete den Lärm des Dschungels aus, bis er das neue Geräusch geortet hatte.

Als er die Augen wieder öffnete, drehte er sich sofort in die entsprechende Richtung und starrte geradeaus. »Männer, macht eure Gewehre bereit. Schattenraptoren auf drei Uhr, viele, und sie zischen. Ihr wisst, was das heißt. Sie werden gleich angreifen.«

Alle nahmen sofort ihre Waffen von den Schultern und tranken sich mit einem Schluck Arak Mut an. Ash hielt Hayter die Flasche als Letztem hin, doch der winkte barsch ab.

»Ich werde erst feiern, wenn wir unsere Beute erledigt haben. Parker, Brett und Dallas übernehmen die linke Flanke. Hudson, Hicks, ihr geht mit Ash nach rechts. Bishop, du, Drake und Vasquez, ihr bleibt hier. Der Rest schwärmt aus. Sucht euch Deckung. Wir werden versuchen, sie zu euch zu treiben. Verstanden?«

Die Männer nickten.

»Und wartet auf mein Signal.«

»Was denn für ein Signal, Boss?«, fragte Bishop.

»Ein Rudel Schattenraptoren rennt kreischend auf euch zu. Wenn sie nah genug sind, knallt sie nacheinander ab … Aber kein Dauerfeuer. Wir sind direkt hinter ihnen.«

Hayter schaute seine Männer der Reihe nach an. Dabei fiel ihm die fast leere Flasche in Ashs Hand auf.

»Wisst ihr, Jungs …« Er dachte kurz nach. »Wir sollten lieber so viele einfangen, wie wir können. Knallt sie nicht ab. Ein paar von euch haben ihre Quote nicht mal annähernd erfüllt. Der Frachter hat noch Platz an Bord. Lasst uns den mit lebenden Schattenraptoren füllen.«

Bishop und seine Männer banden ein paar Seile zusammen und knüpften Netze daraus, während die anderen sich auf den Weg machten.

»Was ist mit der Frau? Und ich habe auch Kinderspuren gefunden, Boss«, erinnerte Ash Hayter leise.

»Ich werde den Mann erledigen und die anderen zusammentreiben«, erklärte Hayter. »Ihr müsst euch nur um die Raptoren kümmern. Verstanden? Dieser Logan gehört mir.«

Es dauerte nicht lange, bis alle auf ihrem Posten waren. Und sein Instinkt ließ Hayter nicht im Stich. Er führte ihn direkt zu einer Stelle im Dschungel, wo die Flora zertrampelt war. Doch wie immer waren die Spuren der Raptoren von den Federn an ihren Knöcheln verwischt, man konnte unmöglich sagen, wie viele es waren.

Das Tarngefieder der Schattenraptoren war hervorragend dafür geeignet, mit dem Hintergrund zu verschmelzen, sodass ihre Beute sie nicht sehen konnte.

Doch jemand wie Hayter, der wusste, wonach er suchen musste, konnte sie durchaus aufspüren. »Haltet nach kahlen Stellen ohne Blumen oder Äste Ausschau«, hatte er seine Männer angewiesen. Aber diesmal war etwas seltsam. Die Männer hörten deutlich das Zischen der Raptoren in der Nähe und dazu noch die Hände von jemandem, der im Takt klatschte.

Hayter winkte den Männern rechts und links von ihm und deutete in die Richtung, wo er glaubte, dass es gleich losgehen würde. Die Männer zuckten mit den Schultern zum Zeichen, dass sie nichts sehen konnten. Dann begann zu ihrem großen Frust auch noch Gesang. Die Männer schauten allesamt zu Hayter, der inzwischen vor Wut kochte. Er kannte nicht nur den Song, er wusste auch, wer mit dieser Cockney-Stimme sang: Theodore Logan.

»Ich gebe dir gleich ›Knees Up Mother Brown‹, du dreckige Ratte! Wo hast du dich versteckt?«, knurrte Hayter vor sich hin. Mit der offenen Hand signalisierte er seinen Männern zu bleiben, wo sie waren, während er selbst sich aus der Deckung wagte.

Geduckt lief er zu einem großen Regenbogen-Eukalyptus und musterte den Boden um sich herum, doch da war nichts. Hayter wusste, dass er von hier aus eigentlich ein paar Lebenszeichen hätte erkennen müssen, die kahlen Stellen im Wald, wo die Raptoren lauerten … nichts.

Als er wieder zu seinen Männern zurückkehrte, hörte er verwirrt, wie sich eine weibliche Stimme zu der des Mannes gesellte.

*»Oooh myyy, what a rotten song,*
*What a rotten song,*
*What a rotten song,*
*Oooh, what a rotten song,*
*What a rotten singer tooo – Oi!«*

Hayter rührte sich nicht. Er hatte die Augen geschlossen und dem Regenbogenbaum den Rücken zugekehrt. Soll ich eher meinen Augen oder meinen Ohren trauen? Konzentriert schaukelte er vor und zurück. Meine Augen kann ich schließen, aber meine Ohren nicht. Er wirbelte herum, hob die Hand, ballte die Faust und deutete dann auf den Baum. Der Angriff stand kurz bevor. Hayter nahm das Gewehr in Anschlag und zielte genau auf den Baum vor sich. Wie zuvor blendete er wieder die Hintergrundgeräusche aus und zielte auf die Stimmen. Und da war es ... Nicht ganz so tief wie vorhin, aber es klang eindeutig wie Logan.

»Knees Up Mother Brown?«

Hayter atmete tief ein und drückte ab.

# 13

## FLIEH UM DEIN LEBEN

*– In Zeitlupe –*

Der Schuss zerriss die Luft und ließ alle unter dem Regenbogenbaum aufschrecken. Gewehre? Wer schießt da?, dachte Bea voller Panik. Sie sah, wie der Junge die Augen aufriss und sich anschickte, sich auf sie zu stürzen. Bea war vor lauter Angst vollkommen gelähmt, und alles, was dann geschah, lief für sie wie in Zeitlupe ab.

Ein zweiter Schuss ertönte. Die rot glühende Kugel schwebte so langsam durch die Morgenluft, dass Bea sehen konnte, wie sie die Feuchtigkeit in ihrer Flugbahn verdrängte und eine Dampfspur hinterließ, als sie an dem Jungen vorbeizischte ... Und auch Bea verfehlte sie nur knapp. Schließlich traf die Kugel den Baum hinter ihr, doch Beas Aufmerksamkeit galt dem Jungen, der auf sie zustolperte.

Die Raptoren befanden sich bereits auf der Flucht. Der Junge packte Bea an den Armen, zwang sie zurück, und ihre Gesichter waren nur noch wenige Zentimeter voneinander entfernt, als eine dritte Kugel über ihre Köpfe hinwegflog und genau da einschlug, wo Bea wenige Sekunden zuvor gesessen hatte. Genau wie gestern hatte diese seltsame Kreatur, dieser Junge, ihr das Leben gerettet.

Dank der Langsamkeit, mit der ihr Gehirn das Geschehen verarbeitete, blieb Bea genug Zeit, sich auf den bevorstehenden Aufprall vorzubereiten. Nachdem sie selbst bereits auf dem Boden lag, dauerte es noch einen kurzen Augenblick, bis schließlich auch der Junge auf ihr landete und sie so vor Schaden bewahrte.

Er hatte sie beide zwischen denselben großen, gebogenen Wurzeln positioniert, auf denen Bea gestern gesessen hatte, als sie in dem Buch gelesen und den letzten Brief ihrer Mutter gefunden hatte. Gestern … Es kam ihr wie eine Ewigkeit vor.

Weitere Kugeln pfiffen durch die Luft und schlugen in den Baum über ihnen. Bemooste Holzsplitter regneten auf sie herab. Der Junge schaute Bea tief in die Augen, als suche er nach ihrer Seele. Langsam blinzelten sie beide … und plötzlich kehrte die Welt um Bea herum wieder zu ihrer normalen Geschwindigkeit zurück.

Die Raptoren stoben in alle Richtungen auseinander, während immer mehr Schüsse durch den Dschungel hallten. Der Junge rollte sich von Bea runter. Vor ihnen wirbelte Bunty herum, als Theodore einen Schritt zurücktaumelte und sich die Schulter hielt. Als er die Hand wieder wegnahm und das Blut sah, stürzte er zu Boden. Bunty eilte Theodore sofort zu Hilfe. Sie versuchte, einen Arm unter seinen Körper zu bekommen, um ihn hochzuheben, doch er war zu schwer.

Bunty riss die Spitzenmanschette von ihrem Ärmel und drückte sie auf die offene Wunde, aus der das Blut quoll. Es reichte nicht. Das Blut floss weiter.

Der Junge sprang im selben Augenblick aus seiner Deckung zwischen den riesigen Wurzeln, als Hayter und zwei seiner Männer vorstürmten.

»Was ist das denn für ein Raptor? Nicht schießen! Den will ich lebend!«, schrie Hayter. Dann hechtete er über die Wurzel und rammte den gefiederten Jungen mit voller Wucht. Mann und Junge landeten mit einem Knall auf dem Boden, nicht weit entfernt von dem verletzten Theodore. Als Hayter sich wieder aufrappelte, stürzte Bunty sich voller Frust, Wut und mit ihrem Schirm auf ihn.

»Finger weg von dem Kind! Lassen Sie ihn in Ruhe, Sie Schurke!«, schrie Bunty. »Hören Sie auf, alles und jeden umzubringen!«

Hayter hatte eine ziemlich einfache Antwort darauf: seine linke Faust. Bunty flog nach hinten und landete neben ihrem reglosen Freund. Ein zufriedenes Grinsen erschien auf Hayters Gesicht, aber als er sich umdrehte, verging es ihm augenblicklich wieder. Der seltsame Raptor war im Dschungel verschwunden.

Die Kugeln zischten inzwischen weit am Baum vorbei, und überall schrien verzweifelt verletzte Schattenraptoren. Bea richtete sich auf und nahm benommen das Blutbad um sie herum wahr.

Die Schattenraptoren lagen dort, wo sie gefallen waren.

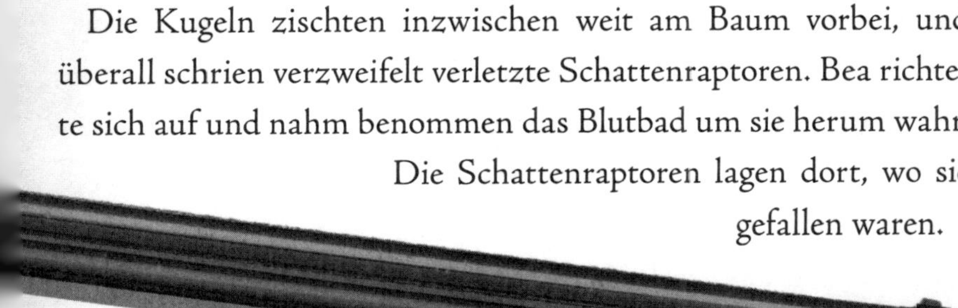

Ihr Blick wanderte auf den am Boden kauernden Theodore und auf Bunty, die an seiner Seite schluchzte. Und sie sah Hayter, der auf sie zustürmte und dabei über die Wurzeln sprang.

Wie der Raptorenjunge zuvor floh Bea ins Unterholz. Hayter jagte ihr in den Wald hinterher, doch Bea behielt ihren Vorsprung bei. Adrenalin strömte durch ihren Körper und verlieh ihr schier unglaubliche Kraft. Sie rannte, sprang und rutschte. Sie wollte einfach nur noch weg von dem, was da hinter ihr geschah.

*

Erst nach einer ganzen Weile tauchte Hayter wieder am Regenbogenbaum auf. Er atmete schwer. Hudson und Hicks folgten ihm. Sie schleiften einen toten Schattenraptor hinter sich her. Bunty, die noch immer an Theodores Seite kniete, hob den Blick. Ein Schauder der Erleichterung lief ihr über den Rücken, als sie sah, dass Bea nicht bei den Männern war.

»Ash, bring sie weg. Sie geht mir auf die Nerven.« Hayter deutete auf Bunty.

»Bishop hat gut ein Dutzend eingefangen, Boss … keine schlechte Beute für einen Tag«, bemerkte Ash, als er Bunty in die Höhe zog.

Hayter schwieg und schlang sein Gewehr über die Schulter.

»Ihr Bauchgefühl hat sich ausgezahlt, Boss. Von meinem Versteck aus konnte ich nichts sehen. Der Baum war leer. Wie haben Sie das gemacht?«

Hayter spie auf den Boden. »Ich habe auch nichts gesehen.«

»Wirklich? Ach, Sie wollen mich doch nur auf den Arm nehmen. Sie haben genau gezielt!«

Dann sagte Hayter zu Ash das Gleiche, was der am Tag zuvor Bishop hatte weismachen wollen, um ihn zu beeindrucken. Im Gegensatz zu Bishop sprach Hayter jedoch die Wahrheit.

»Ich habe auf einen Geist geschossen.«

Hayter ging um den Baum herum, strich mit der Hand über die Rinde und fand ein Einschussloch. Dann zog er ein Stück Rinde ab.

»Irgendwie kommt mir dieser Ort bekannt vor, dieser Baum ... Warst du schon mal hier, Ash?«

Ash, der gerade Theodores Ausrüstung auf Junior verlud, zuckte mit den Schultern.

Hayter schaute sich die Rinde genauer an. Er fand eine tiefe Narbe, die deutlich älter war als der Gewehrtreffer. Sie war um etwas herumgewachsen, das im Baum steckte. Hayter nahm den schweren Stahlhaken von seinem Gürtel, rammte die Spitze in den Stamm und brach ein paar Stücke raus. Schließlich hielt er etwas in den Fingern, und da war klar, was die Narbe verursacht hatte. Es war eine Kugel.

Heute hatte es also nicht die erste Schießerei an diesem Baum gegeben. Hayter schnippte die Kugel in die Luft und fing sie wieder auf.

»Diese Frau weiß etwas. Warum sollte sie sonst hier sein? Ausgerechnet unter diesem Baum?«, murmelte er vor sich hin. Dann sagte er laut: »Ash, schlag hinten auf der Lichtung mit all der Ausrüstung ein Lager auf. Der da kann meinetwegen hier verrotten.« Er deutete auf Theodore. »Und ich will Antworten von diesem Weib. Verstanden?«

Hayter trat ein paar Schritte zurück und schaute genau auf die Stelle, wo er die alte Kugel aus dem Stamm gebrochen hatte.

Er tat so, als halte er ein Gewehr in der Hand, und zielte auf das Einschussloch. »Moment mal«, murmelte er. »Das war ein Revolver.«

Hayter nahm die Arme wieder herunter und hob nur die rechte Hand. Jetzt zielte er mit einer imaginären Pistole. »Peng, du bist tot.« Hayter spielte das Szenario im Kopf durch. Er sah, wie seine Opfer zu Boden fielen, als er über sie hinwegstieg. Dabei ließ er die imaginäre Pistole um den Finger wirbeln und grinste. Dann schaute er auf den Boden, den ein Schattenraptor gefegt hatte, der nun ein paar Schritte entfernt tot danebenlag. »Und weg bist du, Franklin. Die Saurier, die du so sehr beschützen wolltest, haben dich mit Haut und Haaren gefressen. Sie haben noch nicht einmal die Knochen übrig gelassen.«

Hayter schaute sich um, doch außer frischem Blut war nichts zu sehen.

»Haben Sie etwas verloren, Boss?«

»Nein, Ash. Ich schieße nur immer noch auf Geister.«

# 14

# WEIT WEG VON DAHEIM

*– Kunava –*

Bea sackte im Schlamm auf die Knie. Sie war vollkommen erschöpft und triefte vor Schweiß. Das zerzauste Haar klebte an ihrem Kopf. Es fiel ihr schwer, die feuchte, heiße Luft einzuatmen, und irgendetwas steckte ihr im Hals. Ihr war schwindelig. Sie würgte und spie einen ganzen Haufen Insekten aus, die sie auf ihrer verzweifelten Flucht geschluckt hatte.

Ihre Lunge brannte. Sie schrie nach Sauerstoff, und schließlich gelang es Bea, sie mit einem tiefen Atemzug zu füllen. Doch als hätte sie versucht, Feuer mit Benzin zu löschen, musste sie sofort wieder würgen und husten, bis ihre Kehle wund war. Vornübergebeugt versuchte Bea, sich auf ihre Atmung zu konzentrieren. Ihre Augen füllten sich mit Tränen.

Es dauerte eine Weile, bis sie wieder ruhig atmen konnte und sich ein wenig beruhigt hatte. Sie lehnte sich zurück und überdachte ihre Situation. Ihre Kleider waren zerfetzt, und Blut sickerte an den Stellen durch, wo niedrig hängende Äste und Dornen ihr die Haut aufgerissen hatten. Schließlich rappelte sie sich auf, setzte sich auf eine Wurzel und wischte einen Blutegel weg, der sich gerade in ihr Bein bohren wollte.

»Konzentrier dich«, ermahnte sie sich selbst. »Denk nach, denk nach ...«

So viel war geschehen. Bea versuchte, die Ereignisse des Morgens der Reihe nach zurückzuverfolgen. Vor noch gar nicht allzu langer Zeit war sie in der Sicherheit einer Traumwelt gewesen. Dann hatte ein Schattenraptor sie abrupt geweckt und für sie getanzt. Er hatte ihr Lachen nachgeahmt, und die anderen Raptoren hatten in das Lachen eingestimmt und sie bedrängt. Nur durch Tanzen hatten sie sich retten können.

Vielleicht war das Verhalten der Raptoren ja gar nicht so bedrohlich gemeint gewesen, wie Bea zu der Zeit geglaubt hatte. Zu Hause in England hatte Bea schon Ähnliches erlebt, wenn sie eine Weide überquert und sich die Kühe um sie gedrängt hatten. Vielleicht waren die Tiere ja einfach nur neugierig gewesen.

Dann hatte sich der seltsame Raptorenjunge vor ihr erhoben, und anschließend war da der Angriff der Jäger gewesen und ... Bea riss die Augen auf, und ein Schauder lief ihr über den Rücken, als das nächste Bild vor ihrem geistigen Auge erschien. Theodore! Er war blutüberströmt zu Boden gestürzt ... War er womöglich sogar tot? Und Oma ... Dieser Mann hatte sie einfach brutal niedergeschlagen. Ging es ihr gut? Oder war sie auch tot?

»Denk nach, denk nach ...«

Die Schreie, die sie gehört hatte ... Das waren Buntys Schreie gewesen, die jemanden namens Hayter verflucht hatte. War Bunty also noch am Leben? Aber wenn ja, wo? Die Jäger könnten sie zum Hafen gebracht haben. Bea musste wieder dorthin zurück, oder besser noch: Sie musste zu Sammy und Biggie in Old Town und sie um Hilfe bitten. Sie schaute sich um. Welche Richtung war die richtige? Bea wusste ja noch nicht einmal, aus welcher sie gekommen war. Wie zum Teufel sollte sie hier je wieder herauskommen?

»Konzentrier dich. Konzentrier dich.«

Sie nahm die Hände vom Gesicht und tastete an ihrem Hals. Sie suchte das Medaillon. Vielleicht konnten ihre Eltern sie ja trösten. Dann stieg echte Panik in ihr auf. Das Medaillon war weg. Sie war wirklich mutterseelenallein!

Mit klopfendem Herzen ließ Bea sich wieder auf die Knie fallen. Verzweifelt suchte und tastete sie den Waldboden um sich herum ab. Von Konzentrieren war jetzt keine Rede mehr. Stattdessen kehrten das flache, panische Atmen und die Tränenflut zurück.

Knack! Ganz in ihrer Nähe brach ein Ast, und wieder lief Bea ein eisiger Schauer über den Rücken, der jeden Schweißtropfen sofort gefrieren ließ. War sie nicht weit genug gerannt? Waren ihre Eltern auch so verschwunden? Tagelang verirrt im Dschungel und dann gejagt und zur Strecke gebracht? Bea duckte sich auf den Boden und suchte nach einer Fluchtmöglichkeit, doch ihr Körper war vor lauter Angst wie gelähmt. Sie wusste, dass es sinnlos war. Fliehen war keine Lösung.

Knack! Diesmal war das Geräusch noch näher.

Aus ihrer Position konnte Bea gut unter dem Unterholz hindurchsehen, und ihr Blick schoss hin und her. Sie hatte Panik, doch was sie sah, erleichterte sie sehr. Es war wieder ein Paradiesraptor … aber ohne Sammy an ihrer Seite blieb sein Name ein Geheimnis. Dieser hier war größer und länger als die komische Blauschnauze mit ihren merkwürdigen fleischigen Hörnern. Dank seiner leuchtend gelben Beine war dieser Raptor hier deutlich unter den grünen Farnen zu erkennen. Er senkte den Kopf und zeigte seine kohlrabenschwarzen Augen, sein gelbes Gesicht und seine goldenen Halsfedern. Langsam kam er auf Bea zu, und schließlich waren auch seine scharlachrote Brust und die langen dunkelblauen Armfedern zu sehen. Sein prachtvoller Schwanz war schier unglaublich lang und von goldenen, roten und dunkelblauen Federn geziert. Tatsächlich war der Schwanz fast doppelt so lang wie Hals und Körper zusammen, und das Gefieder öffnete sich immer wieder wie ein Fächer.

Plötzlich blieb der Raptor stehen, als er und Bea ein weiteres Knack! hörten – diesmal aus unmittelbarer Nähe. Der Raptor schaute an Bea vorbei. Sofort sträubte er die Armfedern und schlug mit den Schwanzfedern ein Rad wie ein Pfau. Ein wahrhaft prächtiger Anblick.

*Tuuut! Tuuut!*, rief er. Irgendetwas schoss vorbei und traf den Raptor mit solcher Wucht mitten in die Brust,

dass er zurückgeworfen wurde und die goldenen Federn in die Luft stoben. Seine Beine zuckten, als würde er davonrennen.

Doch bevor Bea noch mehr Angst bekommen konnte als ohnehin schon, sprach der Mörder des Raptors. »Du bist verirrt«, sagte er mit fremdartiger Stimme. »Du bist weit weg von daheim.«

Bea rappelte sich auf und drehte sich um. Dabei schaute sie jedoch immer noch nach unten.

Sie sah zwei nackte Füße und Beine voller Schlamm, und als Beas Blick weiter nach oben wanderte, erkannte sie, dass sie einem Eingeborenen gegenüberstand. Seine Haut war gelb und rot bemalt, und eine Kordel um die Hüfte hielt einen Lendenschurz zwischen seinen Beinen.

Um den Hals trug er einen wunderschönen Reif aus Muscheln, Perlmutt und feinen weißen Knochen. In einer Hand hielt er einen Schild aus Ankylosaurusplatten, der am Rand mit Kaurimuscheln und Farnen verziert war, und in der anderen einen Bogen und drei ungewöhnlich lange Pfeile.

Als der Mann sich Bea gegenüber auf den Boden hockte, erkannte sie, dass er den Mangel an Kleidung mit einem riesigen Kopfschmuck wieder wettmachte. Er bestand vollständig aus Federn von derselben Art wie die des goldenen Raptors, der gerade erst vor Bea gestanden hatte.

»Du suchst deine Eltern?«

Der Mann legte den Kopf auf die Seite. Er schimmerte orange. Die seltsame Frage ergab kaum Sinn für Bea.

»Äh … Ja«, hauchte sie schließlich.

»Gut. Ich glaube, ich habe sie gefunden.« Der Eingeborene lächelte, entblößte seine von Betelnüssen verfärbten Zähne und spie roten Speichel aus.

»Sie haben meine Eltern gefunden?« Bea traute ihren Ohren kaum.

Der Mann grinste weiter auf eine Art, die Bea davon überzeugte, dass er ihr nichts tun wollte.

»Ich bin Kunava.« Der Mann streckte die Hand aus, doch als Bea nach unten schaute, sah sie, dass dort, wo eigentlich die Finger hätten sein sollen, zwei große Raptorenklauen waren. Bea hatte schon Bilder von Piraten mit Haken statt Händen gesehen, doch das hier war noch weit tödlicher. Und an einer dieser Klauen baumelte ihre Silberkette mit dem Medaillon.

»Oh! Mein Medaillon!« Bea nahm es von der Klaue. Dann erinnerte sie sich an ihre Manieren und wandte sich rasch ab. Es war schlicht unhöflich, die Klauenhand so anzustarren. »Ich bin Bea«, stellte sie sich vor. »Und ich kann Ihnen gar nicht genug danken.«

Der Mann schwieg, nickte aber, stand auf und ging dann an ihr vorbei. Er beugte sich über den Raptor, der auf den Rücken gefallen war, und drehte ihn um. Mit der Klauenhand drückte er ihn auf den Boden und mit der anderen tastete er sich bis zur Wurzel der langen Schwanzfedern vor. Schließlich drehte er sich wieder zu Bea um. Er grinste noch immer.

»Du kannst helfen. Komm.«

Bea hockte sich neben ihn.

»Halt ihn fest. Mit beiden Händen. Mit meiner Klaue ist das schwer.«

Bea legte beide Hände auf die Stelle, wo gerade noch die Klaue gewesen war.

»Warum müssen wir ihn denn festhalten?«

»Er wird nicht fröhlich sein, wenn er aufwacht.«

»Wenn er aufwacht? Aber er ist doch tot!«

»Nein, nicht tot … betäubt. Mein Pfeil hat keine Spitze. Ich wollte ihn nicht töten.«

Bea war verwirrt, drückte aber die Hände auf das Tier, während Kunava dem Raptor eine der langen Schwanzfedern ausriss. Sofort wachte das Tier mit einem lauten Tuuuuuuut! auf.

»Festhalten …«

Als der Raptor versuchte zu flattern, packte der Mann eine weitere Feder und riss sie heraus.

Tuuuuuuut!, schrie das Tier erneut.

»Gut. Lass los.«

Bea tat, wie ihr geheißen. Der Raptor sprang auf, schüttelte sein Federkleid und hüpfte außer Reichweite.

Kunava schaute auf die beiden langen Federn und grinste sogar noch breiter. Bea hob einige der kleineren Federn auf, die bei dem Gerangel abgefallen waren, und Kunavas Pfeil.

»Hier.« Sie gab ihn ihm.

Er hielt ihn hoch. »Siehst du? Das ist ein Korken, keine Spitze. Der tut nicht weh. Behalt die Federn.«

»Danke.« Bea nahm die beiden großen Federn und wischte sich über den Mund.

»Durst?«

»Oh, ja!«, erwiderte Bea, und Kunava lächelte sein Betelnusslächeln. Es ging aufwärts.

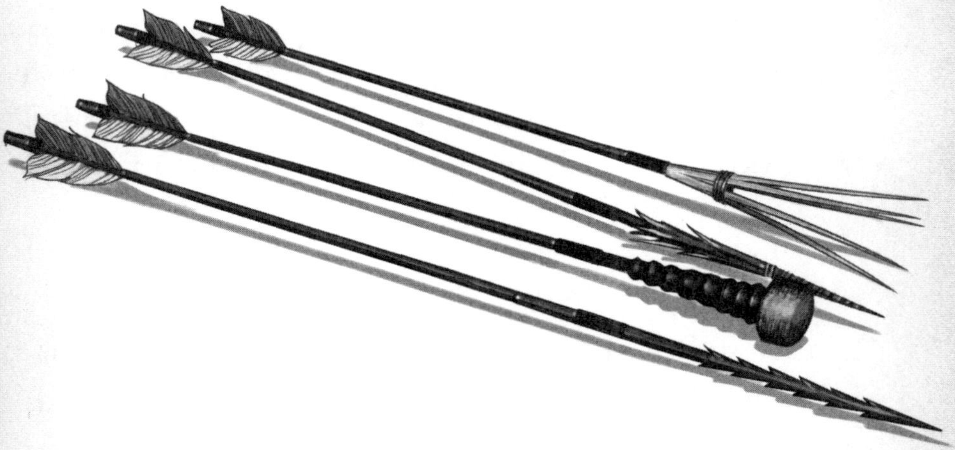

## 15

## LEBEND IN DER WILDNIS

*– Ein schmackhafter Mitternachtsimbiss –*

Theodore stöhnte und öffnete langsam die Augen. Er war irgendwie eingewickelt und wurde über den Waldboden geschleift. Jedenfalls glaubte er das, denn es war zu dunkel, um etwas zu erkennen. Er versuchte, sich zu bewegen, doch ein furchtbarer Schmerz schoss durch seinen Körper. Außerdem war er viel zu fest verschnürt. Erneut verlor er das Bewusstsein.

*

Im Laufe der Jahre hatte der Raptorenjunge sein Nest aus gestohlenen Gegenständen besser an seine Bedürfnisse angepasst als die anderen Raptoren. Eine Unterlegplane und ein großer, alter Seesack, der einmal einem der Jäger gehört hatte, bildeten eine Art Bett. Der Sack hing an einem niedrigen Ast, und die Plane war zum Schutz vor Wind und Wetter darübergelegt. Nachts kletterte der Junge in den Sack und benutzte ihn wie einen Kokon, genau wie die Motten und Schmetterlinge, die er schon so oft beobachtet hatte. Außerdem schützte diese Konstruktion ihn auch vor den Tausenden von Käfern und anderen Insekten, die nachts aus ihren Löchern krabbelten. Er schützte ihn vor allem … außer vor Schlangen. Der Junge hatte noch nicht herausgefunden, wie er sich ihrer Neugier entziehen konnte. Manchmal krochen sie von oben in den Sack, aber sie waren auch kein schlechter Mitternachtsimbiss.

Der Junge wusste, dass der Mensch dringend seine Hilfe brauchte, aber die konnte er ihm nur im Schutz seines Nestes geben. Er wusste, dass Menschen es vorzogen zu liegen. Das hatte er schon oft gesehen. Nun bog der Junge zwei junge Setzlinge herunter und spannte einen alten Getreidesack dazwischen, der einmal Biggie gehört hatte. Dann brach er die Setzlinge am Fuß an, sodass sie nicht wieder hochschnellen konnten, und baute so ein Nest, auf dem sich der Mensch ausruhen konnte.

Die anderen Raptoren schauten zu. Sie legten ihre Köpfe von einer Seite auf die andere und begleiteten die Arbeit des Jungen mit anerkennendem Krächzen. Schließlich rollte der Junge den Menschen vorsichtig herum, legte ihn auf den Sack und machte es ihm so bequem wie möglich. Kurz hielt er inne, als der Mensch wieder stöhnte, aber er wachte nicht auf. Dann band der Junge die Hände des Menschen mit ein paar Seilresten an die Stämme der Setzlinge, die nun die Bettpfosten bildeten, und riss das blutdurchtränkte Hemd des Menschen auf. Da war eine tiefe Wunde in der Brust.

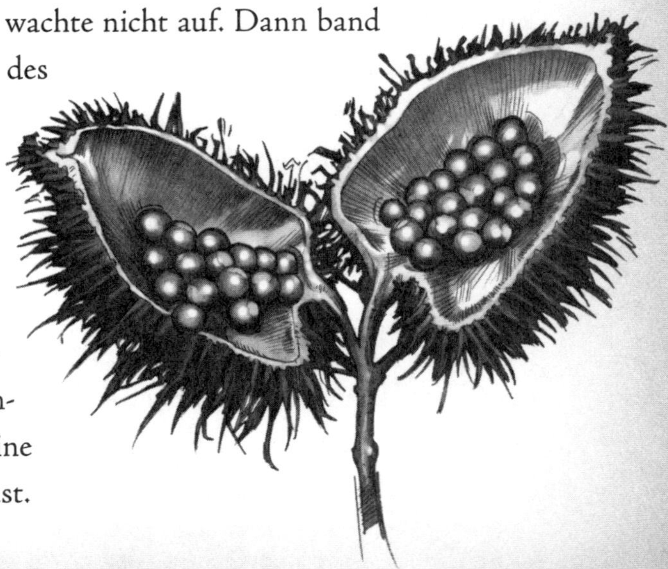

Der Junge spie hinein und verschmierte Blut und Speichel mit den Fingern. Dann lutschte er an zwei Fingern und rieb sie mit dem Daumen, bevor er nach der Austrittswunde suchte.

Als der Junge den Finger in die Wunde steckte, krampfte Theodore vor Schmerz.

Der Junge drehte sich zu den Raptoren um und krächzte. Die Tiere erwiderten das Krächzen im Chor und rückten näher heran. Der Junge steckte seine Raptorenklaue in den Mund, lutschte kurz daran und führte sie schließlich mit der Präzision eines Chirurgen in die Schusswunde ein.

Als die Klaue in sein Fleisch eindrang, war Theodore sofort hellwach. Der furchtbare Schmerz war jedoch nicht das Schlimmste. Theodore riss die Augen auf, als er erkannte, dass man ihm vor einem Dutzend sabbernder Schattenraptoren mit einer Klaue das Fleisch aufriss.

Bevor er jedoch schreien konnte, steckte der Junge ihm einen dicken Stock in den Mund. Vorsichtig entfernte der Junge das verkrustete Blut und die Hautfetzen von der Wunde. Theodore biss auf den Stock.

Schließlich inspizierte der Junge sein Werk und spuckte in die frisch geöffnete Haut. Zu guter Letzt drängten die Raptoren den Jungen beiseite und leckten Theodores offene Wunde. Theodores Kopf fiel zur Seite, als er vor lauter Schock erneut das Bewusstsein verlor.

Da krächzte der Junge wieder, und die Raptoren sprangen aus dem Weg. Zufrieden mit der nunmehr sauberen Wunde legte der Junge ein Blatt auf das Einschussloch. Es blieb am Speichel kleben. Dann löste er die Fesseln des Menschen und legte ein größeres

Blatt unter den Ellbogen des Verletzten, um daraus eine Art Schlinge zu formen. Die band er dann mit einer Ranke fest an die Brust des Menschen. Es sah seltsam aus, aber der Mensch wirkte entspannt, wie er so durch den Schmerz schlief.

Demnächst würde man die Wunde noch einmal neu verbinden müssen, aber das war egal. Der Mensch würde überleben.

Die Gedanken des Jungen kehrten zu den anderen Menschen zurück. Als er zum Regenbogenbaum zurückgekehrt war, da hatte er nur Theodore gefunden. Das seltsame Mädchen und das Alphaweibchen waren weg. Es war jedoch nicht schwer, den Spuren zu folgen. Der Junge wusste instinktiv, wo sie hingegangen waren. Viele vom Clan des Raptorenjungen lagen tot unter dem Baum, doch noch viel mehr wurden vermisst. Auch sie mussten bei den Jägern sein. Jetzt blieb ihnen nur eines übrig: Die Jäger hatten den Krieg zum Tanzplatz der Raptoren gebracht. Nun war es an der Zeit, ihn zu ihrem zu bringen. Der Junge holte einen kleinen, zerbrochenen Spiegel aus seinen gestohlenen Besitztümern und betrachtete sein Spiegelbild. Sein rotes Gesicht verblasste, also rannte er sofort los, um sich eine Annattofrucht zu holen. Er brach sie auf und schmierte sich mithilfe des kaputten Spiegels die leuchtend rote Paste auf die Haut.

Jetzt, da er wieder so aussah, wie er aussehen musste, rief er den Rest seines Clans mit Schreien zusammen, in die nach und nach alle einstimmten. Die Raptoren hoben und senkten die Köpfe und flatterten wild mit den Flügeln. Der Junge stand in der Mitte und streckte die Arme aus. Er berührte alle Raptoren an der Schnauze und sang im Takt mit ihnen. Schließlich richtete er sich zu seiner vollen Größe auf und schrie: »Aiii aiii aiii aiiiiii!«

Und gemeinsam stürmten sie aus dem Nest und ließen Theodore allein zurück, damit er seinen Schmerz wegschlafen konnte.

# 16

## DER BÖSE BLICK

*– Saurierformfleisch –*

Als Theodore aufwachte, hatte er furchtbare Kopfschmerzen und einen völlig ausgetrockneten Mund. Er schaute sich um, doch von den Raptoren fehlte jegliche Spur. Vielleicht hatte er auch alles nur geträumt. Er drehte sich auf seine unversehrte Seite, und dabei bemerkte er die grüne Schlinge um seinen verletzten Arm.

Neben seinem Bett – oder was auch immer das für eine Konstruktion sein mochte – stand ein Baumstumpf, der als eine Art Nachttisch diente, und darauf ein kleiner Kanister. Theodore griff danach, öffnete den Deckel und stillte seinen brennenden Durst. Dann wischte er sich den Mund mit dem Ärmel ab und stellte den Kanister wieder zurück. Dabei bemerkte er eine kleine Blume, die irgendjemand gepflückt und in die Rinde gesteckt hatte. Er schaute sich wieder um, diesmal sorgfältiger.

Auf dem verschlammten Boden lagen Hunderte hellgraue, flaumige Federn. Auf einer Seite hing eine Vielzahl unterschiedlicher Dinge in einem Transportnetz. Darunter lagen weitere Gegenstände, die nicht das Mindeste miteinander zu tun hatten: von leeren Holzkisten, Taurollen, Lumpen und einem Sattel bis hin zu

Dosenfleisch, das vermutlich aus Armeebeständen stammte. Und auf dem Baumstamm waren viele kleine dunkelrote Handabdrücke zu sehen sowie ockerfarbene Zeichnungen, Strichmännchen und Bäume.

Theodore stand auf und versuchte zu gehen. Seine Machete lehnte am Baumstamm, und sein Hut hing an einem niedrigen Ast über einem Haufen Formfleischdosen. Theodore griff nach einer davon und schaute sich das Etikett an. Ihm knurrte der Magen. Mit der gesunden Hand versuchte er, den Deckel aufzudrehen, doch als das nicht klappte, beschloss er, ihn mit seinem Messer aufzustechen.

Das Saurierformfleisch hatte einen salzigen Geruch, bei dem sich Theodore für gewöhnlich der Magen umdrehte, doch das war ihm jetzt egal. »Hallo? Jemand zu Hause?«, rief er. Hinter dem Baum befanden sich ein Dutzend runde Haufen aus Farnen und Zweigen. Theodore aß den gesamten Inhalt der Dose. Dann warf er sie zu den anderen und ging zu den Haufen, um sie sich einmal genauer anzusehen. Es waren Nester, und dazwischen sah er eine Reihe ebenso

großer Gräben, jedoch ohne Farne oder Zweige, sondern voller Daunenfedern.

»Die männlichen Schattenraptoren schlafen offenbar außerhalb der Nester und beschützen die Weibchen in der Mitte. Clever«, murmelte er vor sich hin.

Theodore schaute in eines der Nester. Ein Haufen Eier lag dort auf frischem Farn. Ohne nachzudenken, beugte er sich vor und nahm sich eins. Es war warm … und ein großer Fehler.

*Sssssss!*, zischte es hinter ihm, und Theodore erstarrte. Vorsichtig legte er das Ei wieder genauso zurück, wie er es vorgefunden hatte. Dann drehte er sich um und sah einen Schattenraptor, der ihm den Bösen Blick zuwarf.

»Ganz ruhig. Es ist nichts kaputt. Mein Fehler.« Theodore wich ein paar Schritte zurück und fiel in einen der Gräben. Der Raptor sprang vor und landete genau auf Theodore. Sein leuchtend roter Kopf war nur wenige Zentimeter von Theodore entfernt. Er zischte Theodore direkt ins Gesicht und schnappte dabei mit seinen rasiermesserscharfen Zähnen. Theodore zitterte am ganzen Leib.

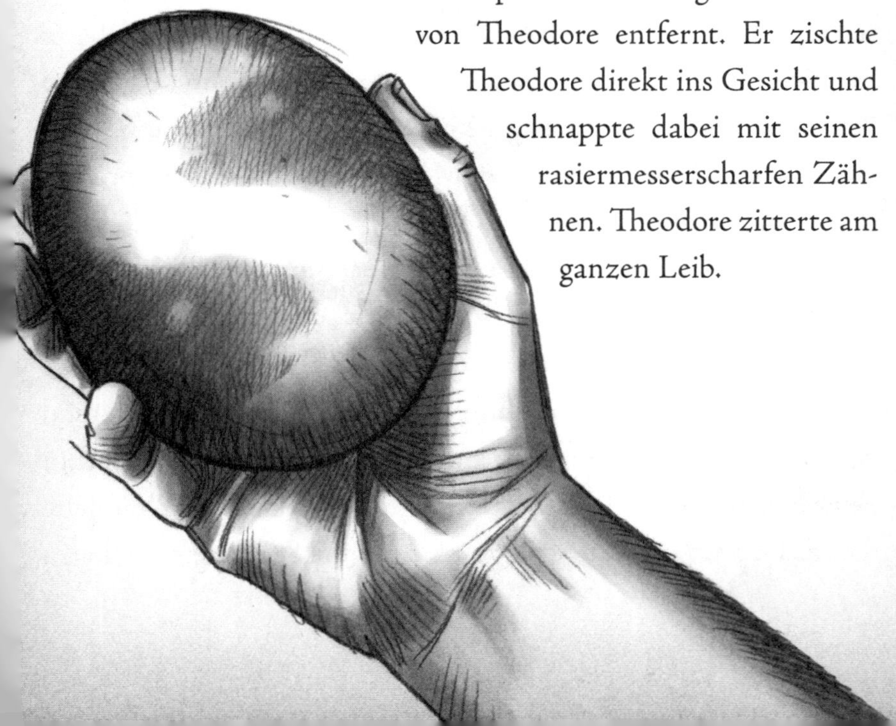

Irgendwie hatte er ein ganzes Rudel tödlicher Schattenraptoren überlebt, doch jetzt hatte er ein brütendes Weibchen verärgert. Plötzlich bemerkte das Tier Theodores Armschlinge und schnüffelte daran. Dann stupste sie sie kurz an und wich zurück. Theodore schluckte und nutzte die Gelegenheit. Vorsichtig stand er auf.

Sofort sprang der Raptor schützend vor seine Eier und zischte Theodore wieder an, der es für das Beste hielt, so schnell wie möglich von hier zu verschwinden. Als er sich kurz umdrehte, um zu sehen, ob das Tier ihm folgte, stieß er mit dem Kopf gegen ein niedrig hängendes Bienennest und weckte damit einen ganzen Schwarm wütender Insekten. Mit seinem gesunden Arm versuchte er, sie zu verscheuchen. Jetzt hatte er umso mehr Grund zu laufen. Dabei bemühte er sich, allem auszuweichen, was seiner Flucht im Wege stehen könnte.

Doch nicht weit von den Nestern lebte eine große Spinne, und die hatte an diesem Tag auf einen guten Fang gehofft und zu diesem Zweck zwischen zwei Bäumen ein wahrlich wunderbares Netz gesponnen … und genau in das rannte Theodore. Es gelang ihm zwar, das klebrige Zeug schnell aus dem Gesicht zu bekommen. Dennoch lief er ein paar Meter blind und prallte prompt gegen einen Baum.

Benommen setzte Theodore sich wieder auf und wischte sich die restlichen Spinnfäden aus dem Gesicht … doch nur, um direkt einen weiteren Schreck zu bekommen. Ein kleiner Eingeborener mit einem Wust von bunten Federn auf dem Kopf stand vor ihm und grinste ihn breit mit roten Zähnen an. Der Mann beugte sich über Theodores verletzte Schulter und schnüffelte daran. Dann zwinkerte er ihm zu. Anschließend legte er Bogen und Schild beiseite, hob zwei Finger und tippte auf die Wunde.

Theodore jaulte wie ein Welpe, verstummte aber sofort wieder. »Da will ich doch verdammt sein! Es tut ja gar nicht weh.«

Der Eingeborene schwieg. Er hockte sich einfach vor Theodore und grinste ihn weiter an.

»Ich Theodore. The-o-dore. Und du?« Theodore deutete zuerst auf sich und dann auf sein Gegenüber.

Plötzlich sagte eine hohe Stimme hinter ihm: »Das ist mein Freund Kunava, und du musst nicht mit ihm reden wie mit einem Kind. Er versteht dich ganz normal.«

Mit all den bunten Federn in ihrem Stirnband sah Bea geradezu spektakulär aus. Daran änderte auch ihre zerrissene Kleidung nichts.

»Bea! Du bist in Sicherheit!« Theodore rappelte sich wieder auf und drückte sie fest an sich. Als sie sich wieder von ihm löste, musste Bea verärgert feststellen, dass nun ein großer Teil des Spinnennetzes an ihr klebte.

»Wo ist Bunty?«

»Ich weiß es nicht. Vermutlich hat sie dieser Jäger.« Bea war ihre Sorge deutlich anzusehen. »Ich dachte, du wärest tot!« Sie brach in Tränen aus.

Kunava packte Theodores Arm und riss mit seiner Klauenhand eine große, wütend aussehende Spinne herunter. Dann deutete er über die Schulter zum Rest seiner furchterregend aussehenden Stammesbrüder. Jeder der Männer trug einen anderen Federschmuck. Bewaffnet waren sie mit Pfeil und Bogen sowie mit Speeren. Und jeder war bemalt und starrte Theodore entschlossen an. Einer gab Theodore eine alte Feldflasche.

Theodore legte Kunava den Arm um die Schulter, um sich abzustützen, und trank einen kräftigen Schluck.

»Schön, Sie kennenzulernen, Kunava. Hallo, Jungs.« Er hob die Feldflasche und trank noch mal.

»Meine ›Jungs‹ können Sie nicht verstehen«, sagte Kunava. »Ich habe früher in Old Town gelebt und Englisch von den Händlern gelernt. Dann ist der Holländer verschwunden, und im Kontor begann man mit diesen furchtbaren Geschäften. Deshalb bin ich wieder in den Wald zurück. Jetzt kümmere ich mich so gut ich kann um den Dschungel, das ist allerdings schwer.«

Kunava spie eine Handvoll Betelnüsse auf den Boden.

»Wir haben die Schüsse gehört, aber wir mussten uns zurückhalten … Gegen Kugeln können unsere Pfeile nichts ausrichten.«

»Bist du okay?« Bea drückte auf Theodores Schlinge herum.

»Ich bin … Das ist so seltsam … Der Raptorenjunge, den wir getroffen haben … Ich dachte, er würde mich mit seiner Klaue foltern … Und das hat er auch, in gewisser Hinsicht jedenfalls … In jedem Fall fühlte es sich wie Folter an. Dann wollten mich die Schattenraptoren fressen, haben es aber nicht. Und jetzt bin ich hier, und meine Wunde ist so gut wie verheilt. Das ist alles sehr, sehr seltsam.«

»Mir ist vor ein paar Jahren das Gleiche passiert, als die Schatten mich auserwählt haben«, erzählte Kunava. »Doch meine Wunde heilt nicht mehr.« Er hob seine Klauenhand.

Bea starrte sie wieder an, während Theodore sich mit der Hand über die Stirn wischte und mit seiner Geschichte fortfuhr.

»Als ich heute Morgen aufgewacht bin, hatte ich die Schlinge um, und die Raptoren waren verschwunden, abgesehen von einem ziemlich wütenden Weibchen, das … Äh … Ihm hat nicht gefallen, wie ich eines ihrer … äh … Eier angeschaut habe.«

Kunava stieß einen überraschten Pfiff aus. »Oh, Mann! Wissen Sie denn gar nichts? Leg dich nie mit einem Raptorenweibchen an! Erst recht nicht an ihrem Nest!«

Theodore kam sich wie ein Dummkopf vor. »Ich weiß, ich weiß, aber ich konnte nicht klar denken.«

»Diese junge Lady hier«, sagte Kunava, »hat uns bei der Planung geholfen. Sind Sie bereit?«

»Bereit für was?« Theodore klopfte sich die Spinnweben von den Kleidern.

»Wir gehen auf die Jagd.«

## 17

## ÄRGER IM PARADIES

*– Schatten in der Nacht –*

Wenn Sie glauben, ich würde Ihnen auch nur ein Wort sagen, dann sind Sie auf dem Holzweg, Sie schreckliches kleines Schwein!« Ungeachtet des Trotzes in ihrer Stimme gab Bunty mit ihrem tränenverschmierten Gesicht, den wütenden roten Augen und den zerrissenen Kleidern einen armseligen Anblick ab. Ihre Hände waren gebunden und an einen Baum gefesselt. Flucht war unmöglich. Und außerdem: Wo sollte sie auch schon hin?

»Tee?« Hayter bot ihr einen der beiden dampfenden Zinnbecher an, die er in den Händen hielt. »Nehmen Sie ruhig. Das wird Sie schon nicht umbringen.« Er hielt ihr den Becher weiter hin. Bunty widerstrebte es zwar zutiefst, irgendetwas von diesem Kerl anzunehmen, aber sie war so ausgetrocknet und hungrig, dass sie sich nicht dazu überwinden konnte, das Angebot abzulehnen.

»Der Tee bringt mich ja vielleicht nicht um, Sie aber sehr wohl.« Hayter trat unangenehm nah an sie heran und drückte ihr den Becher in die Hand.

»Das hängt von Ihren Antworten auf meine Fragen ab.«

»Ich habe Ihre Fallen kaputt gemacht.« Bunty versuchte, die

Oberhand zu gewinnen, und deutete auf die zertrümmerte Falle in der Mitte der Lichtung, wo Hayters Männer gerade die Schnauzen der gefangenen Raptoren verschnürten. »Und ich würde es jederzeit wieder tun, wenn ich die Gelegenheit dazu hätte.«

Hayter trat einen Schritt zurück und trank einen Schluck Tee.

»Dann sind Sie also diejenige, die dafür verantwortlich ist, dass wir jetzt Ärger im Paradies haben. Vielen Dank dafür. Und ich danke Ihnen auch dafür, dass Sie mich direkt zu einem Rudel Schattenraptoren geführt haben. Ich wünschte nur, ich hätte mehr Männer und Netze dabei. Dann hätte ich sie alle fangen können.«

Bunty senkte den Blick und schwieg.

Hayter begann sofort mit dem Verhör. »Die Amerikaner, die Sie finden wollen ... Wie kommen Sie darauf, dass sie auf den Aru-Inseln waren?«

»Sie wollten sich die wunderbare Tierwelt ansehen, die Sie kaputt machen. Tatsächlich bin ich überrascht, dass nach all den Jahren überhaupt noch etwas davon übrig ist«, antwortete Bunty.

»Glauben Sie wirklich, wenn Sie meine Fallen zerstören, ändert sich etwas daran? Weshalb interessieren Sie diese Leute überhaupt? Warum wollen Sie sie unbedingt finden?«

Um sich ein wenig Zeit zum Nachdenken zu verschaffen, nippte Bunty an ihrem Tee.

»Sie scheinen mir nicht gerade ein Familienmensch zu sein, Mr. Hayter.«

»Stimmt. Meiner Meinung nach ist das Konzept der Familie ohnehin überbewertet.«

»Dann verstehen Sie das auch nicht.«

»Das Mädchen, das weggelaufen ist … Ist das Logans Tochter?«

»Nein. Der Mann, den wir suchen, ist ihr Vater.«

»Also eines kann ich Ihnen versprechen: Allein wird sie die Nacht nicht überleben.«

Bunty ließ die Schultern hängen und starrte traurig in ihren Tee.

»Leute wie Sie überleben hier draußen nicht lang. Sie glauben immer, das sei ein Spaziergang. Auf, auf, Kameraden! Lasst uns die hübschen Raptoren besuchen!«, spottete Hayter.

»Vertrauen Sie mir, Mr. Hayter, wir nehmen das nicht auf die leichte Schulter!«

»Ich habe Sie doch alle unter dem Baum lachen gehört. Und dann haben Sie auch noch gesungen!« Hayter trank den letzten Schluck aus seinem Becher. »Und was war diese andere gefiederte Kreatur?«

Bunty schaute zu ihm hinauf. »Woher soll ich das wissen?«

»Lügnerin! Was war das? Ein junger Raptor?«

Bunty zuckte mit den Schultern. »Sie ist aus dem Baum gesprungen, und dann haben Sie geschossen.«

»LÜGNERIN!« Hayter hob die Stimme, bis es kaum noch zu ertragen war. »Sie haben noch eine Chance, Lady. Was war das für eine gefiederte Kreatur? Für mich sah das mehr wie ein Junge aus und nicht wie ein Raptor. Und Sie haben geschrien: ›Finger weg von dem Kind!‹«

»Beatrice … Meine Enkelin … Sie ist das Kind!«, versuchte Bunty, sich herauszuwinden.

»Und das andere Kind? Das mit dem roten Gesicht und den Federn?«, brüllte Hayter.

»Und Sie nennen mich verrückt?«

Hayter kochte vor Wut und warf den Becher weg.

»Ich kenne viele schmerzhafte Methoden, um einen Menschen zum Sprechen zu bringen, und Sie WERDEN sprechen! Glauben Sie mir!«

Dann wirbelte er herum und marschierte zu Buntys Koffern.

»Sind das Ihre? Wollen wir doch mal sehen, was dadrin ist.« Er trat den ersten Koffer auf und schnappte sich ein Bündel Kleider. »Die brauchen Sie nicht mehr!« Er warf sie ins Lagerfeuer.

Bunty funkelte ihn wütend an, doch vor allem hatte sie Angst.

Im Laufe des Tages erreichten immer mehr Jäger das Lager. Neue Gesichter kamen mit einem Ankylosaurus voller leerer Käfige. Bishop und Ash teilten die Männer ein. Es herrschte Feierstimmung im Lager ... mit Ausnahme von Christian Hayter. Hayter hatte alle Koffer auseinandergenommen, doch nicht das Geringste gefunden, was ihm hätte helfen können. Außerdem zeigte auch das Verbrennen des ganzen Zeugs nicht die gewünschte Wirkung. »Alles ist ersetzbar«, hatte Bunty bemerkt, obwohl sie sich ein wenig Sorgen gemacht hatte, als ihre Handtasche an der Reihe gewesen war. Kurz hatte sie befürchtet, Hayter würde das Briefbündel finden, doch erleichtert sah sie, dass es nicht dabei war. Aber wo war es dann?

»Wenn Sie nicht reden wollen, dann meinetwegen«, sagte Hayter. »Morgen früh werden wir den Fang in die Stadt bringen, damit er noch mit dem nächsten Schiff rausgeht.«

»Ich dachte, Sie handeln nicht mit Schattenraptoren, Mr. Hayter.«

»Ich muss meine Quote erfüllen, und Sie haben meine Geschäfte gestört. Außerdem braucht die Bestie, mein Tyranno, neues Spielzeug.« Er beugte sich zu Bunty und lachte. »Hicks! Hudson!« Er deutete auf die beiden Männer, die ihnen am nächsten standen. »Steckt sie in einen Käfig. Sie liebt die Saurier doch so sehr, und da gibt es eine Insel, die sie noch nicht kennt.«

*

Es wurde rasch dunkel, und der dichte Dschungel schien sich um die Lichtung zu schließen. Bevor der Mond aufging, wurde das Lager vom Flackern der Laternen um das Lagerfeuer erhellt. Bunty war dankbar dafür, dass sie ihren Mantel trug, denn nach dem Regen tagsüber war die Luft noch immer feucht. Doch trotz der Tatsache, dass sie in einen kleinen Käfig gepfercht war, übermannte sie schließlich die Erschöpfung, und sie schlief ein.

Als die Raptoren im Käfig neben ihr aufgeregt strampelten, wachte Bunty wieder auf. Die Jäger schienen sich jedoch keiner Gefahr bewusst zu sein. Einer von ihnen stand auf und wankte fast außer Sichtweite, um sich an einem Baum zu erleichtern. Und plötzlich hallte ein Schrei durch die Luft, der einem das Blut in den Adern gefrieren ließ.

Der Jäger am Baum schrie um sein Leben und drückte sich die Hände auf die Brust. Doch bevor einer seiner Freunde ihm zur Hilfe eilen konnte, wurde der Mann in den Wald gerissen und verstummte. Binnen Sekunden brach Panik aus. Alle sprangen auf, griffen nach ihren Waffen und schrien durcheinander, bis Hayter sie zur Ordnung rief.

»Haltet das Maul, und rührt euch nicht! MAUL HALTEN, habe ich gesagt!«

Stille senkte sich über die Lichtung. Nur noch das Knistern des Feuers war zu hören.

»Das war Kane, Boss«, sagte irgendjemand.

»Schschsch!«, antwortete Hayter.

Und dieses Schschsch! wurde zu einem furchterregenden Echo. Den Männern sträubten sich die Nackenhaare. Bunty blinzelte und schaute zu dem Raptor neben ihr. Das Tier rührte sich nicht.

Schschsch Uuuutttt ittttt.

»Kane? Bist du das? Kane? Antworte!«, rief Hayter. »Lass den Unsinn! Das ist nur ein Trick, ihr besoffenen Idioten! Er will euch verarschen!« Hayter nahm die Waffe herunter und deutete zu Kane, der aus dem Wald trat. Als er näher kam, fiel das Licht der flackernden Laternen auf ihn, und man konnte deutlich sehen, wie blutverschmiert er war. Als er zu Boden fiel, rief die Finsternis des Waldes:

Iiiiidioteeeen!

Hayter nahm die Waffe wieder in Anschlag und wirbelte herum. »Zeigt euch, ihr Feiglinge!«

Feiiigliiiingeee, echote der Wald unheimlich.

Die Männer, die noch nicht erstarrt waren, ergriffen die Flucht, doch ihre Schreie verstummten rasch, kaum dass sie das Licht des Lagerfeuers verlassen hatten.

»Bleibt im Licht, Männer! Rührt euch nicht!«

»Boss, sind das die Geister, auf die Sie an dem Regenbogenbaum geschossen haben? Sind sie wieder da?« Die Waffe im Anschlag wich Ash zu Hayter zurück.

Geiiiisteeer, antwortete der Dschungel. Ash rollte mit den Augen und fiel in Ohnmacht.

Irgendetwas erschreckte die Ankylosaurier, und sie begannen,

aufgeregt zu stöhnen und zu stampfen. Einer von ihnen warf zwei Laternen um, die hinter Hayter auf den Boden fielen. Voller Angst wirbelte er herum. Das Kerosin fing sofort Feuer. Flammen züngelten in die Höhe, und da stand eine kleine, gefiederte Gestalt.

»Der Raptorenjunge!«, schrie Hayter, doch das Kerosin brannte nur kurz, und der Junge war verschwunden. »Feuer! Schießt, Männer! Die Raptoren greifen an!«

Doch bevor sie auch nur einen Schuss abfeuern konnten, stürzten sich mehrere Schatten auf die Männer und stießen sie kreischend zu Boden. Hayter sprang in die Richtung, wo der Junge gewesen war, und versuchte, in der Dunkelheit etwas zu erkennen. Dann landete irgendetwas auf seinem Rücken und grub die Klauen in ihn.

Bunty starrte auf das Blutbad, das sich vor ihren Augen abspielte. Schattenhafte Gestalten kämpften Klaue gegen Hand. Schüsse hallten in alle Richtungen durch den Wald. Ein Jäger rannte auf die Käfige zu, wurde aber mit einem schrecklichen Heulen in die Dunkelheit gerissen. Das Geschrei war fürchterlich.

Dann, wie durch göttliche Fügung, stieg der Mond über die Baumwipfel und warf sein Licht auf den Rand der Lichtung. Dort stand Hayter, und der gefiederte Junge hatte sich auf seinem Rücken festgekrallt. Bishop, der den beiden am nächsten war, nutzte die Gelegenheit und schlug den Jungen mit dem Kolben seines leer geschossenen Gewehrs. Doch der Junge ließ nicht los.

»Nicht bewegen, Boss! Ich hab ihn!«

Er packte den Lauf seines Gewehrs, schlug erneut zu und schickte sowohl Hayter als auch den Jungen zu Boden.

Hayter sprang auf, zog seinen Stahlhaken und holte damit aus. Der Junge versuchte, sich mit einem Flügel zu schützen. Hayter trat dem Jungen so kräftig auf die Brust, dass er vor Verzweiflung schrie.

»Sorg dafür, dass sie verschwinden!« Hayter drohte dem Kind mit seinem Haken.

Doch der Junge tat nichts dergleichen.

Hayter trat dem Jungen wieder auf die Brust, und er schrie

erneut. Die Schattenraptoren hielten sofort inne und schauten einander an.

»SORG DAFÜR, DASS SIE VERSCHWINDEN!«

Der Junge hatte zwar keine Ahnung, was Hayter sagte, aber er wusste, was er wollte, und so zirpte er wie eine Grille, erst laut, dann leise.

Die Schattenraptoren wichen zurück und verschmolzen mit den Schatten der Bäume. Bunty schloss ihre verheulten Augen.

»Lance Bishop, du hast dir gerade eine Prämie verdient. Sperr diesen verdreckten Bengel zu dem anderen Viehzeug.«

## 18

# LASS MICH DIR EINE GESCHICHTE ERZÄHLEN

*– Eine gewaltfreie Berührung –*

Bei Sonnenaufgang wurde Buntys Käfig zusammen mit denen der gefangenen Raptoren auf einen Kylo geschnallt. Im ersten Licht des Morgens war nun auch zu sehen, wie tödlich Schattenraptoren sein konnten. Die Männer waren förmlich zerfetzt, ausgeweidet und verstümmelt worden. Insgesamt sechs Leichen lagen auf der Lichtung, und nur eine davon war ein Schattenraptor. Wenig überraschend war die Stimmung im Lager ziemlich übel.

Hayter schlenderte mit zwei Bechern heißen Tees in den Händen zu Buntys Käfig. Er sagte kein Wort. Stattdessen winkte er zwei Männern, den letzten Käfig neben Buntys zu packen. Darin kauerte der Raptorenjunge. Bunty funkelte Hayter an, doch der blinzelte noch nicht mal. Er stand einfach nur da und nippte an seinem Morgentee.

Als die Männer fertig waren, kam Hayter näher und hielt Bunty den zweiten Becher Tee hin. Bunty war zwar gebrochen, doch sie würde den Tag nicht damit begingen, erneut den Tee dieses Mannes anzunehmen. Regungslos klammerte sie sich an die Gitterstäbe. Hayter wurde länger hingehalten, als ihm lieb war, und so reagierte er auf die einzige Art, zu der er in der Lage war: Er warf den Becher weg. Der Tee flog in hohem Bogen durch die Luft und landete nicht weit vom Becher entfernt, der dem erschrockenen »Aua!« nach zu urteilen einen der Männer getroffen hatte.

»Vielleicht haben Sie ja mehr Glück mit dieser Kreatur als ich.« Er deutete auf den Jungen. »Vielleicht braucht er ja die Hand einer Frau? Eine Schulter, an der er sich ausweinen kann? Ich hoffe doch, ich habe ihm genug Manieren eingeprügelt.«

»Sie sind kein Mensch«, erwiderte Bunty.

»Interessant.« Hayter schaute an sich herunter. »Ich habe weder ein rotes Gesicht noch Klauen oder Federn.« Er tat so, als würde er sich an Gitterstäbe klammern. »Und ich hocke auch nicht in einem Käfig wie ein Tier.«

Bunty nahm die Hände von den Gitterstäben.

»Sagen Sie mir, was er weiß, dann sind Sie frei.«

»Lügner.«

»Sagen Sie mir, was er ist, und ich bringe Sie aufs erste Schiff, das diese Insel verlässt.«

»LÜGNER!« Bunty hatte nicht die geringste Absicht mitzuspielen.

»Sagen Sie mir alles, sonst verspeist die Bestie Sie beide morgen zum Frühstück.«

Pfeifend marschierte Hayter an die Spitze des Zugs und winkte seinen Männern, aufzubrechen.

Einen Augenblick später setzte sich der Kylo in Bewegung. Hayter entfernte sich immer mehr.

Bunty schaute ihm hinterher, bis sie ihn nicht mehr sehen konnte. Dann drehte sie sich zu den beiden kalten blauen Augen um, die sie förmlich durchbohrten. Bunty und der Junge schauten einander an und saugten jedes Detail des anderen förmlich auf. Um das Eis zu brechen, hob Bunty die Augenbrauen und riss die Augen auf. Der Junge erwiderte die Geste. Dann kniff Bunty die Augen wieder zusammen, und zu ihrer großen Freude tat der Junge es ihr nach. Als sie die Zunge rausstreckte, rief das die gleiche Reaktion hervor und auch, als sie die Nase rümpfte. Schließlich lächelte Bunty sanft und hob vorsichtig die Hand.

Fasziniert vom Charme dieses kuriosen Menschen beugte sich der Junge ein wenig vor und schnüffelte die Luft, um Buntys Duft aufzunehmen. Dann streckte er eine verdreckte Pfote aus und streichelte vorsichtig ihre Hand.

Mit den Fingern folgte er den Knochen unter ihrer Haut und verglich sie mit seinen eigenen. Plötzlich zuckte der Ankylosaurus mit den mächtigen Schultern, um seine Last besser zu verteilen, und die beiden Käfige rutschten näher zueinander.

»Es ist sinnlos, dir all die vielen Fragen zu stellen, die mir im Kopf rumgehen, nicht wahr? Du kannst nicht sprechen, oder?«, fragte Bunty.

Der Junge starrte sie nur an und beobachtete, wie sie die Laute machte, die aus ihrem Mund kamen. Dann versuchte er, sie so gut es ging nachzuahmen. »Kaaannst niiicht sprääächän.«

Bunty lächelte. »Nicht schlecht. Auch wenn es ein wenig wie ich klingt. Ich nehme an, du hörst viel zu.« Sie drückte seine Hand. »Lass mich dir eine Geschichte erzählen. Mein Mann Sidney und ich, wir haben England verlassen und sind mit Grace, meiner Tochter, nach Amerika gegangen. Sie war damals neun. Theodore haben wir mitgenommen. Er sollte sich um die Saurier kümmern.

Viel später – Grace war sechzehn – hat sie einen Amerikaner mit Namen Franklin kennengelernt. Er war so ein hübscher Mann, so voller Leben ... Du hättest mal die Ranch seiner Familie in Kalifornien sehen sollen. Franklin und sein Bruder Frank waren richtige Schausteller, das kann ich dir sagen. Oh, die Tricks, die sie mit Theodore gemacht haben! Wie auch immer ... Franklin und Grace haben sich ineinander verliebt. Als in Europa Krieg drohte, sind wir alle gemeinsam wieder nach England zurückgekehrt. Sidney musste sich um das Familienunternehmen kümmern. Grace war überglücklich, Franklin an ihrer Seite zu haben. Inzwischen hatte sie sich sogar einen leichten amerikanischen Akzent angewöhnt.« Bunty hielt kurz inne und versank in Erinnerungen an diese schöne Zeit.

»Franklin und Grace haben geheiratet, und sie ist ausgezogen. Dann ist Sidney krank geworden, und von jetzt auf gleich waren wir nur noch zu dritt: Sidney, Theodore und ich. Theodore liebte Sidney. Der Junge hat zu ihm aufgeschaut, aber nicht wie ein Hund zu seinem Herrn. Da war noch mehr, und Sidney wusste das. Theo hatte etwas ... etwas Unberührtes an sich. Eine gewisse Energie.«

Erneut hielt Bunty kurz inne. Dass sie nicht wusste, wo Theodore und Bea waren, war unerträglich. Sie steckte die Hand in die Manteltasche und holte die Feder des Blauen Gehörnten Paradiesraptors hervor. Dabei fiel auch das Briefbündel heraus, das Bea wieder sorgfältig zurückgelegt hatte. Eine Träne rann Bunty über die Wange, und sie schnappte überrascht nach Luft.

Der Junge blinzelte. Er steckte den Finger durch die Gitterstäbe, berührte das Gesicht des Menschenweibchens, nahm die

Träne mit der Fingerspitze auf und führte sie an seine Lippen. Sie schmeckte genau wie seine. Warum zirpte das Weibchen unablässig? Und warum hatten die Laute sie so verletzt? Er schaute auf ihre Hände und sah die Briefe. Er legte die Hand auf ihre, nahm den obersten Brief, hielt ihn ihr vors Gesicht und wischte damit die Tränen ab. Bunty war so am Boden, dass sie sich nur noch vorbeugen, den Jungen umarmen und ihre von Tränen nasse Wange an seine drücken konnte.

Dieses Menschenweibchen in den Armen zu halten, kam dem Jungen vollkommen natürlich vor, dabei hatte er so etwas noch nie getan. Menschen waren wilde, grausame Tiere, die seinen Clan als Beute betrachteten. Sie fingen und töteten sie. Und doch war hier ein Alphaweibchen, das nach Wildblumen roch und ihn umarmte: eine Berührung ohne Gewalt. Der Kylo schüttelte sich erneut, und der Augenblick war vorbei.

Bunty zog sich in ihren Käfig zurück. Es war nicht ihre Art, Gefühle zu zeigen, auch nicht hier im Dschungel. Und im nächsten Moment hatte sie sich wieder unter Kontrolle.

»Danke. Bitte, entschuldige. Der Morgen war lang, und seit elf Jahren suchen, warten und ängstigen wir uns schon.«

Der Junge ließ sich von Bunty den von Tränen nassen Brief abnehmen und schaute sie mit seinen elektrisierenden Augen an.

Bunty atmete tief durch. »Ich bin Barbara Ann Brownlee.« Sie streckte die Hand aus, doch anstatt darauf zu warten, dass der Junge die Geste erwiderte, nahm sie einfach seine Hand und schüttelte sie. »Sehr erfreut, dich kennenzulernen. Sag mir … Ich bin schon halb verhungert. Gibt es in diesem Zug auch einen Speisewagen?« Der kleine Scherz sollte die Situation auflockern.

Der Junge schaute sie stumm an, und Bunty ließ seine Hand wieder los.

»Wagen in diesem Zuuug«, erwiderte er.

Bunty musste unwillkürlich lächeln, und auch das trieb ihr die Tränen in die Augen.

»Bitte entschuldige, Kind. Wenn ich doch nur deinen Namen wüsste.«

Trotz der Einseitigkeit der Konversation beschloss sie, tapfer weiterzulächeln.

»Wo war ich? Ach, ja. Grace und Franklin. Sie hatten beschlossen, nach Australien zu gehen. Die Gründe dafür werde ich wohl nie erfahren, da sie einfach von einem Tag auf den anderen aufgebrochen sind.« Bunty hob die Augenbrauen. »Beatrice, ihre Tochter ... Das Mädchen, dem du begegnet bist ...« Bei dem Gedanken an ihre Enkelin brach Bunty wieder in Tränen aus. »Oh, Bea! Wo steckst du nur?«

Bunty schlug die Hände vors Gesicht und schluchzte so laut, dass es sogar der Kylokutscher hörte.

Der Junge nahm wieder die Hand des Menschenweibchens und drückte sie.

Bunty fuhr fort: »Beatrice – Gott schütze sie – hatte Scharlach, und Grace war ganz und gar nicht glücklich darüber, ohne sie zu verreisen, aber sie hat es getan ... und seitdem haben wir sie nicht mehr gesehen.«

Bunty schaute dem Jungen in die kalten blauen Augen und dann auf den Brief.

»Und dann ist der hier gekommen. Einfach so. Aus dem Nichts. Mit elf Jahren Verspätung. Auf der Suche nach Antworten bin ich hierhergereist, doch ich habe nur dich und diese eine Feder gefunden!« Bunty atmete tief durch. »Die ganze Sache hier mit diesen Unmenschen … Das ist alles meine Schuld. Theodore ist angeschossen, Beatrice wird nicht allein im Dschungel überleben, und wir sind das Frühstück für Hayters Bestie.«

Bunty drückte sich den Brief aufs Gesicht.

Der Junge nahm ihn weg und lächelte. Er wusste nicht, was er sonst tun sollte.

»Weißt du, ich weiß ja, dass du nichts von dir preisgeben willst, aber … deine Augen … Du hast die gleichen Augen wie Franklin.«

Bunty nahm das Gesicht des Jungen in beide Hände.

Der Augenblick dauerte eine gefühlte Ewigkeit. Der Kylo schaukelte über den Pfad, und der Boden bebte bei jedem Schritt.

# 19

# JE GRÖSSER DU BIST, DESTO HÄRTER FÄLLST DU

*– Wer ist dieses Mädchen? –*

Aus seinem Käfig neben Bunty konnte der Raptorenjunge nicht viel erkennen. Das stete Schaukeln des Kylos hatte die beiden benommen gemacht, zumal das Einzige, was der Junge wirklich sehen konnte, der Himmel war. Die schwarzen Wolken drohten mit Regen. Der Junge wusste, dass es ein ziemlicher Sturm werden würde. Die Luft knisterte vor statischer Energie.

Hayter war nicht gerade bekannt dafür, sich von irgendwas abhalten zu lassen, auch wenn sich ihm etwas in den Weg stellte … Und im Augenblick war das Einzige, was ihn interessierte, seine Ladung in die Stadt zu bringen. Seine Männer wussten, dass es bald regnen würde, aber sie wurden lieber nass, als sich mit dem Boss anzulegen.

Ein Mann trottete am Käfig des Jungen vorbei. Sein Mimo wackelte ängstlich mit dem Kopf, als er zu den Wolken über den Wipfeln hinaufschaute. Auch das Tier fühlte, dass etwas im Anmarsch war. Vorsichtig streckte der Junge die Hand aus und tippte Bunty durch die Gitterstäbe hindurch an. Bunty schaute sich benommen in dem engen Käfig um, reckte sich, um die Steifheit aus ihren Gliedern zu vertreiben, und rieb sich das Gesicht. Und im selben Augenblick, da Bunty sich rührte, fielen die ersten Regentropfen.

Das waren jedoch keine Regentropfen, wie man sie üblicherweise kennt. Diese Regentropfen waren große, dicke Dinger, die erst einmal vom Boden abprallten, wenn sie aufschlugen. Und wenn sie auf dem Blätterwerk auftrafen, dann klang es wie tausend Trommeln. Dieser Regen hatte nichts Sanftes an sich, und man musste laut schreien, um sich Gehör zu verschaffen. Binnen Sekunden war alles klatschnass, und nach nicht mal einer Minute versanken die Männer und Saurier auf dem Weg bis zu den Knöcheln im Schlamm. Für Ankylosaurier konnte rutschiger Schlamm tödlich sein. Es gab da ein Sprichwort: »Je größer du bist, desto härter fällst du.«

Ein Trupp von drei Jägern trottete auf kleineren und zäheren Mimosauriern an den Käfigen vorbei. Wasser lief von ihren Hüten, und zum Schutz vor den Fluten hatten sie die Augen zusammengekniffen.

Plötzlich war da noch ein anderes, unerwartetes Geräusch: ein lang gezogenes Splittern, gefolgt von einem lauten Krachen und Warnrufen.

Die beiden Gefangenen schauten einander an. Mit großen Augen sahen sie, dass die Äste am Wegesrand zu zittern schienen. Ein nervöser Mimo erschreckte sich, rutschte aus, fiel und brachte die Karawane so zum Stehen.

Über den Lärm hinweg hörten Bunty und der Raptorenjunge einen Mimo von hinten herangaloppieren. Es war Hayter.

Mit grimmigem Gesichtsausdruck ritt er an die Spitze und riss an den Zügeln. Er konnte seine Wut nur mühsam im Zaum halten. Er brüllte nicht, trotzdem war sein drohender Tonfall irgendwie über den Regen hinweg zu verstehen.

»Da ist nur ein gottverdammter Baum umgefallen, ihr Idioten. Das passiert ständig. Ihr zwei ... und du ... an die Arbeit. Hackt das Ding auseinander und dann weiter.«

Ein Mann rannte an den Käfigen vorbei. Er hatte eine dicke Seilrolle in der Hand.

»Kommt schon!«, drängte Hayter. »Macht voran! Das ist ein Baum, kein Fels. Bindet die Stücke an die Kylos und zieht sie weg. Ich passe schon auf euren Fang auf.«

Das Schlagen der Äxte und Macheten schien die Männer und Saurier zu beruhigen. Jetzt hatten sie wenigstens etwas zu tun. Hayter neigte nicht dazu, sich die Hände schmutzig zu machen, wenn es sich vermeiden ließ. Deshalb ritt er zu den Käfigen, das Wasser rann wie Tränen über sein Gesicht. Er weinte jedoch nicht. Er schaute Bunty nur an.

Bunty erwiderte seinen Blick und sagte: »Ich habe keine Angst vor Ihnen.«

Der Regen war laut, doch Hayter konnte sie klar und deutlich verstehen. Er kam noch näher, bis sein Gesicht fast das Gitter berührte. »Das sollten Sie aber. Hat er Ihnen schon irgendwas Interessantes erzählt?«

»Machen Sie sich doch nicht lächerlich, Sie furchtbarer, kleiner Mann. Der Junge ist stumm.«

Im selben Moment, da Bunty die Arme vor der Brust verschränkte und Hayter trotzig anstarrte, donnerte es zum zweiten Mal und direkt danach zum dritten. Dann schrie wieder jemand. Der Kylo, der Bunty und den Jungen trug, schnaubte aufgeregt und machte auf der Stelle kehrt ... genau rechtzeitig, um zu sehen, wie eine Gruppe panischer Jäger in die Büsche sprang, um einem weiteren riesigen Baum auszuweichen, der auf den Weg stürzte.

Dann, genauso plötzlich, rannten die Jäger wieder auf den Pfad. Sie hatten sichtlich Angst. Hayter brüllte, stieg von seinem Mimo runter, nahm sein Gewehr von der Schulter und suchte nach einem Ziel.

»Was ist los, Jungs?«, keifte er und stapfte auf seine Männer zu. »Was ist passiert?«

Als die Männer näher kamen, war der Grund für ihre Panik gut zu sehen. Sie waren über und über mit kleinen Pfeilen übersät. Im Gegensatz zu Kugeln, die einen Mann sofort niederstrecken, dauert es einen Augenblick, bis das Gift von einem Pfeil das menschliche Nervensystem erreicht. Eines nach dem anderen gaben die Beine der Männer nach. Sie fielen zu Boden und zuckten im Schlamm.

Der Junge erkannte seine Chance sofort. Er steckte die Hand zwischen den Gitterstäben hindurch und öffnete den Riegel geschickt mit einer seiner langen Raptorenklauen. Dann kletterte er, so schnell er konnte, vor Buntys Käfig und breitete die Armfedern aus, um sie zu beschützen.

Zwischen den Gitterstäben und den Federn des Jungen hindurch konnte Bunty Hayter sehen. Panisch drehte sich der bösartige, kleine Mann mit dem Gewehr im Anschlag auf der Stelle und suchte nach einem Ziel. Mit lautem Pfeifen schlug ein Pfeil in

den Kolben seines Gewehrs, und ein Splitter verletzte ihn an der Wange. Die Waffe fiel ihm aus den tauben Fingern.

Als die Jäger allesamt am Boden lagen und nur noch Hayter aufrecht stand, kreidebleich und mit erhobenen Händen, traten Buntys Retter aus dem Wald. Es waren Kunava und seine Stammesbrüder. Sie scherzten und grinsten von einem Ohr zum anderen, klopften sich auf die Schultern und winkten jemandem zu, der offenbar hinter dem gefällten Baum wartete. Dann, müde und bandagiert, aber lebend, mit stacheligem Haar und einem breiten Lächeln auf dem bemalten Gesicht nahm Theodore seinen Platz unter den Kriegern ein.

»Hallo, Bunty, meine Gute! Wir sind wohl gerade rechtzeitig gekommen!«

»Oh, Theodore!« Bunty schnappte erstaunt nach Luft. »Ich dachte, du wärest …«

»Tot? Nicht ganz. Ich hatte zwar einen kleinen Zusammenstoß mit ein paar Bienen, aber jetzt bin ich wieder wohlauf«, sagte er und half Bunty aus dem Käfig, den der Raptorenjunge geöffnet hatte.

»Unser Freund hier hat es diesen Schurken vergangene Nacht so richtig gezeigt.« Dankbar schaute Bunty zu dem Jungen.

»Sei so lieb, und geh mit dem Jungen zu unserem neuen Freund Kunava. Ich muss da etwas regeln«, sagte Theodore. Und mit diesen Worten trat er einen Schritt auf Hayter zu, hob die Fäuste wie ein Boxer und erklärte: »Okay, mein Freund. Nachdem du jetzt dein Gewehr und deine Kumpane verloren hast, wollen wir doch mal sehen, aus welchem Holz du wirklich geschnitzt bist.«

»Meinetwegen, Freund«, erwiderte Hayter. Er leckte sich die Lippen und rollte mit den Schultern. Kampfbereit baute er sich vor Theodore auf und funkelte ihn herausfordernd an.

Das Problem war – was Hayter auch sogleich erkannte –, dass Theodore sich zwar erstaunlich schnell erholt hatte, aber immer noch versuchte, seine verletzte Schulter zu schützen.

Und Hayter war sich nicht zu schade dafür, so etwas auszunutzen. Als Kämpfer, der in den Raptorengruben des Londoner East Ends groß geworden war, handelte er instinktiv.

Anstatt auch die Fäuste zu heben, machte Hayter einen schnellen Schritt vorwärts, packte Theodores verletzten Arm und riss daran. Dann rammte er ihm die Faust in die frische Wunde.

Theodore klappte vor Schmerz zusammen und fiel auf die Knie. Hayter, der noch immer Theodores Handgelenk gepackt hatte, sprang um ihn herum, verdrehte Theodore den verletzten Arm auf dem Rücken und schlang seinen eigenen um Theodores Hals. Das war brutal und unfair, doch Kämpfe wie dieser waren kein Sport. Hayter hatte sein Handwerk auf die harte Tour gelernt.

Für gewöhnlich würgte der Sieger sein Opfer in so einer Situation und benutzte ihn als menschlichen Schild. In diesem Falle mischte sich jedoch das Schicksal ein.

Im selben Augenblick, da Hayter Theodore den Arm auf den Rücken drehte, entdeckte einer der Kylos einen besonders saftigen Baumfarn und stellte sich auf die Hinterbeine, um ihn zu erreichen. Dabei schwang er seinen mächtigen Keulenschwanz wie ein Pendel, um das Gleichgewicht zu halten. Der Schlag traf Hayter mit voller Wucht in den Rücken. Er wurde mehrere

Meter durch die Luft geschleudert und landete mit dem Gesicht nach unten in einer Pfütze vor Buntys Füßen.

Auch Theodore fiel zu Boden. Er rollte sich sofort herum, doch zu seiner großen Überraschung war sein Gegner einfach weg. Dass er liegen blieb, erwies sich überdies als klug, denn der riesige Saurierschwanz schwang wieder zurück und verfehlte seinen Kopf nur um Zentimeter.

Hayter rappelte sich wieder auf. Er fletschte die Zähne, funkelte Bunty an und ballte die Fäuste. Er wollte sie niederschlagen und als Geisel nehmen. Doch sofort sprang der Raptorenjunge vor Bunty, spreizte die gefiederten Arme und zischte Hayter an.

Hayter nahm den stählernen Haken vom Gürtel. »Ich werde dich genauso brechen wie jeden anderen Saurier auch, Junge.«

»Es ist vorbei, Hayter.« Bunty legte dem Jungen die Hände auf die Schultern. »Lassen Sie Ihren Stock fallen.«

Knapp außerhalb des Sichtfelds aller und bis jetzt unbemerkt stand Bea … und Bea hielt einen Blasrohrpfeil in der Hand, der sein Ziel weit verfehlt hatte und an der Stelle liegen geblieben war, wo sie nun stand.

Bea packte den Pfeil mit der Faust, stürzte aus ihrem Versteck und rammte ihn dem großen Mann in die linke Arschbacke.

»Au!«, schrie Hayter, wirbelte herum und stellte sich Bea. »Was ist das denn für ein Mädchen?«

Er hob den Arm, doch bevor er irgendetwas tun konnte, spickten Kunavas Männer ihn mit weiteren Pfeilen. Hayters Beine waren wie Gummi. Als er auf die Knie sank, fiel ihm der Haken aus der Hand und landete zuerst auf seinem Kopf und dann auf dem Boden. Alle schauten zu, wie das Gift Hayter übermannte und die Augen in seinen Kopf rollten. Bea beendete, was sie begonnen hatte, und stieß Hayter mit dem Gesicht voran in den Schlamm.

# 20

## SÜSSE TRÄUME

*– Dieser Junge ist ganz was Besonderes –*

Bea klammerte sich fester denn je an ihre Großmutter. Die Prüfungen des Tages hatten ihre harte Schale aufgebrochen, und jetzt war sie einfach nur froh, die Augen schließen und ihren Kopf an Buntys Brust vergraben zu können. Bunty streichelte sie sanft.

»Tut … Tut mir leid, dass ich so gemein zu dir war«, flüsterte Bea.

»Nein. Mir tut es leid, dass ich dich hierhergebracht habe. Bitte, verzeih mir, Beatrice. Ich habe so viel in meinem Leben verloren, da kann ich nicht auch noch dich verlieren. Es war ja so dumm von mir, dich in solche Gefahr zu bringen.«

Der seltsame Junge beobachtete sie.

Theodore ließ den beiden Frauen ein wenig Zeit. Dann stellte er Bunty Kunava formell vor. »Barbara Ann Brownlee, ich habe die große Ehre, Ihnen meinen guten neuen Freund vorzustellen, Mr. Kunava, Anführer …«

»Hüter«, korrigierte Kunava ihn.

»Hüter der … Wie heißt Ihr Stamm eigentlich, alter Junge?«

»Vor langer Zeit waren wir die Sauriermänner. Wenn Sie wollen, können Sie uns auch so nennen.«

Theodore war wie versteinert. Er starrte Kunava an, bis er seine Gedanken wieder gesammelt hatte. Dann stammelte er: »Verdammt … Sauriermänner? Ich … äh …«

»Erfreut, Sie kennenzulernen.« Bunty streckte rasch die Hand aus, um den Formalitäten ein Ende zu bereiten. Nicht dass Theodore sich noch zum Narren machte.

Kunava erkannte, dass Bunty ihm anbot, ihm die Hand zu schütteln, und da er sie nicht beleidigen wollte, schnallte er seinen Raptorenhandschuh ab und erwiderte die Geste, so gut er konnte. Sein rotes Grinsen wurde immer breiter. »Auch erfreut.«

Bunty bemerkte sofort, dass etwas nicht stimmte. Das war nicht der feste Handschlag, den sie erwartet hatte. Bea erkannte das Problem. Kunavas rechte Hand war klein und blass. Die dürren Finger erinnerten mehr an die eines Kindes als an die eines Erwachsenen.

»Bitte, entschuldigen Sie meine Hand. Sie ist nicht so gut nachgewachsen. Die Raptorenklauen machen diese Schwäche jedoch wieder wett.«

»Oh! Bitte, verzeihen Sie mir.« Höflich ließ Bunty seine Hand wieder los. Bea schwieg. Sie war neugierig, wie sich das entwickeln würde.

»Was ist damit denn passiert?«, fragte Bunty auch prompt.

Kunava spreizte die kleinen Finger, und Bea strich über seinen weichen Handteller. »Mit der Zeit wird diese neue Hand immer älter und stärker werden«, erklärte Kunava. »Sein Boss« – Kunava deutete auf Hayter – »ist ein sehr, sehr böser Mann. Er hat mir die alte Hand abgehackt.«

»Und sie ist wieder nachgewachsen?«, fragte Bea.

»Sei doch nicht dumm, Beatrice. Mr. Kunava will dich nur aufziehen. Warum hilfst du nicht, das Gepäck von den Kylos zu holen? Ist der Bunte da nicht unser Freund Junior?«

Bea drehte sich um, und tatsächlich! Da stand Junior mit der Ausrüstung der Jäger auf dem Rücken.

»Man darf seinen Kylo doch nicht gleich in seiner ersten Woche als Gepäckträger verlieren ... Was wird da wohl Sammy sagen, dein Boss?« Bunty zwinkerte Bea zu und rückte die Raptorenfeder in ihrem Haar zurecht.

Bea erwiderte das Lächeln. Ihre Großmutter behandelte sie mehr und mehr wie eine Erwachsene und übertrug ihr immer mehr Verantwortung. Und eine Aufgabe zu haben, würde eine gute Ablenkung vom Regen sein.

Theodore trat hinzu und rieb sich das Kinn. Er dachte über etwas nach. »Bea, Mädchen, kannst du eine Weile den Jungen für mich im Auge behalten? Wir müssen aufbrechen. Also verschwendet keine Zeit mit den Käfigen.« Er nahm sein großes Messer vom Gürtel und gab es Bea. »Schneid die Seile einfach durch, aber pass auf deine Finger auf. Deine werden nämlich nicht so einfach nachwachsen wie Kunavas.«

Theodore grinste Bea in der Hoffnung an, dass sie seinen Scherz zu schätzen wusste, doch wie immer rollte sie über seine schlechten Witze nur mit den Augen.

Aber für sie war das ein großer Augenblick. Einige Dinge waren immer derart verboten gewesen, dass sie nie auch nur danach gefragt hatte, und Theodores Messer hatte definitiv dazugehört. Es war schwerer, als sie erwartet hatte, und die Klinge fühlte sich warm an, weil Theodore sie immer so dicht am Körper trug.

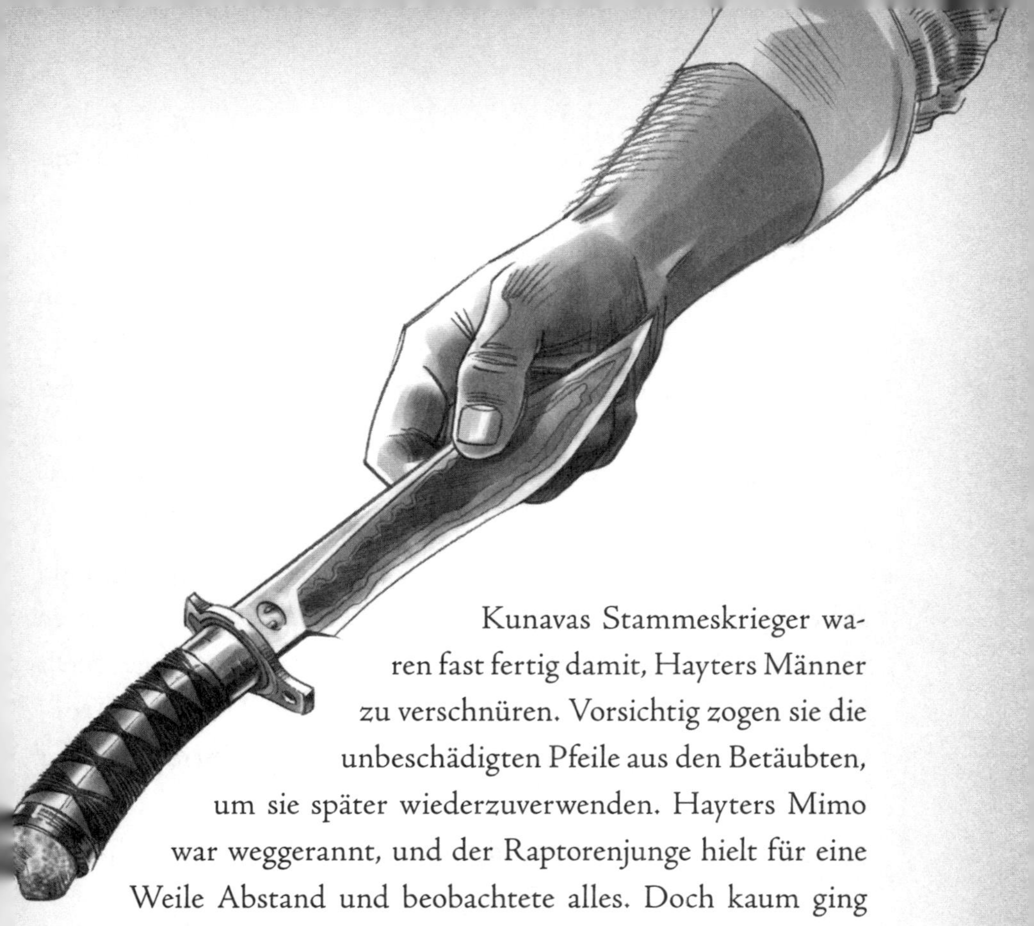

Kunavas Stammeskrieger waren fast fertig damit, Hayters Männer zu verschnüren. Vorsichtig zogen sie die unbeschädigten Pfeile aus den Betäubten, um sie später wiederzuverwenden. Hayters Mimo war weggerannt, und der Raptorenjunge hielt für eine Weile Abstand und beobachtete alles. Doch kaum ging Bea zu den Kylos, da lief er zu ihr.

»Du kannst mir helfen, wenn du willst«, sagte sie zu ihm. Mit Theodores Messer deutete sie auf die andere Seite von Junior, doch der Junge starrte nur auf die Klinge.

»Ich glaube nicht, dass er dir erlauben wird, es zu benutzen. Dafür bist du noch zu jung.« Bea hatte ihre neue Rolle als Erwachsene bereits voll angenommen. Weil der Junge kein Wort verstand, streckte er die Hand aus und berührte die Klinge im selben Moment, da Bea eines der dicken Seile durchtrennte. Prompt ritzte er sich den Finger.

»Pass doch auf!«

Rasch schaute Bea zu Theodore. Er sprach immer noch mit Bunty und Kunava. Zum Glück hatte er nichts gesehen. Der Junge betrachtete seinen blutigen Finger, zeigte aber keinen Schmerz. Er steckte ihn sich einfach in den Mund und lutschte daran. Dann streckte er die andere Hand aus und schnappte sich das Messer von Bea. Diesmal packte er die Klinge jedoch an der stumpfen Seite.

»Gib es sofort wieder zurück!«, verlangte Bea leise, um die Erwachsenen nicht zu alarmieren.

Der Junge drehte sich von Bea weg und starrte sein Spiegelbild auf dem blank polierten Stahl an. Er nahm den Finger aus dem Mund und berührte sein Gesicht. Bea sah, dass der Finger nicht länger blutete. Tatsächlich war noch nicht einmal mehr ein Tropfen Blut zu sehen. Der Junge schaute sie an, gab ihr das Messer zurück und lächelte.

»Danke. So … Wenn es dir nichts ausmacht … Wir haben zu tun.«

Nachdem die Jäger gefesselt waren, rief Kunava Bunty und Theodore zu sich.

»Sie müssen diese Insel verlassen, und zwar rasch.«

»Wie lange haben wir?«, fragte Theodore.

»Das Froschgift wirkt zwar schnell,

aber die Wirkung hält nur wenige Stunden an. Meine Männer werden die Jäger an die Bäume binden, um Ihnen mehr Zeit zu verschaffen. Damit sie ihre Zungen nicht verschlucken oder abbeißen, solange sie bewusstlos sind, bekommen sie Stöcke in den Mund.«

»Bitte, erklären Sie mir noch mal, warum uns das stören sollte?«, sagte Theodore, als er Hayter zu seinen Männern schleppte.

»Wenn wir zulassen würden, dass sie sterben, dann wären wir nicht besser wie sie.« Bunty öffnete ihren Schirm, den sie aus dem Käfig geholt hatte, doch es war sinnlos. Sie war schon bis auf die Haut durchnässt. »Aber ich werde dir den Schlag auf die Nase gestatten, den du diesem furchtbaren Mann für den Raptor schuldest, den er im Kontor gequält hat.«

»Nein, Bunty, du hast recht ... So bin ich nicht«, sagte Theodore und warf Hayter in eine Pfütze. Dann fesselte er ihn an einen Baum und steckte ihm einen verdreckten und bemoosten Stock in den Mund. »Mach schön den Mund auf. Braver Junge. Wir wollen doch nicht, dass du dir wehtust, nicht wahr?«

»Irgendjemand wird sie hören. Vermutlich werden sie schreiend aus ihren süßen Träumen aufwachen. Das Gift ist nicht gerade bekömmlich.« Kunava lachte leise. »Sie haben vermutlich bis Sonnenuntergang. Dann ist Hayter wieder in der Stadt. Und den Saurierjungen hat man jetzt gesehen, und er hat sich Feinde gemacht ... Solange er auf der Insel ist, wird es weder für ihn noch für die Schattenraptoren sicher sein.«

»Kann der Junge nicht einfach mit Ihrem Stamm leben?«, fragte Bunty.

»Mit meinem Stamm? Oh, nein, Lady. Er ist jetzt das Problem von Ihrem Stamm.«

»Ich verstehe nicht … Sie haben ihn einen Saurierjungen genannt. Dann ist er doch einer von Ihren Sauriermännern, oder?«

Theodore trat zu ihnen. Das wollte er auch hören.

»Ich glaube, dass die Eltern des Jungen einem anderen Stamm von Sauriermännern angehörten, weit weg von hier«, erklärte Kunava. »Sie sind getötet worden, und ihn haben die Schattenraptoren aufgezogen.«

Sie alle drehten sich zu dem Jungen um, der inzwischen auf einem der Kylos stand, die mit den Käfigen beladen waren. Er versuchte, das Netz zu entwirren, das sie an Ort und Stelle hielt. Seine nassen Federn sahen nicht gerade gut aus.

»Er hat sein ganzes Leben im Dschungel verbracht?«, fragte Bunty.

»Ja. Ich habe immer ein Auge auf ihn gehabt. Dann und wann bin ich seinen Spuren gefolgt. Sein Clan hat sich gut um ihn gekümmert.«

»Ich kann mir gar nicht vorstellen, was das für ein Leben ist.« Bunty versuchte, die Situation zu verstehen. »Aber warum muss ich mich jetzt um ihn kümmern?«

»Nicht Sie, Lady. Sie sind kein Sauriermann. Theodore, Sie müssen das übernehmen.«

»Einen Moment mal, mein Freund. Ich bin auch kein Sauriermann, und ich …«

»Sind Sie sicher?«, unterbrach Kunava ihn.

»Ziemlich sicher sogar. Und abgesehen davon, dass ich kein Sauriermann bin, ich bin auch nicht in der Lage, für irgendwen zu sorgen. Ich kann mich ja kaum um mich selbst kümmern.« Theodore schaute zu Bunty und riss die Augen auf.

»Wie haben Sie dann den heiligen Baum gefunden? Den, der aus dem Tempel wächst?«, fragte Kunava.

Bunty und Theodore schauten einander an. Sie waren sichtlich verwirrt.

»Was für ein Baum denn? Und was für ein Tempel?«

»Der Baum, wo Sie den Saurierjungen und die Schattenraptoren getroffen haben. Dieser Raptorenclan stellt die Tempelwächter. Man geht nicht einfach so zu einem Tempel. Man braucht einen Schlüsselknochen, und um einen Schlüsselknochen zu haben, muss man ein Sauriermann sein.«

Bunty und Theodore hörten die Worte, doch sie ergaben einfach keinen Sinn für sie.

Theodore drehte sich wieder zu Kunava um. Der Stammeskrieger schnallte sich gerade seine Klauenhand um. »Tut mir leid, mein Freund. Ich habe keine Ahnung, wovon Sie reden.«

»Doch, das haben Sie. Schauen Sie sich mal meinen Schlüsselknochen an.« Kunava teilte den Federschmuck auf seinen Schultern und nahm die Perlenkette ab, die er auf der Brust trug. An einem Stück alten, handgenähten Leder hing ein seltsamer Stein. Er war ungefähr so groß wie der Zahn eines Raubsauriers. Kunava löste ihn aus den Metallklammern, mit denen er befestigt war, und hielt ihn hoch. Dabei traf ein Regentropfen auf ihn, und der Stein erwachte zum Leben und leuchtete in allen Farben des Regenbogens.

»Wow! Der ist ja wunderschön! Was für ein Stein ist das?«, fragte Bunty.

»Das ist kein Stein, sondern ein Dinosaurierknochen, der sich in Stein verwandelt hat. Aber das wissen Sie, nicht wahr,

Mr. Logan?« Kunava schaute zu Theodore, der ihn mit großen Augen anstarrte, und gab ihm den Schlüsselknochen.

»Theodore, Theo ... Bitte, mach diesen Rätseln ein Ende, und erklär Kunava, dass wir nicht wissen, was er meint. Und wir können uns auch nicht um den Jungen kümmern. Er passt einfach nicht in unsere Welt. Der Dschungel ist seine Heimat.«

Theodore konnte den Blick nicht von dem Schlüsselstein wenden. Er war wie hypnotisiert.

Dabei war der Stein an sich recht dunkel, fast matt sogar. Er spiegelte nicht.

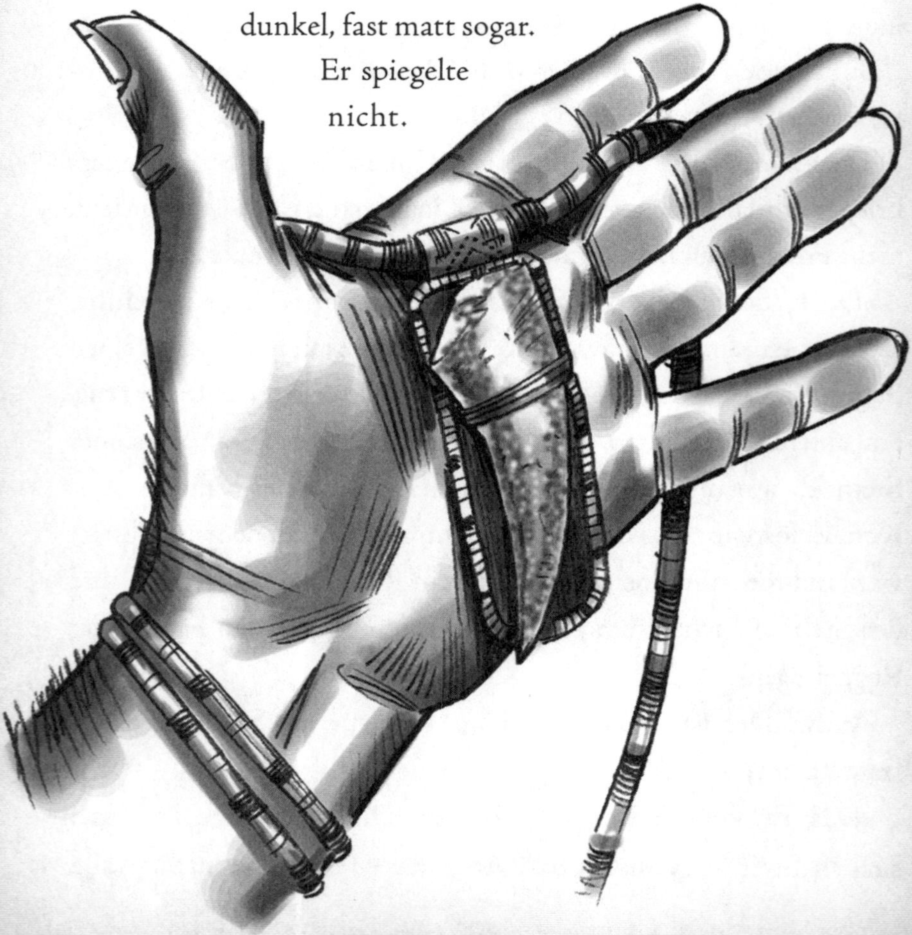

Doch als Theodore ihn in den Fingern drehte und das Sonnenlicht ihn traf, da begann er, in allen Farben zu funkeln.

»Faszinierend …«, murmelte Theodore.

»Theodore, gib ihn wieder zurück«, brach Bunty den Zauber.

Theodore schaute von Bunty zu Kunava und überlegte, was er sagen sollte, oder genauer: was er nicht sagen sollte.

»Tut mir leid, mein Freund. Ich weiß nichts über Dinosaurierknochen. Aber …« Er schaute zu Bunty und hielt kurz inne. »Ich werde den Jungen von dieser Insel bringen.«

Kunavas Grinsen kehrte breiter denn je wieder zurück. Er nahm Theodore den Stein ab und steckte ihn in seinen Beutel. »Sie wissen, dass dieser Junge etwas Besonderes ist, nicht wahr? Seine Zeit als Supersaurier ist vorbei. Er ist jetzt ein Mensch. Sie müssen ihm alles beibringen.« Zufrieden mit dem Ergebnis trottete Kunava zu seinen Männern, die zusammen mit dem Jungen und Bea die Tiere befreiten, nicht nur die Saurier, sondern auch die Vögel, die Hayters Männer nebenbei gefangen hatten.

Bunty, die bis jetzt geschwiegen hatte, verzog das Gesicht und wandte sich an Theodore. »Was zum Teufel machst du da? Wir können ihn nicht mitnehmen!«, platzte sie heraus.

Theodore drehte sich zu ihr um. »Bunty, darf ich dich daran erinnern, dass du schon einmal einen Waisenjungen aufgenommen hast, und aus dem ist gar kein so übler Kerl geworden. Vielleicht ist es ja meine Bestimmung, mich um ihn zu kümmern.«

»Sei doch nicht dumm. Du bist nicht von Raptoren großgezogen worden, und du hast auch keinen Glitzerstein.«

»Als ich ein Kind war, haben nur die Saurier mir Liebe geschenkt und sich um mich gekümmert«, entgegnete Theodore.

»Mein Vater hat mich kaum angeschaut. Alle haben mir die Schuld am Tod meiner Mutter gegeben. Sie ist im Kindbett gestorben. Hätten Lady und Champion mich nicht saubergeleckt und ihr Fressen mit mir geteilt, hätte ich nicht überlebt. Aber das habe ich.«

Bunty wusste nicht, was sie darauf erwidern sollte. Theodore sagte die Wahrheit.

»Und es ist kein Glitzerstein. Es ist ein 150 Millionen Jahre alter, opalisierter Dinosaurierknochen. Vermutlich stammt er aus einer der Edelopalminen in Süd-Australien. Aber wichtiger ist«, sagte Theodore, »wir müssen Junior wieder nach Old Town bringen und zusehen, dass wir an Bord der Orca kommen … und das schnell. Kunava hat recht. Hier ist es noch viel gefährlicher geworden.«

Bunty war klar, dass Theodore mehr wusste, als er verraten wollte. Aber sie wusste auch, dass sie ihn besser nicht unter Druck setzen sollte. Irgendwann würde er es ihr schon erklären.

Bunty sammelte ihre Sachen ein, während Theodore und Bea die letzten Raptoren freiließen.

Das Gewitter endete genauso plötzlich, wie es begonnen hatte. Der Himmel klarte auf, und heißes Sonnenlicht brannte Löcher ins Blätterdach.

Kunava signalisierte seinen Männern, dass es an der Zeit war aufzubrechen. Doch zuerst schnappten sie sich das meiste von Hayters Vorräten und Ausrüstung und luden sie auf zwei Ankylosaurier. Dann hielt Kunava kurz inne und suchte den Jungen. Der Junge war abgelenkt und schnüffelte die Luft. Kunava ahmte den hohen Schrei eines Goldenen Fächerschwanzraptors nach, und der Saurierjunge drehte sich sofort um. Die beiden hatten sich nie wirklich getroffen, aber im Laufe der Jahre hatten sie einander oft beobachtet.

Langsam ging Kunava zu ihm und bückte sich, um auf Augenhöhe mit dem Jungen zu sein. Er legte dem Kind die Hand auf die Schulter und starrte ihn an. Beide sagten kein Wort, doch irgendwie verstanden sie einander. Kunava sah die vielen Fragen, die dem Jungen durch den Kopf gingen. Und Kunava hatte viele Antworten auf diese Fragen, aber er konnte sich dem Jungen nicht verständlich machen. Eines Tages würden sie sich wiedersehen und unterhalten können, bis dahin musste ein Lächeln reichen.

Theodore gingen ebenfalls einige Fragen an den Stammeskrieger durch den Kopf.

»Kunava, ich will Ihnen etwas zeigen.«

»Ich habe es bereits gesehen. Sie haben ihn ins Heft Ihres Messers eingesetzt. Keine Angst. Ihr Geheimnis ist bei mir sicher. Ich bin schließlich nur ein verrückter Einhändiger, den Sie im Dschungel getroffen haben.«

»Ehrlich, alter Mann, man hat mir diesen Stein geschenkt.«

Kunava legte den Kopf zur Seite. »Und wie, glauben Sie, habe ich meinen bekommen?«

»Aber ich wusste nicht, dass es ein Schlüssel ist, geschweige denn, was er aufschließt.«

»Sie haben gerade den Rest Ihres Lebens aufgeschlossen, mein Freund. Beschützen Sie den Saurierjungen. Er ist etwas ganz Besonderes.«

Und mit diesen Worten machte Kunava auf dem Absatz kehrt und verschwand im Dschungel.

## 21

## DAS REGENBOGEN-SCHÜTTELN

*– Das findet man in keinem Reiseführer –*

Der Junge stand in einem Lichtstrahl, der durch das dichte Blätterdach bis auf den Boden durchgedrungen war. Die Menschen krächzten miteinander. Aber seine wachsende Neugier auf sie würde warten müssen. Er hatte Wichtigeres zu tun. Die Federn, die er sich an Arm und Knöchel gebunden hatte, mussten getrocknet, sortiert und geputzt werden. Das tat er jeden Tag, seit er sie bekommen hatte.

Geputzt wurde jeden Tag nach dem Monsunschauer. Normalität würde erst wieder einkehren, wenn sein Clan in perfektem Zustand war. Von allen Sauriern auf dieser Welt achtete keine Spezies so sehr auf ihr Äußeres wie die auf diesen Inseln.

Tatsächlich hatten sich die Paradiesraptoren erst aufgrund dieser Eitelkeit zu derart farbenfrohen und prachtvollen Kreaturen entwickelt.

Doch das fand nicht nur in ihrem Gefieder Ausdruck, sondern auch in ihren perfekt choreografierten Tänzen und den makellos gestalteten Tanzplätzen. Wer das beste Nest bauen konnte, war eher zweitrangig. Diese Raptoren mussten weit mehr tun, um ihre Gene zu vererben.

Methodisch streckte der Junge die Arme aus und drehte zuerst die Handgelenke und dann die Ellbogen, sodass die Federn sich auffächerten. In dieser Position blieb er eine Weile stehen und prüfte, ob sein Gefieder unbeschädigt war. Dann riss er die Arme plötzlich hoch, bewegte sie aufeinander zu und klatschte auf dem Höhepunkt in die Hände. Wasser spritzte in den Dschungel, und als das Licht auf die Tropfen traf, entstand ein Regenbogen auf der Lichtung. Bea schnappte begeistert nach Luft.

Theodore öffnete derweil den letzten und größten Käfig, und zwei Schattenraptoren sprangen heraus. Als sie ihren Clanbruder sahen, rannte sie sofort zu ihm und streckten die verkrampften Beine. Dann senkten sie die Köpfe vor dem Saurierjungen, wackelten damit hin und her und schauten ihn abwechselnd aus dem rechten und dem linken Auge an. Die drei standen dicht beieinander, und plötzlich schüttelten sie sich. Das war nicht viel anders als bei einem nassen Hund. Erneut flogen kleinste Wassertropfen durch die Luft und erhellten die Lichtung mit ihrem Regenbogenfunkeln.

»Also, das findet man in keinem Reiseführer.« Theodore stieß Bea mit dem Ellbogen an und sicherte den letzten Rest von Hayters Vorräten auf Juniors Rücken.

Nachdem er seine eigenen Federn sortiert hatte, wandte der Junge sich dem größeren der beiden Raptoren zu. In der Enge des Käfigs hatte das Tier viele seiner Federn verloren. Indem er die Federn des Raptors mit den Fingern kämmte, gelang es dem Jungen, noch einige davon zu retten, doch die meisten waren ausgerissen. Die wirklich kaputten warf der Junge weg, ein paar weniger beschädigte behielt er und steckte sie in den Hosenbund. Schließlich suchte er das Gefieder seines Bruders noch nach Käfern und anderen Insekten ab. Die saftigsten aß er.

Der Junge konnte sich nicht daran erinnern, wann er herausgefunden hatte, dass ihm selbst nie Federn wachsen würden. Zuerst hatte er wie eines der kahlen, frisch geschlüpften Jungtiere ausgesehen, doch als die neben ihm heranwuchsen, hatte er erkannt, dass er anders war. Er hatte, so gut es ging, an dem Putzritual teilgenommen, aber er konnte nur putzen, nie selbst geputzt werden. So begann er, abgefallene Federn zu sammeln und sich daraus ein Gefieder zu basteln. Er band sie zusammen, und nach einigen Versuchen hatte er sich tatsächlich etwas gebaut, was funktionierte. Seine Beobachtungen des Clans hatten ihm verraten, dass ihr Gefieder mehrschichtig war, und das kopierte er für sein eigenes. Und er entwickelte seine eigene Art, sich zu schütteln, sodass seine Federn nicht wegflogen. So hatte er sich angepasst.

Der kleinere Raptor hatte die Menschen wachsam beobachtet, und als er an der Reihe war, übernahm es der größere, Bea und Bunty niederzustarren.

Der Junge öffnete den Mund und krächzte einen ungewöhnlichen Laut, auf den der Raptor sofort mit dem gleichen Geräusch reagierte. Als er jedoch das Maul öffnete, spreizte er die Federn um sein Gesicht, und darunter kam eine scharlachrote Schicht feinerer Federn zum Vorschein.

»Fantastisch! Einfach fantastisch!« Vor lauter Aufregung stieß Bunty Bea mit dem Ellbogen an. »Unter ihrem farblosen Kleid sind sie einfach spektakulär.«

»Ich nehme an, sie müssen ihre bunten Federn verstecken, damit sie mit den Schatten verschmelzen können«, erwiderte Bea. »Mit leuchtendem Gefieder können sie sich wohl kaum an ihr Abendessen heranschleichen.«

»Vermutlich zeigen sie es nur zu besonderen Gelegenheiten. Toll! Sie in all ihrer Pracht zu sehen ...« Bunty seufzte glücklich.

Der Junge entfernte die alten roten Federn und behielt die unbeschädigten für sich. Sein eigenes Halsband aus roten Federn hatte er während des Überfalls auf Hayters Lager verloren. Er musste sich ein neues machen. Es hatte eine gefühlte Ewigkeit gedauert, bis er ein System entwickelt hatte, sie unter den größeren, grauen zu verstecken und dann auch noch zu bewegen, sodass er die Geste seiner Raptorenbrüder imitieren konnte.

Mit einem letzten zufriedenen Krächzen endete das Putzritual. Da sie weder für ein Dankeschön noch für ein Auf Wiedersehen sonderlich viel übrighatten, drehten die beiden Raptoren sich einfach um und verschwanden im Unterholz. Der Junge stand stumm da, hob die Arme zum Abschied, ballte die Fäuste und nahm sie wieder runter. Dann atmete er tief ein und wieder aus. Für eine Weile würde er versuchen, menschlicher zu sein.

Langsam richtete der Junge sich von seiner gebückten Raptorenhaltung zu voller Größe auf, hob das Kinn und trat aus dem Licht. Als er auf die anderen zuging, ahmte er Körperhaltung und Gang der Menschen nach.

Bunty kam ihm auf halbem Weg entgegen.

»Ich glaube, das gehört dir.« Sie hielt das rote Federhalsband in der Hand, das sie auf einem Kylo im Gepäck gefunden hatte. »Dieser furchtbare Hayter hat es sich geschnappt.«

Der Junge starrte es an und schaute Bunty dann in die Augen.

»Das ist wirklich ein schönes Federset, mein Junge. Tatsächlich gehört es mit zum Schönsten, was ich je gesehen habe. Ich bin sicher, auf der Bond Street würdest du ein Vermögen dafür bekommen. Die Damen wären verrückt danach … aber ich glaube, sie passen besser hierher als in die Stadt.« Bunty hielt kurz inne, als ihr dämmerte, wie seltsam die Situation eigentlich war. Die Menschen, die solche Federn kauften, hatten keine Ahnung, woher sie kamen. Oder genauer gesagt: Sie wussten nichts von der Traurigkeit, dem Schmerz und dem Tod, die mit diesem barbarischen Federhandel einhergingen.

Bunty legte dem Jungen das Band um die Stirn. »Wie auch immer … In jedem Fall ist es hier genauso nass wie in London. Das ist wirklich hübsch, mein Junge.

Es steht dir gut. Und es hält die Haare aus deinem Gesicht. Ich bin sicher, du hast in deinem Leben schon viele sonderbare Dinge gesehen. Vermutlich mache ich das falsch, aber lass es uns trotzdem mal versuchen.« Sie lächelte und rückte die Federn in dem klebrigen, matten Haar zurecht.

»Das wird ziemlich viel Arbeit. Ich nehme an, dass du mindestens ein Jahr – oder sogar mehrere Jahre – nicht mehr gebadet hast. So ... So siehst du gut aus ... Jede Feder ist genau da, wo sie hingehört ... Jedenfalls meiner Meinung nach.«

Bunty hielt den Jungen auf Armeslänge von sich, kniff die Augen zusammen und legte den Kopf von rechts nach links, genau, wie die Raptoren es gemacht hatten.

Der Junge war noch nie geputzt worden, aber es fühlte sich gut an. Ja, das Stirnband war falsch herum, doch er hielt es nicht für angebracht, das zu korrigieren. Die Laute der Menschenfrau klangen gut. Sie waren sanft und rhythmisch ... wie Vogelgesang. Ihr feiner Duft erfüllte die Luft um ihn herum. Eine komplizierte Mischung aus Pollen und Fauna folgte ihr wie ein Schatten. Der Junge musste jetzt tapfer sein. Er musste dieser Menschenfrau vertrauen, denn es war viel zu riskant, zu seinem Clan zurückzukehren. Damit Bunty nicht sah, dass ihm die Tränen in die Augen stiegen, senkte er rasch den Blick.

»Aua! Mein Fuß!«, schrie Theodore hinter ihnen.

Der Junge wischte sich die Tränen aus den Augen und schaute zu Theodore, der mit Junior kämpfte. Theodore war es zwar gelungen, den sturen Kylo in Bewegung zu setzen, aber jetzt stand er auf seinem Fuß. Der Junge schnalzte mit der Zunge, und sofort stapfte Junior auf ihn zu. Erleichtert hüpfte Theodore auf und ab und fluchte noch eine Weile vor sich hin. Junior rieb die Schnauze an dem Jungen, während der ihn tätschelte. Dann schnalzte der Junge noch einmal, und gemeinsam machten sie sich auf den Weg Richtung Old Town.

»Können wir jetzt bitte wieder nach Hause fahren, Oma?« Bea zupfte an Buntys Kleid.

»Ja, Liebes. Hier ist es jetzt zu gefährlich für uns.«

»Und der Junge?«

»Er kann auch nicht bleiben. Ich weiß zwar nicht, wie wir ihm helfen sollen, aber Theodore hat angeboten, sich erst einmal um ihn zu kümmern.«

Bea schaute zu ihrer Großmutter hinauf. »Oh! Das ist ja wunderbar. Aber Theodore kann doch noch nicht einmal ...«

»Ich weiß. Ich fürchte, er übernimmt sich, und es passt auch gar nicht zu ihm. Aber Menschen können sich ändern. Er hat mir sogar einmal eine richtige Tasse Tee gekocht, ohne sich zu verbrühen ...«

Bea lachte. Bunty legte den Arm um sie, und gemeinsam folgten sie den anderen in sicherem Abstand von dem fröhlich mit dem Keulenschwanz wedelnden Junior.

Nach wenigen Minuten herrschte wieder Stille auf der Lichtung abgesehen von Hayters rhythmischem Schnarchen und dem seiner Männer.

Auf dem Weg beschleunigte Theodore den Schritt und lief an die Spitze. Vorsichtig achtete er darauf, seinen gequetschten Fuß nicht übermäßig zu belasten, dennoch holte er den Jungen ein.

»Danke, Junge.« Theodore schaute den Jungen respektvoll an.

»Jetzt schulde ich dir gleich zweimal was.« Er rieb sich die heilende Wunde.

Der Junge schaute zu ihm hinauf. Er hatte eine Träne im Auge, doch dann sagte er mit leichtem Cockney-Akzent: »Knees up Mother Brown.«

# 22

## DER MILCHSCHNURRBART

*– Die Zahnfee kommt nicht so weit –*

Der kleine Trupp kam schnell in Old Town an. Junior kannte instinktiv den Weg nach Hause, und als der Pfad breiter wurde und sie den Hauptweg erreichten, mussten sie auch kein Gestrüpp mehr weghacken.

Schließlich erreichten sie Biggies Lager, und die Erleichterung war groß. Das hieß, dass New Town nur noch einen halben Tagesmarsch entfernt war. Außerdem konnten sie hier auch all die Ausrüstung und Vorräte abladen, die sie Hayter und seinen Männern weggenommen hatten. Das glich Biggies Verluste, die er auf dem Weg erlitten hatte, mehr als aus.

Mit Beas Hilfe versteckte Theodore sie zusammen mit dem Rest von Biggies Lager. So wie es aussah, kannte der Junge sich gut im Lager aus. Er ging schnurstracks zu den versteckten Wasserfässern, und er wusste auch, wo die Becher waren. Die füllte er dann für sich und seine Gefährten.

Bunty öffnete den Erste-Hilfe-Koffer, legte Theodore einen frischen Verband an und ersetzte die Schlinge. Das hatte sie im Krieg gelernt, und nachdem Theodore von der Front zurückgekehrt war, hatte sie sich auch um ihn gekümmert. Irgendwann war ihr das in Fleisch und Blut übergegangen. Theodore dankte ihr. Als er den Erste-Hilfe-Koffer wieder zurückbrachte, sah er die Sprengstoffkiste.

»Ich denke, die können wir noch gebrauchen«, murmelte er vor sich hin. Vorsichtig lud er sie auf Junior.

Für ein Lagerfeuer hatten sie keine Zeit, aber zum Glück hatte Hayter genug Dosenfleisch und einen Laib Brot dabeigehabt. Vorsichtig öffnete Bea zwei Dosen und machte Sandwiches für alle. Sie hatte auch eine kleine, runde Dose ohne Etikett gefunden. Sie hoffte, da waren Pfirsichhälften drin, ihr Lieblingsobst. Unglücklicherweise handelte es sich jedoch um Kondensmilch, ihren größten Albtraum.

Buntys Augen leuchteten jedoch, als sie das sah, und nachdem die furchtbar süße Milch einmal die Runde gemacht hatte, hatte sie den Rest für sich allein. »Ich liebe Kondensmilch. Was für ein Luxus!«

Der Junge hingegen war von der Flüssigkeit angewidert, und das Sandwich starrte er verwirrt an. Stattdessen aß er das Formfleisch einfach mit den Fingern aus der Dose.

»Komm schon, Junge. Du musst wieder zu Kräften kommen. Probier mal das Brot.« Theodore zwinkerte ihm zu. »In seinem Nest habe ich Hunderte von diesen Dosen gesehen«, erzählte er Bunty. »Offenbar hat er schon seit Jahren von den Jägern geklaut.«

»Ich bewundere seine Überlebensfähigkeiten. Ich kann noch immer nicht so richtig glauben, dass er sein ganzes Leben hier verbracht haben soll. Ich meine, wie kann ein Baby in diesem Dschungel überleben? Was hat er gegessen?« Bunty aß ihr Sandwich so elegant wie möglich.

»Bevor sie selber fressen, würgen Raptoren vorverdaute Nahrung für ihre Jungen raus«, erklärte Theodore und schluckte den letzten Bissen runter.

»Machen das nicht viele Tiere, vor allem Vögel?«, warf Bea ein.

»Ja. Ich nehme an, so ist auch er gefüttert worden.«

Bunty hob den Blick. Sie hatte einen kleinen Milchschnurrbart. »Ich kann mir nichts Ekelhafteres vorstellen, als etwas zu essen, das eigentlich für ein Tier bestimmt ist!«

Bea lachte laut. »Echt jetzt? Kühe produzieren die Milch doch für ihre Kälber.«

Theodore und der Junge hoben ebenfalls die Blicke und stimmten in Beas Lachen ein.

*

Je näher sie der Stadt kamen, desto größer wurden die Augen des Jungen. Bea fiel auf, dass er sich immer häufiger umschaute. Offensichtlich war das unbekanntes Terrain für ihn.

Der Junge war noch nie mit Menschen durch den Dschungel gestreift. Er hatte sie immer nur beobachtet. Alles war vollkommen neu für ihn. Als der Wald sich schließlich öffnete und das Meer in Sicht kam, blieb er an der Baumgrenze stehen, während die anderen auf den Strand und vorbei an ein paar Hadrosauriern stolperten.

Bea entdeckte Sammy sofort. Der Junge stieß einen erleichterten Schrei aus und rannte auf sie zu. Biggie, der gerade ein Fischernetz auf Schäden prüfte, drehte sich um und warf freudig die Arme in die Luft, als Bunty und Theodore auf ihn zukamen.

Junior wiederum dachte nur noch an ein schönes Bad im Meer. Er stapfte in die Brandung, obwohl er noch voll beladen war, und schlug glücklich mit seinem Keulenschwanz.

Bea drehte sich um und sah den Jungen, der allein am Dschungelrand stehen geblieben war.

»Sammy, du hast uns doch diese Spukgeschichte über die geflügelten Geister des Dschungels erzählt.«

Sammy schaute Bea an. »Du weißt schon, dass das nur eine Geschichte ist, um Kinder zu erschrecken, oder?«

»Wirklich? Wenn du meinst …«

Bea winkte dem Jungen.

Sammy drehte sich in die Richtung um … und klappte den Mund auf. »Ein geflügelter Geist!«

»Ja, und er bleibt bei uns«, sagte Bea. »Theo will sich um ihn kümmern … aber ich habe das Gefühl, dass ich mich um beide werde kümmern müssen.«

Ihr Winken verlockte den Jungen nicht dazu, den Dschungel zu verlassen. Also nahm Bea Sammy an der Hand und zog ihn den Strand hinauf zu den Bäumen.

»Sammy, das ist ... äh ... Na ja, er hat noch keinen Namen.«

»Erfreut, dich kennenzulernen, Hat-noch-keinen-Namen.« Sammy streckte die Hand aus.

Der Junge stupste sie mit seiner an.

»Bea, warum trägt er Schattenraptorenfedern?«

»Seltsam, nicht wahr? Er kann auch nicht sprechen. Er kopiert nur alles ... Pass auf.«

Sie schaute dem Jungen in die Augen und sagte sehr langsam: »Spaß am Strand.«

Sammy beobachtete die beiden, und Bea schaute den Jungen länger an als nötig. Dann wiederholte sie: »Spaß am ...«

»Strand«, erwiderte der Junge und machte Beas Stimme perfekt nach.

Sammy wich einen Schritt zurück und starrte den Jungen staunend an. »Also, das nenne ich mal einen tollen Trick, fleißiges Bienchen. Mach noch mal.«

Der Junge riss den Kopf herum, schaute Sammy in die Augen und sagte mit Sammys Stimme: »Einen tollen Trick. Mach noch mal.«

»Wow! Das ist ja fantastisch. Pass auf.«

Sammy zog sein Hemd aus, warf seine Kappe in die Luft, rannte mit ausgebreiteten Armen den Strand hinunter und stürzte sich kopfüber neben Junior ins Meer.

Bea drehte sich zu dem Jungen um.

»Also, das ist eine Herausforderung ... Komm schon!«

Sie zog ihre Jacke aus, warf sie hoch in die Luft und rannte ebenfalls kreischend ins Wasser.

Der Junge schaute ihnen zu und stocherte mit den Zehen im heißen Sand. Bis jetzt war er nur in der Kühle der Nacht an diesem Ort gewesen. Jetzt, am Ende des Tages, glühte alles rot. Das war vollkommen anders. Der Junge schaute sich um, um sicherzugehen, dass alles ungefährlich war. Im Dschungel hatte er sich jede Bewegung genau überlegen müssen. Doch es gab nichts, was ihn zurückhalten würde. Also biss er sich auf die Lippe, stieß einen langen Schrei aus – »Ahhhhhhh!« – und rannte über den heißen Sand ins Meer, wo Sammy und Bea plantschten. Alle drehten sich bei dem Geräusch der spielenden Kinder um.

*

Biggie stellte Bunty und Theodore seiner Frau vor, Jara. Sie lächelte warmherzig, und als sie sah, dass Theodore den Arm in einer Schlinge trug, bestand sie darauf, ihn neu zu verbinden.

Bunty gab ihnen eine Zusammenfassung dessen, was sie im Dschungel erlebt hatten. Nur, was den Jungen betraf, wusste sie nicht so recht, was sie sagen sollte. Also erklärte sie schlicht, dass sie ihn allein im Dschungel gefunden hatten.

Jara schaute von den spielenden Kindern zu Biggie und hob verwirrt die Augenbrauen.

»Bunty, das werden Sie mir später erklären müssen. Jetzt werde ich erst mal kochen. Sie sind sicher halb verhungert.« Sie stieß einen Pfiff aus und winkte ihrem Sohn. »Sammy! Komm! Trockne dich ab, und zeig deinen Freunden dein Zimmer!«

Sammys Zimmer war kaum groß genug für seine dünne Matratze, die im Laufe der Jahre schon mehrmals geflickt worden war. An ein paar Nägeln hingen Kleidung, ein einzelner roter Boxhandschuh, auf den etwas gekritzelt war, und ein großes Werbeplakat für einen Saurierzirkus. Es zeigte einen Centrosaurus und einen Oviraptor, die Tricks machten.

»Ich war schon mal in so einem, weißt du?« Bea deutete auf das Plakat.

Sammy starrte sie ehrfürchtig an. »Echt?«

»Ich sag dir was … Wenn ich wieder zu Hause bin, werde ich dir Plakate mit all den Sauriern schicken, die sie haben. Das ist das Mindeste, was ich tun kann, um dir zu danken.«

Der Raptorenjunge war ebenso fasziniert von dem Plakat, aber er verstand nicht, was das war. Mehrmals klopfte er darauf und schaute dahinter. Daneben hing eine alte Postkarte mit der Freiheitsstatue. Sammy gab sie Bea.

»Hast du diese Lady auch schon mal gesehen? Schau doch nur, wie groß sie ist!«

Bea lächelte, schwieg aber. Sie wollte Sammy nicht mit der Wahrheit seine Fantasie kaputt machen.

Sammy hob die Matratze an der Ecke an und holte ein kleines Kästchen darunter hervor. Das stellte er auf den Boden, und Bea hockte sich neben ihn.

»Darin bewahre ich alles Wichtige auf«, erklärte Sammy. Er holte eine Schneekugel mit dem Eiffelturm heraus und schüttelte sie. »Schau! Schnee!«

Der Raptorenjunge starrte die Kugel an, bis die letzte Schneeflocke gefallen war. Dann schüttelte Sammy sie erneut.

DER TANZENDE
OVIRAPTOR
STYRACO
ZIRKU
Jack Dempsey

Bea nahm sich eine Lupe mit einem Riss darin und gab sie dem Jungen, der keine Ahnung hatte, was er damit sollte. Sammy nahm seine Hand und führte sie mit der Lupe vors Gesicht. Als er sah, wie die Schneekugel vor ihm größer wurde, sprang der Junge erschrocken zurück. Dann holte Sammy ein Bündel Zigarettenbilder heraus. Sie zeigten größtenteils Baseballspieler.

»Der hier spielt für die New York Yankees … Seht ihr? … Wir haben die gleiche Kappe.« Sammy legte die Hand an den Schirm seiner mottenzerfressenen Kappe und lächelte seine beiden Gäste stolz an. Dann holte er eine weitere interessante Karte heraus.

»Das hier ist ein Boxer. Ich spare schon lange, und bald werde ich mir einen zweiten Handschuh leisten können.« Stolz deutete er auf den einsamen Handschuh an der Wand. »Und die hier hat mein Vater für mich gemacht.« Sammy öffnete eine kleine Schachtel mit Muscheln auf dem Deckel. Darin lagen ein Taschenmesser, ein paar Münzen aus aller Herren Länder und ein Zinnsoldat auf einem Allosaurus.

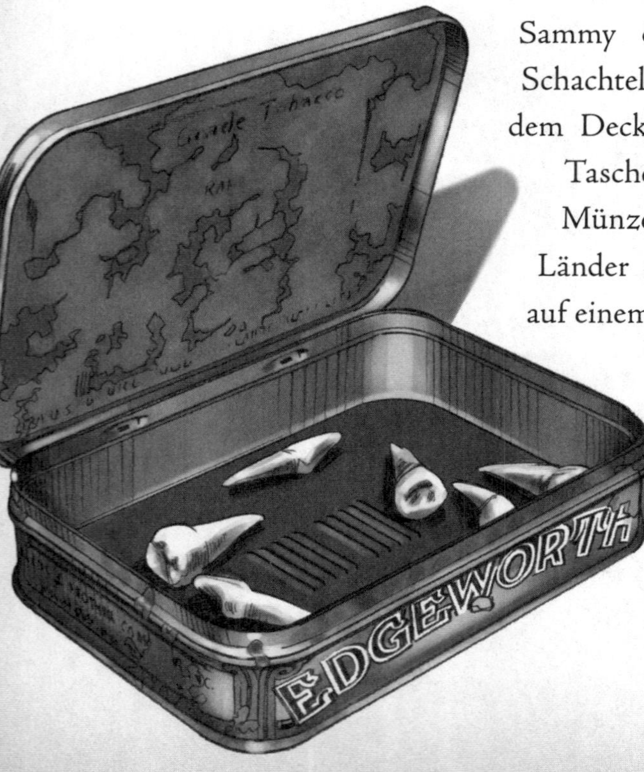


»Diese Sachen sind wirklich ganz toll, Sammy«, sagte Bea, dabei hatte sie ein schlechtes Gewissen.

Sie dachte an ihr riesiges Schlafzimmer daheim, wo sie alles hatte, was man sich nur wünschen konnte. Als Sammy seine Besitztümer wieder wegpackte, griff der Raptorenjunge in sein Federkleid und holte ein kleines Bündel heraus. Er hielt es in beiden Händen, damit die anderen es sich anschauen konnten, und grinste.

»Ist das ein Webervogelnest?«, überlegte Sammy, während der Junge das Bündel sorgfältig öffnete und den Inhalt auf den Boden kippte. Dann hob der Junge den Blick und lächelte stolz.

Da lagen ein Flaschenöffner, eine verbogene Brille ohne Glas, drei Murmeln, ein Kronkorken, vier Münzen, eine Spielkarte, eine Büroklammer, ein Stachelschweinstachel, zwei Kugeln, eine von Beas durchbohrten Muscheln und eine alte Tabakdose. Die enthielt jedoch keinen Tabak mehr, sondern kleine Zähne. Bea deutete zuerst auf den Mund des Jungen und dann auf die Dose, und der Junge tippte auf seine erwachsenen Schneidezähne und lächelte breit.

»Ich nehme an, die Zahnfee kommt nicht so weit.« Bea erwiderte das Lächeln.

## 23

## SCHON EIN PAAR JAHRE AUS DER MODE

*– Die elegantesten Kleider auf der Insel –*

Erzählen Sie mir mehr von dem Jungen.« Biggie zog Theodore nach draußen und winkte ihn ein Stück von den anderen weg.

»Ich hatte gehofft, dass Sie etwas wissen, Biggie. Wir haben ihn schlicht gefunden … oder er uns. Wer weiß?«

»Haben Sie ihn nicht gefragt?«

»Da gibt es ein kleines Sprachproblem. Er kann zwar nachahmen, was wir sagen, aber ich denke nicht, dass er weiß, was er sagt.«

»Er kann nicht sprechen?«

»Nun, er kann krächzen. Er scheint die Schattenraptoren zu verstehen. Wir haben einen Sauriermann mit Namen Kunava getroffen, und der hat uns erzählt, dass der Junge von Schattenraptoren aufgezogen worden ist.«

Biggie dachte kurz darüber nach. »Sauriermänner? Von dem Stamm habe ich noch nie gehört. Sind Sie sicher? Einen Kunava habe ich jedoch mal gekannt. Ein guter Mann. Er hat hier in Old Town gelebt. Er war ein Tagelöhner und hat auch mal mit Gewürzen gehandelt, bis man ihm die Hand abgehackt hat.«

Theodore hielt kurz inne. »Dieser Stammeskrieger hatte eine

verkümmerte, kleine Hand, die er unter einem Klauenhandschuh versteckt hat.«

Biggie sah genauso verwirrt aus wie Theodore.

»Nein. Das muss ein anderer Kunava sein. Der, den ich meine, hatte überhaupt gar keine Hand mehr. Ich habe den Stumpf selbst gesehen.«

Theodore dachte einen Augenblick darüber nach. Auch, wenn es vermutlich verrückt klang, erwiderte er: »Er hat gesagt, dass seine Hand schon ein wenig Zeit brauche, bis sie wieder nachgewachsen ist.«

»Hahaha! Das hat er Ihnen gesagt? Sind Sie sicher, dass Hayter Sie nicht am Kopf getroffen hat? Und das mit den Raptoren, die einen Jungen großziehen, ist genauso verrückt. Sie haben fünf Tage im Dschungel verbracht und gerade so überlebt, mein Freund ... Schauen Sie sich doch nur mal Ihren Zustand an. Ein Kind würde dort nicht einen Tag überleben, erst recht kein Baby.«

»Und was ist mit seinen Federn?«, fragte Theodore.

»Alle Stämme auf diesen Inseln tragen Federn. Das haben sie schon immer getan. Ich gebe zu, dass ich noch nie gesehen habe, dass sie jemand auf diese Art trägt, aber es gibt so viele kleine Stämme, von denen noch nie jemand etwas gehört hat. Der Junge könnte zu einem von ihnen gehören.«

»Ich habe sein Lager gesehen, und da waren Raptorennester daneben«, erklärte Theodore stur.

»Und haben Sie ihn auch mit den Raptoren gesehen?«

»Ja ... Äh ... Eigentlich nicht ... Ich bin nicht sicher. Ich habe immer wieder das Bewusstsein verloren, und ich hatte starke Schmerzen, während er an meiner Wunde herumgewerkelt hat.«

»Das klingt, als hätten Sie einen Albtraum gehabt. Ich war schon überall im Dschungel, und ich habe noch nie einen Jungen dort gesehen.«

»Ich glaube, er ist derjenige, der Sie immer wieder beklaut hat. Er wusste, wo Sie all Ihr Zeug versteckt haben.«

»Oder das war Ihr Freund Kunava. Vielleicht war er es ja auch, der Sie wieder zusammengeflickt hat.«

Theodore setzte sich und schüttelte den Kopf.

»Sie sind angeschossen und verprügelt worden ...«

»Und gestochen.«

»Kommen Sie. Trinken Sie einen Schluck von meinem Rum, und vergessen Sie diese verrückte Geschichte.«

Theodore zuckte mit den Schultern. »Vielleicht haben Sie ja recht.«

»Ich weiß, dass ich recht habe.« Biggie öffnete die Flasche und gab sie Theodore.

*

Während die Männer die Köpfe in die Flasche steckten, trieben die Kinder Junior ins Paddock. Sammy war froh, seinen Kylo und Bea wiederzusehen, aber er war nicht gerade glücklich darüber, dass Hayter Junior in seiner Gewalt gehabt hatte, wenn auch nur für zwei Tage.

»Das ist nicht gut fürs Geschäft, fleißiges Bienchen«, schimpfte er mit Bea. »Du hättest nie zulassen dürfen, dass Hayter sich Junior schnappt. Ich habe dir doch gesagt, du sollst dich um ihn kümmern.«

Der Raptorenjunge bewunderte Juniors Bemalung und hielt den Kopf gesenkt. Das Leben mit den Schattenraptoren hatte ihn gelehrt, mit seiner Umgebung zu verschmelzen und nicht aufzufallen.

»Ich habe ihn doch wieder zurückgeholt. Wo ist das Problem?«

»Das Problem? Hayter!«

»Das ist uns schon klar, Sammy!« Bea lächelte, um die Lage ein wenig zu entspannen.

»Nein! Du verstehst nicht! Hayter hat ihn gesehen, und er hat ihn mit dir gesehen … Das heißt, er weiß, dass ich dir geholfen habe!«

Bea biss sich auf die Lippe. »Tut mir leid.«

»Ein ›Tut mir leid‹ bewahrt mich nicht vor Ärger, wenn ihr die Insel verlassen habt. Uns muss etwas einfallen, und zwar schnell.«

Der Raptorenjunge wurde immer neugieriger auf Juniors bunte Panzerplatten. Mit seinen schmutzigen Fingernägeln kratzte er an der Farbe, bis sie abging. Bea sah das aus dem Augenwinkel heraus, packte rasch die Hand des Jungen und wedelte tadelnd mit dem Zeigefinger.

»Nicht an der Farbe kratzen.« Sie versuchte, ihm die Botschaft so gut es ging zu vermitteln.

»Nein«, seufzte Sammy, »der Saurierjunge hat recht.«

Bea schaute ihn genauso verwirrt an wie der Junge, der nicht die geringste Ahnung hatte, was hier vor sich ging.

»Wir müssen die ganze Farbe abkratzen.«

Bea verstand noch immer nicht, und so erklärte Sammy: »Hayter und alle anderen auf der Insel kennen Junior. Er ist schließlich sehr hübsch und bunt. Wenn wir die Farbe abmachen, ist er jedoch nur noch hübsch, genau wie alle anderen Kylos auch.«

»Und Hayter erkennt ihn nicht mehr!«, schloss Bea.

»Genau. Ich werde rumerzählen, dass Junior von einer ruchlosen dreizehnjährigen Räuberin gestohlen worden ist.«

»Sprich weiter …« Bea gefiel der Plan.

»Als Folge davon musste ich an meine Ersparnisse und mir einen neuen Kylo kaufen.«

»Glaubst du, das funktioniert?«, fragte Bea.

»Das muss es. Ich habe schon ein paar Leuten am Pier erzählt, dass …«

»Dass was?«

»Dass eine ruchlose dreizehnjährige Räuberin ihn mir abgeluchst hat.«

»Das hast du wirklich erzählt? Was sonst noch?« Bea stampfte mit dem Fuß auf.

»Nichts. Nur noch etwas über ein Wetttrinken und dann ein Kartenspiel, bei dem ich mich verzockt habe.«

»Und?«

»Und das war's. Ehrlich. Nichts von wegen Betrug oder so, nur von einem kaltherzigen, fleißigen Bienchen. Diese ruchlose Räuberin hat mir nicht nur meinen Kylo, sondern auch mein Herz gestohlen.«

Bea trat zu Sammy. Der Raptorenjunge wandte sich ab. Bea bückte sich und küsste Sammy auf die Wange.

»Klingt nach einem guten Plan. Dann fangen wir mal an.« Sie spielte Theodore, trommelte ihre ›Männer‹ zusammen und sagte jedem, was er zu tun hatte.

*

»Es ist angerichtet! Kommt, und holt euch was!«

Jara rief alle herein und verteilte Schüsseln mit Fischeintopf auf dem Tisch. Sie freute sich über die Besucher, obwohl sie ihren geliebten Korbstuhl nicht mehr hatte, um darin den Abend ausklingen zu lassen. Als Sammy vor ein paar Tagen ohne den Stuhl zurückgekehrt war, hatte sie ihm die Ohren lang gezogen. Trotzdem, Menschen waren wichtiger als Möbel. Ein genüssliches Schweigen senkte sich über die hungrigen Besucher, als sie sich frisches Brot abrissen und die Gesichter in den Schüsseln vergruben.

»Das ist köstlich, Jara. Danke«, kam Bea Bunty zuvor.

»Hat er keinen Hunger?« Jara deutete auf den Raptorenjungen. Er starrte den Dampf an, der aus seiner Schüssel stieg, und schnüffelte neugierig den Duft.

Bea nahm seinen Löffel, legte ihn ihm in die Hand und half ihm mit seinem ersten Löffel Fischeintopf. Alle schauten zu, während der Junge sich vorbeugte und ein Stück Fisch mit der Zungenspitze berührte. Bea konnte förmlich sehen, wie sich seine Gedanken überschlugen, als seine Geschmacksknospen angeregt wurden. Theodore winkte ihm, es in den Mund zu stecken, und vorsichtig schob der Junge den Löffel in den Mund. Doch sofort riss er ihn wieder heraus und spie den Eintopf auf den Tisch. Theodore war sofort mit einem Taschentuch und einer Entschuldigung zur Hand.

»Tut mir leid. Das ist meine Schuld. Er hat wohl noch nie warmes Essen gegessen oder sonst etwas mit so einem Geschmack.«

Jara holte einen frischen Teller und tat nur ein paar Fischstücke darauf, ohne Brühe.

»So. Lass das erst mal ein wenig kälter werden, bevor du es isst.«

Jaras liebevolles Lächeln steckte alle im Raum an.

»Ich nehme an, er wird noch viele Dinge zum ersten Mal in seinem Leben machen.«

*

Nach dem Abendessen halfen Bunty und Bea mit dem Abwasch.

»Das brauchen Sie zwar nicht, aber danke«, sagte Jara.

»Wir sind es, die Ihnen danken müssen, Jara«, erwiderte Bunty. »Das mit Ihrem geliebten Stuhl tut mir furchtbar leid.«

»Bitte, zerbrechen Sie sich darüber nicht den Kopf.«

Jara musterte die beiden von Kopf bis Fuß – Bunty in ihrem zerlumpten Kleid und Bea in ihrem zerfetzten Hemd – und sagte: »Kommen Sie. Ich habe ein paar Kleider für Sie.«

Bunty schaute sich Jara an. Die Frau war winzig, hatte aber einen riesigen Busen. Sie wollte sie ja nicht beleidigen, aber …

»Das ist nicht nötig. Ehrlich. Außerdem glaube ich nicht, dass Ihre Sachen uns passen würden.«

»Was? Ach so! Nein, nein. Ich spreche nicht von meinen Kleidern. Die, die ich meine, habe ich schon eine Ewigkeit, aber ich hatte nie Verwendung dafür. Sie wären perfekt für Sie.«

Jara winkte sie herein, ging in eine Ecke des Raums und nahm ein gerahmtes Familienfoto und ein paar andere Sachen vom Deckel eines kleinen Schrankkoffers. Sie öffnete die Schlösser und holte eine wunderbare, makellose weiße Bluse in westlichem Stil heraus.

»Hier, kleine Lady, die ist für dich. Probier sie an.«

Dann zauberte sie eine zweite mit Blümchenmuster für Bunty hervor.

»Und eine für Sie. Das sind die elegantesten Kleider auf der Insel. Für mich sind sie zu fein. Bei Ihnen sind sie besser aufgehoben.«

Bea war vollkommen überrascht, etwas so Schönes und Sauberes zu bekommen. So etwas würde sie normalerweise zwar nicht tragen, um von einer Insel zu fliehen, aber es war auch viel zu schön, um es abzulehnen.

»Schauen Sie sich nur einmal die Details an.«

»Die Sachen sind einfach wunderbar, Jara!«, rief Bunty. »Vielen Dank.« Sie hielt ihre Bluse hoch und drehte sich damit.

»Wo haben Sie die her?«, fragte Bea und schaute in ihre Bluse. Plötzlich wich alle Farbe aus ihrem Gesicht. Sie taumelte nach vorne und musste sich an der Tischkante festhalten. Bunty drehte sich zu ihr um.

»Beatrice, Liebes, alles in Ordnung mit dir? Du siehst aus, als hättest du einen Geist gesehen!«

Theodore kam im selben Augenblick in den Raum, da Bea in Ohnmacht fiel. Er fing sie auf, bevor sie auf den Boden knallen konnte.

»Bea! Was ist denn los?«

Bunty nahm Bea die Bluse aus den schlaffen Händen und betrachtete das Namensschild im Kragen.

»Oh Gott …« Sie schlug die Hand vor den Mund.

»Was ist?«, verlangte Theodore zu wissen.

»Das … Das ist … Grace'.«

# 24

# GEISTER DER VERGANGENHEIT

*– Irgendetwas verbindet uns –*

Jara, wie sind Sie an diese Kleider gekommen?«

»Eine nette Lady mit Namen Gracie hat sie vor langer Zeit hiergelassen, damit ich auf sie aufpasse. Ich glaube jedoch nicht, dass sie jemals zurückkommen wird. Deshalb dachte ich, ich könnte sie behalten.« Jara wirkte ein wenig verwirrt.

»Grace Kingsley ist meine Tochter. Beas Mutter. Wir sind hierhergekommen, um …« Bunty schaute zu Bea, die in Theodores Armen langsam wieder zu sich kam. »Wir wollten herausfinden, was mit ihr passiert ist.«

»Mit Gracie und ihrem attraktiven Mann? Frankie?«

»Sie kannten sie beide?«

»Natürlich. Sie waren für eine Weile hier. Sie haben meinen Fischeintopf geliebt.«

»Und was ist mit ihnen passiert? Wo sind sie hin?«

»Gerüchten zufolge sind sie …« Jara schaute zu Bea, die inzwischen wieder bei Bewusstsein war und den Satz nun leise beendete: »… von Raptoren getötet worden.«

Bunty schlug die Hand vor den Mund. Das war das erste Mal, dass jemand laut aussprach, was sie schon lange befürchtet hatte.

Theodore schaute Bunty traurig an und sagte in sanftem Ton: »Bea, Liebes, wie fühlst du dich? Bist du bereit, die Wahrheit zu erfahren?«

Bea nickte und drückte die Bluse auf ihr Gesicht. Sie versuchte, ihre Mutter zu riechen, doch da war nichts.

»Jara, sind Grace und Franklin allein in den Dschungel gegangen?«, fragte Theodore.

»Nein, nein. Das wäre verrückt. Niemand geht allein in den Dschungel. Ich glaube, es war eine Gruppe ... und ein Führer ... Aber soweit ich mich erinnern kann, sind nur zwei von ihnen zurückgekehrt, und die sind von der Insel geflohen.«

Bunty schluckte und starrte auf den Boden.

»Viele Leute machen sich auf den Weg hierher, um sich die Paradiesraptoren anzuschauen ... aber nur wenige kriegen sie zu Gesicht, und noch weniger kommen wieder lebend aus dem Dschungel heraus. Sie haben großes Glück gehabt. Ich kenne viele, die nie wieder zurückgekehrt sind, aber Gracie und Frankie ... Das war hart. Es hat mich tief getroffen, als ich davon erfahren habe, besonders wegen des Jungen, des Babys ... Das macht es noch viel trauriger.«

Bunty und Theodore schauten einander an.

»Was haben Sie da gesagt?«

»Ihr neugeborener Junge. Carter.«

»Das kann nicht stimmen, Jara. Grace hätte mir geschrieben, wenn sie ...«

»Ich hatte einen Bruder?« Bea kam sofort auf den Punkt.

»Oh Gott. Ja. Er war ein wunderschönes Baby – klein und ein paar Wochen zu früh. Er hat Gracie, Frankie und mich ziemlich überrascht. Ich habe ihn zur Welt gebracht, wissen Sie?«

Theodore hatte sichtlich Mühe, so viel Neues zu verarbeiten.

»Moment mal … Sind Sie sicher, dass wir von den gleichen Leuten reden? Verwechseln Sie sie nicht mit jemandem? Sie haben uns gegenüber nie etwas von einem Baby erwähnt.«

Bea meldete sich wieder zu Wort. »Mamas Brief … Da steht was von einer großen Überraschung. Das ist die große Überraschung!«

Theodore und Bunty nickten langsam.

»Und Sie haben das Kind zur Welt gebracht?«, fragte Bunty Jara. Sie wollte mehr hören.

»Ja, das habe ich. Ich bin hier so etwas wie die Hebamme. Ich habe schon viele Kinder auf die Welt gebracht, und ich kann mich an jedes einzelne erinnern, als wäre es mein eigenes.«

Theodore, Bunty und Bea schwiegen, doch sie wollten eindeutig mehr wissen, und so fuhr Jara fort: »Als sie angekommen sind, lag Gracie bereits in den Wehen. Man hat sie direkt zu mir gebracht.« Sie verschränkte die Arme vor der üppigen Brust. »Das Baby war klein, aber stark und stumm. Es hat nicht ein einziges Mal geschrien. Sie sind ein paar Wochen hiergeblieben. Aber bevor sie wieder abreisen konnten, wollten sie noch die Paradiesraptoren sehen und irgendeinen Tempel finden. Ich habe ihnen gesagt, es gebe keine Tempel auf diesen Inseln, und einen Raptor würden sie höchstens ganz kurz sehen, wenn überhaupt.«

»Aber warum haben sie den Jungen mitgenommen?«

»Nicht dass Sie mich falsch verstehen, und ich weiß natürlich auch nicht, wie das in England ist … Aber wenn man hier ein Baby hat, dann steht man morgens auf, füttert es, wickelt es in ein Tuch, bindet es sich auf den Rücken und geht zur Arbeit. Ich habe Gracie dafür bewundert, dass sie so schnell wieder auf den Beinen war und ihr Leben gelebt hat. Ich habe ihr gezeigt, wie man ein Baby einwickelt und festmacht, und das mit dem Stillen wusste sie ohnehin. Ein paar Tage auf einem Kylo, während die Männer den Dschungel weghacken, gilt hier als Urlaub.«

»Und warum hat sie ihre Sachen hiergelassen?«

»Im Dschungel brauchte Gracie sie nicht. Und sie wollte ja auch hierher zurückkommen.«

Bunty und Bea schauten zu dem Koffer. Dann sprangen sie gleichzeitig auf und stürzten sich auf ihn.

Bunty holte einen Stapel Kleidung heraus, die Grace und Franklin gehörten und definitiv nicht für den Regenwald geeignet waren. Ein Stück nach dem anderen ging sie sie durch und versank in Erinnerungen.

Bea gab Theodore ein paar seltsame Artefakte, die ihre Eltern vermutlich auf der Reise gesammelt hatten: ein kleines Kästchen, das mit einem Vorhängeschloss gesichert war, ein paar Bücher

und eine kleine Umhängetasche. Als sie sah, wie Theodore schluckte und sich eine Träne aus dem Auge wischte, hielt Bea kurz inne.

»Mein Gott«, sagte Theodore. »Ich habe Frank diese Umhängetasche zum Geburtstag geschenkt. Für seine Angelsachen. Offenbar hat sie viel erlebt.« Er steckte den Finger in ein kleines rundes Loch im Leder. »Das war eine Kugel, so viel steht fest. Gott sei Dank hat die Tasche sie aufgehalten.« Theodore hob die Augenbrauen und holte ein dickes Tagebuch heraus, in dem noch die Kugel steckte. Bea wiederum hatte ein Skizzenbuch gefunden, das ihrem in jeder Hinsicht glich. Sie blätterte es durch. Es war voller bunter Zeichnungen und Notizen.

»Das war Grace'. Habe ich dir nicht immer erzählt, wie ähnlich ihr euch seid?« Bunty strich ihrer Enkelin übers Haar, und Bea lächelte sie an. Tränen des Glücks standen ihr in den Augen. Endlich hatte sie etwas Persönliches von ihrer Mutter.

Kurz verlosch das Licht im Raum. Alle drehten sich um und starrten den wilden Jungen an. Er stand in der Tür, und der letzte Rest Sonnenlicht verlieh den Federn an seinem Körper einen orangefarbenen Schimmer. In diesem Augenblick dachten alle das Gleiche, doch es war Bea, die es auch aussprach.

»Ich glaube, du bist Carter. Ich weiß es einfach.«

Das war viel zu unglaublich, um es wirklich zu begreifen. Bea trat zu ihm und legte ihm die Hand auf die Schulter.

»Das macht dich zu meinem kleinen Bruder.«

»Bea, Bunty … Woher wollt ihr das wissen? Er hat nicht das richtige Alter … Jedenfalls sieht er nicht so aus … Tatsächlich sieht er noch nicht einmal so aus wie ein Mensch!« Theodore versuchte es mit Vernunft, doch seine Aufregung war ihm deutlich anzuhören.

»Ich weiß, es klingt seltsam und unglaublich, aber er ist mir gefolgt, seit wir hier angekommen sind. Ich glaube, er weiß, dass uns etwas … verbindet.«

Bunty trat zu den beiden Kindern und hockte sich hin, um dem Jungen besser in die Augen sehen zu können.

»Theodore, kannst du Franklin nicht in seinen Augen erkennen?« Sie wischte dem Jungen ein wenig Sand von der Wange. Sofort zog er sich ein Stück zurück. Er wusste nicht, dass diese Geste freundlich gemeint war.

»Ja, sie haben das gleiche Blau, aber das beweist noch gar nichts«, erwiderte Theodore. »Biggie hat auf etwas Wichtiges hingewiesen, das niemand zu bedenken scheint: Ein Baby kann nicht allein im Dschungel überleben. Und warum sollten die Raptoren die Erwachsenen töten und ein Baby verschonen?«

Biggie trat vor. »Dieser Junge stammt vermutlich von einer anderen Insel hier in der Nähe. Wahrscheinlich ist er von zu Hause weggerannt, hat hier Zuflucht gesucht und sich irgendwie mit den Raptoren angefreundet … wie Ihr Freund Kunava.«

Bunty schaute Theodore verwirrt an.

»Aber Kunava hat gesagt, du seiest ein Sauriermann. Und du hast gesagt, du würdest dich um ihn kümmern.«

»Ja und nein. Ich bin kein Sauriermann, aber ich werde mich um ihn kümmern. Immerhin haben wir diesem Jungen unser Leben zu verdanken. Es fällt mir einfach nur schwer zu glauben, dass das Carter Kingsley ist.«

»Um das zu beantworten, haben wir noch genug Zeit auf dem Schiff. Wir müssen erst einmal ein anderes Problem lösen«, erklärte Bea entschlossen, und alle drehten sich zu ihr um.

»Biggie, Jara, sobald wir weg sind, werden Sie in großer Gefahr schweben. Hayter wird wissen wollen, wer uns geholfen hat, die Insel zu verlassen. Theo, du hast mir immer gesagt, dass Flucht kein Ausweg ist. Wenn man ein Problem hat, dann muss man es lösen.«

Theodore nickte, und Biggie schaute zu Jara.

»Das stimmt. Hast du einen Plan?«

»Nein, aber ich glaube, Sammy hat einen.«

## 25

# DER INGWER-PRINZ

*– Großonkel Bulgaria –*

Die Morgenschicht war schon lange auf der Arbeit, und auf dem Pier herrschte rege Betriebsamkeit, als Sammy dort eintraf. Der monatliche Frachter lag dort vertäut, und die Deckarbeiter hatten mehr als üblich zu bereden. Nirgends war einer von Hayters Männern zu sehen, um beim Verladen der Käfige zu helfen, und Gerüchten zufolge stimmte etwas nicht. Sammy suchte sich einen Weg den Pier hinauf, band Junior an einen Pfosten und pfiff. Zwei Deckarbeiter liefen die Gangway herunter, und Sammy befahl ihnen im hiesigen Dialekt, ihm dabei zu helfen, seinen Kylo zu entladen.

»Wem gehört der Kylo denn, Junge?«

Sammy erstarrte vor Angst. Er kannte diese Stimme. Sie gehörte Hayter, der im Schatten hinter einem Schuppen saß.

Sammy kam zu dem Schluss, dass Angriff die beste Verteidigung ist. »Ah, da sind Sie ja. Ich habe nach Ihnen gesucht.«

»Und ich habe nach dir gesucht. Beantworte die Frage: Wem gehört der Kylo?«

»Ich musste ihn mir von meinem Großonkel Bulgaria drüben in Dobo leihen.«

»Ach ja? Und wo ist dein anderer? Der bunte?« Hayter rieb sich das Kinn und spie aus.

»Genau deshalb habe ich Sie ja gesucht.« Sammy machte es Hayter nach und spie ebenfalls aus. Dabei versuchte er, genauso wütend auszusehen wie sein Gegenüber. »Die Westler, die letzte Woche gekommen sind, haben gesagt, sie seien Ihre Freunde. Sie haben mich betrogen und ihn mir weggenommen. Jetzt muss ich mit dem Vieh hier zurechtkommen.«

Sammy versetzte Junior einen Tritt. Der Kylo schaute ihn leicht verwirrt an. »Mit dem durch die Stadt zu ziehen, ist einfach nur peinlich. Das ist schlecht fürs Geschäft«, fuhr Sammy fort. »Finden Sie Ihre verflixten Freunde. Bringen Sie mir meinen Junior ohne einen Kratzer in der Farbe zurück, und ich vergesse, dass das je passiert ist. Wer weiß ... Vielleicht werde ich Ihnen sogar eine kleine Belohnung zahlen.«

Sammy schaute Hayter direkt in die Augen und weigerte sich zu blinzeln. Die Frechheit des Jungen ließ Hayter lächeln.

»Okay, Junge. Du kannst mir helfen, ihn wieder zurückzuholen.«

»Nehmen Sie mich jetzt nicht auf den Arm. Ich habe eine verdammt anstrengende Woche hinter mir.«

»Mir fehlt ein Kylo, und ich brauche deine Hilfe. Vielleicht bekommst du sogar was dafür. Wie klingt das?«

»Aber ich muss erst einmal diese Ladung loswerden«, erwiderte Sammy widerwillig und schlug Junior auf den Kopf.

Hayter schaute zu den zwei dürren Männern, die mühsam Gewürzsäcke von dem Kylo luden. Er ging zu ihnen, schnappte sich den schwersten Sack und warf ihn auf den Pier.

»Vorsicht! Sie wären wirklich ein schlechter Träger«, erklärte Sammy. »So werden Sie sich höchstens den Rücken ruinieren ... und die Ladung!«

Hayter grinste und ließ den zweiten Sack sogar noch härter auf die Planken knallen. »Sicher doch. Mir nach.«

Sammy bellte den Deckarbeitern ein paar Befehle zu und deutete auf den Frachter. Dann packte er seinen Kylo am Halfter und folgte Hayter vom Pier herunter. Da er noch rasch einen Blick zurückwerfen, aber nicht Hayters Aufmerksamkeit erregen wollte, tat Sammy so, als wäre Junior ihm auf den Zehn getreten. Er schrie, wirbelte herum und verfluchte sein Tier in den unterschiedlichsten Sprachen. Sein Teil des Plans funktionierte, auch wenn er nun ein wenig vom Kurs abkam und gemeinsam mit Hayter nach genau dem Kylo suchte, der gemütlich hinter ihnen hertrottete.

*

Die Vorhänge im Postamt flatterten leicht, als die Postbeamtin nervös rausschaute und Hayter mit Sammy auf der Straße entdeckte. Sofort wich sie einen Schritt zurück und drehte sich zu Bunty um.

»Sagen Sie mir noch einmal, was genau ich tun soll.«

»Erzählen Sie ihm einfach, ich sei hier gewesen, um ein Telegramm aufzugeben. Und er muss Ihnen glauben.«

»Genau da liegt das Problem, Lady. Das wird er nicht. Er weiß, dass ich ihn hasse. Wenn ich ihm einen Gefallen tue, wird er wissen, dass etwas nicht stimmt.«

»Ich verstehe. Aber wir müssen alle zusammenarbeiten, sonst wird dieser Plan nicht funktionieren.«

»Das ist viel zu riskant. Hayter wird diese schreckliche Bestie auf mich hetzen … genau, wie er es bei dem letzten Amtsleiter getan hat.«

»Sehen Sie …« Bunty suchte nach den richtigen Worten, um die Frau zu überzeugen. »Stellen Sie sich einmal vor, was passiert, wenn Hayter und seine Männer diese Insel verlassen. Dann wird jemand anders das Kommando übernehmen müssen.«

»Und wer soll das sein?«

Die Postbeamtin verschränkte die Arme vor der Brust. Die Vorstellung, einfach ein Übel gegen ein anderes auszutauschen, ärgerte sie.

Bunty verschränkte ebenfalls die Arme.

Die Beamtin dachte über Buntys Worte nach und nahm im selben Augenblick die Arme runter, da die Tür sich öffnete.

»Wir haben geschlossen!«, schrie sie aus ihrem Büro.

»Nicht für mich!«, brüllte Hayter zurück und schlug auf die Klingel am Tresen. Bunty blieb im Büro und lauschte auf das, was geschah, als die Postbeamtin nach vorne stapfte und ihren Kunden auf ihre typische grummelige Art begrüßte.

Plötzlich war zu hören, wie etwas Hartes auf den Tresen knallte, und Stille senkte sich über den Raum.

Bunty wollte nachsehen, aber sie war vor Angst wie erstarrt.

»Das werden Sie bezahlen!«

»Sie haben also doch geöffnet, ja?«

»Wenn das heißt, dass Sie schnell wieder verschwinden, dann ja. Und nehmen Sie Ihr dämliches Hakending von meinem Tresen.«

»Ich habe ein paar kleinere Verletzungen, für die ich Salbe brauche … und Bauchschmerzen.«

»Sie sehen auch aus wie eine lebende Leiche, und das ist in Ihrem Fall eine Verbesserung.«

Hayter blähte die Wangen, schaute zur Decke und rang um Geduld. »Hören Sie … Ich würde ja gerne den ganzen Tag mit Ihnen plaudern, aber wenn es Ihnen nichts ausmacht: ÖFFNEN SIE DEN VERDAMMTEN MEDIZINSCHRANK!«

Die Postbeamtin nahm die Schlüssel von ihrem Hals und öffnete kopfschüttelnd den Schrank, aber nicht, ohne vorher einen Blick in den Spiegel zu werfen und ihre Postdienstmütze gegen eine Schwesternhaube zu tauschen.

»Medizinischer Alkohol ist das Stärkste, was ich habe. Das sollte Ihre Wunden säubern. Und das hier ist zwar einfach nur Soda, aber wenn Sie das in Ihren Whisky mischen, sollte es besser schmecken und Ihre Bauchschmerzen beheben.«

Hayter riss ihr die Sachen aus der Hand. »Schreiben Sie es auf meine Rechnung.«

»Das und einen neuen Tresen!«, erwiderte die Frau und knurrte: »Und jetzt machen Sie, dass Sie wegkommen, Sie verabscheuungswürdige, kleine Ratte.«

Die Tür knallte zu, und das gesamte Gebäude bebte. Bunty lugte um die Ecke.

»Sie haben ihm gar nichts von dem Telegramm erzählt! Ich dachte, Sie wollten uns helfen!«

Die Postbeamtin atmete erst einmal tief durch, um sich zu beruhigen. Dann kehrte sie ins Büro zurück.

»Wie gesagt, es liegt nicht in meiner Natur, hilfsbereit zu sein, besonders nicht so einem Mann gegenüber. Hätte ich das auch nur versucht, wäre er sofort misstrauisch geworden. Aber ich habe einen Plan. Mein ach so nutzloser Sohn könnte sich vielleicht doch einmal nützlich machen.«

Die Frau zwinkerte Bunty zu und drehte sich zum Telegrafen um. »Was soll denn in dem Telegramm stehen?«

Bunty diktierte ihr einen kurzen Text an einen erfundenen Freund, in dem es hieß, sie hätten ein wenig Ärger auf den Aru-Inseln bekommen und würden nun versuchen, über Old Town zu fliehen. Um das Ganze glaubwürdiger zu gestalten, erbat sie auch noch eine neue Garderobe, da ein furchtbarer, kleiner Mann die alte verbrannt habe.

»Gut. Und jetzt zum letzten Teil des Puzzles. SHUGGY! Komm her, Junge!«

Shuggy betrat den Raum. »Was ist?«

»Ich werd dir gleich mit dem Stock zeigen, ›was ist‹. Komm her. Ich habe einen Job für dich.«

Bunty sah etwas, das dem Jungen die Situation vielleicht versüßen würde. Sie holte ein Einmachglas vom höchsten Regal herunter.

»Bitte entschuldige, Shuggy …« Bunty hielt kurz inne, bis Shuggy und seine Mutter sich zu ihr umgedreht hatten. »Ich habe mich gefragt, ob du vielleicht etwas für uns alle tun würdest. Und wenn du das tust, dann kaufe ich dir dieses ganze Glas kandierten Ingwer.«

Shuggys Augen leuchteten.

Die Postbeamtin zwinkerte Bunty wieder zu und gab ihrem Sohn das Telegramm. »Und jetzt, Junge, gib das dieser Ratte draußen. Aber gib es ihm nicht einfach so. Verlang Geld dafür. Verstanden?«

Shuggy schaute zu Bunty, die noch immer das Glas in der Hand hielt, und streckte die Hand aus.

»Erst der Ingwer, Lady.«

Die Postbeamtin zerzauste ihm stolz das Haar. »Das ist mein Ingwer-Prinz. Ein geborener Kaufmann.«

*

Hayter rannte aus der Bar, spie eine weiße schaumige Masse auf den Boden und wischte sich den Mund mit dem Ärmel ab. Er leckte sich mit der Zunge über die Zähne und spie erneut. Dann öffnete er die Flasche Whisky, die er bei sich hatte, und schüttete ein wenig davon auf sein schmutziges Taschentuch. Schließlich zog er sein feuchtes Hemd aus und drückte das mit Alkohol durchtränkte Taschentuch auf den Teil seiner Haut, wo sich die meisten Pfeilwunden befanden. Der Schmerz kam sofort, und er war mehr als nur unangenehm. Und obwohl ihn jeder sehen konnte, lief ihm kurz darauf eine Träne über die Wange. Hayter wandte sich rasch ab, doch zu seinem großen Entsetzen stand dort Shuggy und schaute ihn an. Er stank nach Ingwer. Der Bengel hielt ein Telegramm in der ausgestreckten Hand und verlangte Geld von Hayter.

# 26

# EIN CHOR DER VERZWEIFLUNG

*– Kein Plan B –*

Biggie hatte an diesem Morgen viel zu viel Kaffee getrunken, und deshalb verkündete er Theodore nun schon zum dritten Mal, dass er pinkeln musste.

»Halten Sie einfach durch, und warten Sie hier, alter Junge«, versuchte Theodore Biggie zu beruhigen. »Wenn jeder seine Aufgabe erfüllt, dann sollten wir gleich ins Kontor können.«

»Genau das macht mir ja Sorgen … Was, wenn der Plan nicht aufgeht und wir hier stundenlang herumsitzen müssen?«

»Er wird funktionieren. Vertrauen Sie mir.«

Biggie hatte gehört, dass die Jäger an diesem Morgen schon viel früher schreiend aufgewacht waren als erwartet. Einige von ihnen waren sogar schon wieder nach New Town zurückgekehrt. Die Orca würde jedoch erst in einem Tag wieder einlaufen, also mussten sie sich ein neues Schiff für ihre Flucht suchen.

Jetzt brauchten sie vor allem noch eine Ablenkung, damit sie alle an Bord des Frachters geschmuggelt werden konnten. Sammy hatte sich seinen Plan beim Frühstück überlegt, aber keine Zeit mehr gehabt, ihn durchzugehen. Einen Plan B hatte er nicht.

Biggie und Theodore hatten sich hinter ein paar Büschen in der Nähe des Kontors versteckt. Von hier aus konnten sie alles über-

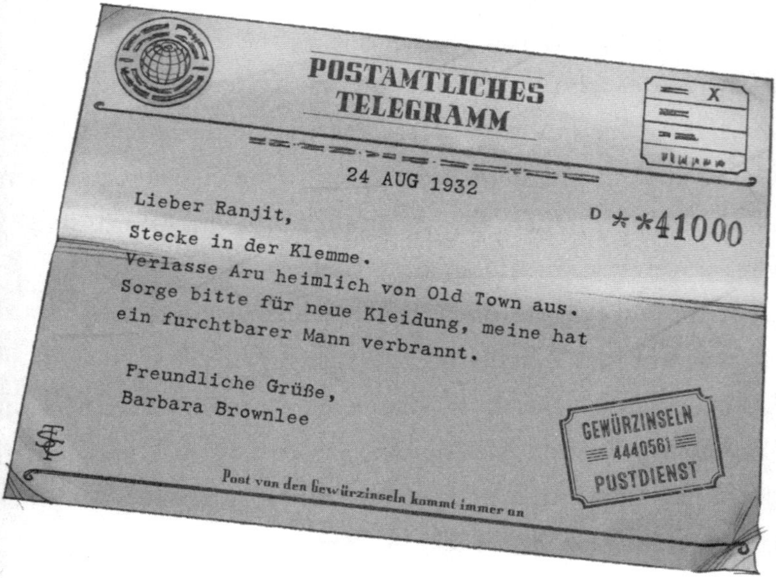

POSTAMTLICHES
TELEGRAMM

24 AUG 1932

D **41000

Lieber Ranjit,

Stecke in der Klemme.
Verlasse Aru heimlich von Old Town aus.
Sorge bitte für neue Kleidung, meine hat
ein furchtbarer Mann verbrannt.

Freundliche Grüße,
Barbara Brownlee

GEWÜRZINSELN
4440561
POSTDIENST

Post von den Gewürzinseln kommt immer an

blicken, ohne selbst gesehen zu werden. Biggie stieß Theodore mit dem Ellbogen an und deutete nach vorne. Hayter kam die Straße herauf, doch er war nicht allein. Sammy folgte ihm mit Junior.

»Das ist Sammy! Was macht der hier? Das war so nicht geplant!«

Biggie drohte offenbar, in Panik zu geraten, darum versuchte Theodore, ihn zu beruhigen.

»Ich weiß natürlich nicht, was passiert ist, Biggie, aber Ihr Sohn ist der tapferste junge Mann, den ich kenne. Er hat etwas vor. Vertrauen wir ihm.«

Hayter stieß einen lauten Pfiff aus, und seine Männer ließen sofort alles stehen und liegen und versammelten sich um ihn. Hayter zeigte ihnen etwas, das wie ein Telegramm aussah, und wedelte damit herum. Dann zerriss er es in winzige Stücke und warf die Fetzen in die Luft. Sofort liefen seine Männer los und bereiteten sich auf den Aufbruch vor.

»Okay. Wie es aussieht, hat Hayter den Köder geschluckt. Aber was hat er mit Sammy vor?« Theodore dachte darüber nach und schaute sich um. Auf dem Hof waren keine Saurier zu sehen. Auch das Gehege, in dem für gewöhnlich Ankylosaurier standen, war leer, abgesehen von einem alten Esel.

»Okay. Es gibt gute, und es gibt schlechte Nachrichten.«

»Ich mag nur gute Nachrichten«, sagte Biggie.

»Also, die gute Nachricht ist, dass wir gestern im Dschungel alle von Hayters Kylos und Mimos freigelassen haben. Die schlechte Nachricht ist, dass er nur noch einen Esel hat, um seine Waren zu transportieren. Deshalb braucht er Sammys Hilfe.«

»Um Sie in Old Town in die Falle zu locken?«

»Sieht so aus.«

»Das ist doch kein Problem. Sie werden ja nicht in Old Town sein, sondern auf einem Schiff weg von hier.«

Theodore hatte ein schlechtes Gewissen. Er schaute Biggie an und erinnerte sich an Beas Worte. Sie hatte gesagt, sollten sie einfach weglaufen, bedeute das nur umso größere Probleme für die, die zurückblieben.

»Sammys Masterplan – wenn man ihn denn buchstabengetreu befolgt – bringt uns von dieser Insel. Das stimmt. Unsere Aufgabe ist es dabei, Hayter lange genug abzulenken, sodass Sie Ihre Familie nehmen und an einen sicheren Ort übersiedeln können, während wir auf dem Frachter verschwinden«, sagte Theodore.

Biggie biss sich auf die Lippe und dachte nach.

»Ja, aber weglaufen löst die Probleme nicht.« Er seufzte und fuhr fort: »Die eigentliche Frage ist, wie wir Hayter und seine Männer für immer von dieser Insel vertreiben können. Wir haben alle schon genug unter ihnen gelitten. Sie sind diejenigen, die verschwinden sollten, nicht wir.«

Es dauerte furchtbare fünfzehn Minuten, bis Hayter und seine Männer alles zusammengepackt hatten. Biggie und Theodore blieb nichts anderes übrig, als zuzuschauen, wie Sammy Junior belud. Als die Karawane an den Büschen vorbei in Richtung Pier marschierte, schloss Biggie die Augen, und Theodore legte ihm tröstend die Hand auf die Schulter. Als alle außer Sicht waren, beugte Theodore sich vor und sagte: »Ich bin sicher, das funktioniert. So ... Und nun an die Arbeit ... Und jetzt dürfen Sie auch pinkeln.«

*

»Carter, hör auf damit!«

Bea wusste natürlich, dass der Junge die Worte nicht verstand, aber sie hoffte, dass er trotzdem erkannte, was sie von ihm wollte: nämlich, dass er sich still verhielt. Jetzt waren sie an der Reihe, mit einer Sackkarre über den Pier gerollt und auf den Frachter verladen zu werden.

Doch der Junge wand sich hin und her, um durch eines der praktischen Luftlöcher in dem Sack zu lugen. Dabei war er es eigentlich gewöhnt, in einem Sack zu sein. Schließlich hatte er den größten Teil seines Lebens in einem geschlafen. Bea wurde langsam nervös, obwohl sie mitbekommen hatte, wie geschickt Sammy sich herausgeredet hatte, nachdem Hayter ihn auf dem Pier erwischt hatte.

Dass sich etwas in den Säcken bewegte, kümmerte die Männer auf dem Schiff nicht. Lebewesen in allen Formen und Größen zu transportieren war ihre Spezialität, und der Frachter war mit Gittern versehen, um Tierexkremente ins Meer zu spülen. Das änderte jedoch nichts an dem furchtbaren Gestank, der selbst durch das Sackleinen drang. Zum Glück hatte man Bea und den Jungen auf dem Oberdeck abgestellt. Hier war die Luft deutlich besser. Sie lagen inmitten von anderen Säcken voller Gewürze und Kurzwaren.

Als Stille einkehrte, drehte auch Bea sich so, dass sie durch eines der Löcher hinausschauen konnte. Weit und breit war niemand sonst zu sehen ... und der Junge war schon halb aus dem Sack.

»Carter! Warte!«

Es nützte nichts. Der Raptorenjunge hatte sich aus seinem Sack befreit und suchte nach Bea, indem er auf den anderen Säcken herumstocherte. Bea versuchte noch immer verzweifelt, sich zu befreien, als der Junge das Leinen mit einer seiner Raptorenklauen aufschlitzte. Fast hätte er Bea dabei das Auge ausgestochen. Bea wollte ihn zurechtweisen, doch der Junge hielt die Hand vor den Mund und zog Bea unter die Säcke, kurz bevor zwei weitere schwere Säcke auf den Stapel geworfen wurden. Wieder lag er auf ihr, und sein Gesicht verdeckte Beas gesamtes Sichtfeld. Und ein weiteres Mal hatte er sie mit seinen schnellen Reflexen gerettet.

Als die Luft rein war, sprang Carter auf, zog Bea in eine dunkle Ecke und hockte sich auf den Boden. Bea wollte wieder etwas sagen, doch der Junge hob den Finger und tippte sich zweimal ans Ohr. Der Raptorenjunge arbeitete an einem Plan, doch unglücklicherweise hatte der nichts mit Sammys zu tun. Sammys Plan beruhte darauf, dass sie in den Säcken bleiben sollten, bis sie den Motor des Frachters hörten. Dann, nach einiger Zeit auf hoher See, sollte Theodore als Erster seinen Sack verlassen und Bunty, Bea und Carter suchen. Aber jetzt hatte der Junge eine eigene Idee.

Carters Blick schoss hin und her, während einige der Lebewesen unter Deck verzweifelt im Chor schrien. Ein Funkeln erschien in seinen Augen, und er raschelte mit den Armfedern. Bea sah, dass er den Lauten aufmerksam lauschte und nach bestimmten suchte. Plötzlich krächzte er:

»Quarrrk? Quarrrk?«

Bea schüttelte den Kopf. »Schschsch! Leise!«

»Quarrrk? Quarrrk?«, krächzte der Junge erneut, und aus einer entfernten Ecke des Schiffs erhielt er die Antwort:

»Quarrrk! Quarrrk!«

Der Junge drehte sich zu Bea um und schob sie tiefer in die Ecke. Er wollte los. Bea flüsterte ihm zu, nicht zu gehen, doch der Junge schob sie noch weiter ins Versteck, diesmal deutlich energischer.

Bea packte ihn am Arm und schaute ihn so trotzig an, dass selbst Bunty stolz auf sie gewesen wäre. Und diesmal schien er irgendetwas zu verstehen, denn er zuckte mit den Schultern, nahm Beas Hand und führte sie zu einer offenen Ladeluke.

# 27

## Einflussreiche Freunde

*– Ein Akt der Befreiung –*

Gut gemacht, Bunty, meine Gute.« Theodore lächelte, als er nachschaute, ob das Kontor wirklich so leer war, wie es aussah. Das Ablenkungsmanöver mit dem Telegramm hatte funktioniert. Theodore drehte sich zu Biggie um. »Das Kontor ist größer, als ich es in Erinnerung hatte. Reicht der Sprengstoff denn?«

Biggie lächelte zum ersten Mal an diesem Tag. »Jetzt sind Sie an der Reihe, mir zu vertrauen. Ja, tut er, und jetzt ist der Zeitpunkt gekommen, ihn einzusetzen. Normalerweise ist hier alles voll mit Tieren. Das Kontor ist nur leer, wenn ein Frachter sie alle abtransportiert. Das ist unsere einzige Chance, das Gebäude zu zerstören, ohne dass irgendwer zu Schaden kommt.«

»Wo soll ich hin?« Theodore klatschte in die Hände. Er wollte endlich anfangen.

»Je eine Stange an die Stützbalken reicht, und das ganze Ding fällt in sich zusammen. Ich kümmere mich um das TNT, und Sie binden es hiermit fest.« Er warf Theodore eine Rolle Zünddraht zu. »Dann müssen wir noch was im Schuppen auslegen, nachdem

ich ein paar Dinge von dort befreit habe. Zu guter Letzt kommt der Rest in die Kühlhalle.«

»Ich dachte, die Kühlhalle funktioniert nicht. Können wir uns da nicht die Mühe sparen?«

»Oh, sie funktioniert. Ich habe nur eine Sicherung geklaut. Sobald Hayter das herausfindet, wird sie auch wieder funktionieren.«

Theodore nickte. »Guter Trick, Biggie. Damit haben Sie Tausende von kleinen Leben gerettet.« Er dachte kurz nach. »Und wie lange wird Hayter brauchen, um sein Imperium wiederaufzubauen?«

»Nun, erst einmal wird er sehr wütend sein. Vermutlich wird er gleich am nächsten Tag unzählige Fallen aufstellen. Aber für mindestens sechs Monate wird er seinen Fang weder in einem Kontor lagern noch einfrieren können.«

»Sechs Monate. Das ist zwar besser als nichts, aber auch nicht gerade lang.«

»Hayter hat einflussreiche Freunde. Seinen Job hat dieser Mann nicht wegen seiner Klugheit bekommen. Ich glaube, er erledigt nur die Drecksarbeit für jemanden, aber er ist zu dumm, um das zu merken«, erwiderte Biggie.

Während sie einen Stützpfeiler nach dem anderen verkabelten, dachte Theodore nach.

»Hatte Hayter auch schon das Sagen, als Franklin und Grace hier waren?«

»Damals war es besser. Ein Holländer hat das Kontor geleitet. Hauptsächlich wurden hier Gewürze gehandelt und nur eine kleine Menge Federn, die wir von den Eingeborenen bekommen haben, von Männern wie Kunava … also von dem, den ich kannte, nicht von dem Stammeskrieger mit der Klauenhand.« Biggie zwinkerte

Theodore zu und machte eine Bewegung, als würde er ihn mit zwei Klauen angreifen. »Dann hat irgendjemand die Handelsrechte für diese Insel gekauft, und kurz darauf ist Hayter gekommen und hat damit angefangen, die Insel auszuplündern. Der Holländer hat ihm zwar tapfer Widerstand geleistet, aber gegen Hayter und seinen Schwarzen Tyranno konnte er nichts ausrichten.«

*

Bea war Carter die breite Leiter hinuntergefolgt, und als sie die letzte Sprosse erreichte, versank ihr Fuß bis zum Knöchel in einer dunklen Flüssigkeit. Sie schauderte bei der Vorstellung, was das wohl sein mochte. Es stank bestialisch. Vermutlich war es auch dieser Gestank, der verhinderte, dass die Deckarbeiter hier herunterkamen. Nur ihre Schatten huschten vor den schmalen Lücken in den Deckplanken vorbei.

Der Junge erreichte den ersten Stapel Käfige. In ihnen hockten die Schattenraptoren, die bei dem tödlichen Überfall unter dem Regenbogenbaum gefangen genommen worden waren. Der Laderaum war bis oben hin vollgestopft mit Käfigen voller verängstigter Tiere. Während die einen verzweifelt versuchten, sich zu befreien, hatten andere sich ihrem Schicksal ergeben und waren nur noch als Fell- oder Federknäuel in den Ecken zu erkennen. Der Anblick brach einem das Herz.

»Carter, was machst du da?«, flüsterte Bea.

Carter war dabei, das komplizierte Schloss des ersten Käfigs aufzubrechen. Gleichzeitig kommunizierte er mit den Raptoren über ein rhythmisches Huuut-Huuut. Plötzlich drehte er sich zu

Bea um, huuutete sie auch an und schlug ein paarmal auf das Schloss.

»Möchtest du, dass ich das Schloss für dich öffne?«, riet sie.

Bea deutete darauf und erhielt ein aufgeregtes Huuut als Antwort.

»Nein, nein, nein ... Wir können sie nicht rausholen.« Sie versuchte es mit Vernunft bei dem Jungen und unterstrich ihre Worte, indem sie beide Hände schüttelte. »Wir können sie nicht freilassen. Dann würde man uns entdecken ... und dann töten sie uns. Alle!«

Der Junge schlug wieder auf den Käfig, diesmal härter, und huuutete nachdrücklich. Bea wurde immer nervöser.

»Der Plan lautet: Wenn wir auf See sind, weit weg von der Gefahr, dann überreden wir den Kapitän, eine andere Insel anzufahren. Da können wir dann alle freilassen. Bunty hat schon gesagt, dass sie den Kapitän gerne dafür bezahlen will.«

Sie hob die Hände höher und schüttelte sie weiter. Schließlich war das das allgemein anerkannte Zeichen für »Hör sofort auf damit«. Im Tierreich hatten diese Regeln jedoch keinerlei Bedeutung, und der Junge ignorierte sie. Stattdessen machte er sich weiter an dem Schloss zu schaffen, und tatsächlich öffnete sich der Käfig mit einem Mal. Bea wurde nach hinten geschubst, als ein Raptor heraussprang, doch zum Glück gelang es ihr, das Gleichgewicht zu bewahren und nicht in die dunkle Brühe auf dem Boden zu fallen. Nachdem Carter nun wusste, wie man die Schlösser öffnete, wandte er sich dem zweiten Käfig zu.

»Carter, hör auf! Bitte!«

Aber es war zu spät. Bevor Bea sich versah, geriet ihr sorgfältig ausgearbeiteter Plan vollkommen außer Kontrolle. Bea hatte nicht die geringste Chance, die Raptoren wieder in die Käfige zu bekommen. Also trat sie beiseite und ließ Carter die Käfige öffnen. Ohne auch nur zu ahnen, dass er damit ihr Ende besiegelte, machte der Junge fröhlich weiter. Bea blieb wohl nichts anderes übrig, als ihm zu helfen …

*

Christian Hayter blieb am Wegesrand stehen und winkte Sammy und seinen Männern, weiterzugehen. Doch als Ash und Bishop an ihm vorbeikamen, nahm er sie beiseite.

»Jungs, irgendwas ist hier faul. Ash, folge deinem Spürsinn. Geh mit den Männern vor, und kundschaftet Old Town aus. Haltet euch im Schutz der Bäume, und behaltet unsere Freunde im Blick.«

»Verstanden, Boss.«

»Verhaltet euch still, und spielt nicht die Helden. Wartet, bis ich mit Bishop nachkomme. Wir gehen noch mal zurück und holen die Bestie.«

Bishop schluckte. »Ich glaube, die Bestie schläft, Boss«, sagte er, doch Hayter funkelte ihn nur kalt an.

»Nun, dann werde ich sie wohl wecken müssen.«

*

Theodore schaute auf seine Uhr. »Wie lange noch, Biggie?«

»Machen Sie sich schon mal auf den Weg, mein Freund. Gehen Sie zum Pier, und finden Sie Bunty. Ich muss noch bleiben und die Sprengladungen manuell zünden. Ich habe keinen Zeitzünder.«

»Moment mal! Sie haben doch gesagt …«

»Ich habe gelogen. Außerdem hasse ich es, Lebewohl zu sagen.«

Theodore war sich durchaus bewusst, dass es das gewesen war.

Aber er wollte noch nicht gehen.

»Biggie, versprechen Sie mir, dass Sie Ihre Familie von dieser verdammten Insel wegbringen, und …«

»Verdammt!«, unterbrach ihn Biggie und zog Theodore hinter den Schuppen. »Hayter kommt wieder zurück. Schauen Sie!«

»Grundgütiger! Warum denn jetzt schon?«

Biggie packte Theodores Hand und schüttelte sie kräftig. »Sie müssen hier weg. Schnell! Verstanden?«

Theodore nickte. »Leben Sie wohl, mein Freund. Bis zum nächsten Mal.«

Biggie lächelte. »Bitte, kommen Sie nie wieder zurück. Und ich meine das nicht unfreundlich.«

Theodore erwiderte das Lächeln, und als Hayter und Bishop den Hof betraten, lief er die Straße hinunter zum Pier.

## 28

## DIE BESTIE WIRD GESATTELT

*– Der Ruf der Freiheit –*

Biggie schlich an den Bäumen entlang und um den Schuppen herum. Er wollte herausfinden, warum Hayter wieder zurückgekehrt war, und kaum war er um die Ecke gebogen, da war der Grund offensichtlich. Biggie lief ein Schauder über den Rücken. Der Schwarze Zwergentyranno, den Hayter »die Bestie« nannte, war unter einem Baum angekettet und schlief. Die trockene Erde um ihn herum war aufgewühlt, wo der Tyranno versucht hatte, sich rauszugraben, und nicht weit von ihm entfernt stand ein Holzpfosten mit einer weiteren, kürzeren Kette. Bei genauem Hinsehen schien der Pfosten verstärkt zu sein. Offenbar wurde das Tier hier öfter angebunden und gefüttert. Ein hoher Holzzaun verdeckte den Blick auf die Rückseite des Kontors, sodass man den Tyranno normalerweise nicht sehen konnte.

Biggie beobachtete, wie Hayter und sein Gefährte die Kette vom Baum abmachten. Tatsächlich handelte es sich um zwei Ketten, und die Bestie war über ein Stahlhalsband mit ihnen verbunden. Auf Zehenspitzen schlichen Hayter und Bishop in entgegengesetzte Richtungen. Jeder hatte eine Kette in der Hand. Die machten sie an Stahlstangen ein Stück weiter entfernt fest, um den Bewegungsradius des Tiers einzuschränken. In dem Augenblick erwachte der Tyranno und versuchte aufzustehen, doch die Ketten hielten ihn am Boden. »So, mein Süßer. Jetzt satteln wir dich erst mal«, säuselte Hayter in sanftem Ton, um das Tier zu beruhigen. »Dann gehen wir ein wenig spazieren, und etwas zu fressen gibt es auch noch … frisches Menschenfleisch.«

Ein paar Minuten lang zerrte der Tyranno an den Ketten, dann gab er den Widerstand auf. In der Zwischenzeit holte Bishop einen großen Sattel aus dem Schuppen.

»Okay, Bishop. Du weißt ja, was zu tun ist.«

Bishop nickte nervös und schlich sich von hinten an den Tyranno heran. Dabei achtete er sorgfältig darauf, dem Schwanz nicht zu nahe zu kommen.

»Gut so«, sagte Hayter. »Da kann er dich nicht sehen.«

Wären die Ketten nicht so kurz gewesen, hätte man die Bestie nicht satteln können. Biggie hatte den Tyranno schon ein paarmal gesehen, doch niemand hatte je gewusst, wo er gehalten wurde oder wie Hayter ihn unter Kontrolle behielt. Dem Tier einen breiter gemachten Allosaurussattel anzuziehen, war eine Sache – ihn zu reiten jedoch etwas vollkommen anderes.

Biggie hatte schon Fotos von exotischen Orten gesehen, wo die Menschen auf Tyrannos ritten. Als Kind hatte er sogar eine Holzfigur gehabt, die einen römischen Kaiser auf einem Weißen Titanentyranno dargestellt hatte. Sein Vater hatte ihm die geschenkt. Aber Schwarze Zwergentyrannos waren ein wahrhaft seltener Anblick. Normalerweise fand man sie nur auf Flores, die Inselkette ein Stück weiter hinauf, die Indonesien bildete.

Dieser Tyranno hier wirkte genau wie all die anderen Kreaturen, die Christian Hayter in die Fänge geraten waren: traurig, geschunden, gequält und aus seiner natürlichen Umgebung gerissen. Der einzige Unterschied war, dass dieses Tier größer und gefährlicher war als der Rest.

Der schwarz gefiederte Körper des Tyrannos schimmerte in der Hitze des Tages wie ein Ölteppich. Seine mächtigen Muskeln bebten, als Bishop ihm den Sattel auf den Rücken warf. Und als er ihm das Geschirr anlegte, öffnete der Tyranno weit das Maul und entblößte seine langen Sägezähne. Je mehr Bishop ihn einschnürte, desto mehr wehrte er sich, bis Hayter seinen Haken vom Gürtel nahm und ihn vor das Gesicht des Tieres hob.

»Du willst doch sicher, dass Daddy dich mag, oder? Wenn nicht, weißt du ja, was passiert.«

Als er das mörderische Gerät sah, gab der Tyranno seinen Widerstand auf.

Biggie duckte sich an den Bäumen entlang wieder zurück zum Eingang des Schuppens. Er schlüpfte hinein, schnappte sich seine Ausrüstung und befestigte die letzte Sprengladung, die mit allen anderen am Kontor verbunden war. Dann warf er den Zünddraht aus dem Fenster, schlich nach draußen und lief, so weit es ging, mit dem Draht zwischen die Bäume. Dort hockte er sich auf den Boden und verband den Draht mit dem Zündkasten.

Plötzlich ertönte ein Brüllen, das Biggie das Blut in den Adern gefrieren ließ. Er wusste, dass ihm die Zeit davonrannte. Hayter paradierte auf der Bestie hinter dem Kontor auf und ab. Biggie legte den letzten Draht mit den Zähnen frei und wickelte ihn um den Kontakt. Dann zog er den Hebel hoch und wartete. Dreißig Sekunden später trottete Hayter in sein Sichtfeld. Er erschien direkt neben dem Schuppen. Die Gelegenheit war perfekt. Biggie drückte den Hebel herunter, kniff die Augen zusammen und zählte. Gleich würde es knallen.

»Acht, neun, zehn ... Elf? Zwölf?« Nichts geschah.

Biggie öffnete die Augen. Hayter saß noch immer auf seiner Bestie. Bishop versuchte, etwas zu entwirren, das sich im Schwanz des Tyrannos verfangen hatte. Biggie zog den Zündkasten erneut auf und drückte den Hebel herunter.

Und dann ein drittes Mal.

Es funktionierte nicht. Verzweifelt überprüfte Biggie die Kontakte. Dann suchte er den Verlauf des Kabels mit den Augen ab bis hin zu ... Bishops Hand! Der Schwanz des Tyrannos hatte sich im Zünddraht verfangen.

Biggie hörte, wie Hayter Bishop anbellte: »Das ist ein Sprengdraht, du Idiot! Hier ist alles vermint!« Er drehte sich um, und die Bestie richtete sich auf und brüllte wieder. Es hallte über die ganze Insel.

»Bleib hier, und kappe die Drähte. Ich reite zum Pier. Wir sind getäuscht worden!«

»Was ist da unten los?«

Ein breiter Sonnenstrahl fiel durch die offene Ladeluke. Auf der anderen Seite hatte Bea genau auf diesen Moment gewartet. Das war ihre einzige Chance, von diesem Schiff zu fliehen und Theodore und Bunty zu finden.

»Hilfe! Ich bin hier unten mit all diesen wilden Tieren gefangen!«

Beas Schauspielkunst reichte aus, um den Deckarbeiter zu verwirren. Er streckte die Hand aus und half ihr hinauf, doch zum Dank zog Bea ihm eins mit einer Planke über. Er ging sofort k. o. Bea sprang aus dem Weg, und Carter stürmte herauf, dicht gefolgt von den Raptoren, Vögeln und all den anderen Tieren, die unten eingesperrt gewesen waren.

Bea sah zu, wie sie aus dem Laderaum strömten, bis auch die letzte Kreatur draußen war. Der ursprüngliche Plan mochte ja gescheitert sein, aber sie wusste, dass es richtig gewesen war, die Tiere zu befreien. Sie nahm einen der kleinen Paradiesraptoren auf den Arm, der mit seinem gebrochenen Fuß nur noch hüpfen konnte, und folgte dem fliehenden Pulk vom Schiff herunter und auf den Pier. Der Himmel war voll von exotischen Vögeln und die Luft erfüllt von ihren Freudenschreien.

Am Ende des Piers blieb Bea stehen. Ihr Zuhause war weit weg, auf der anderen Seite der Erdkugel. Und sie fragte sich, wo sie nun hingehen sollte.

»Beatrice, was ist hier los?«

Bea drehte sich um. Wo Hayter früher am Tag im Schatten gesessen hatte, stand nun ein Stapel Holzfässer. Bea schaute hierhin und dorthin und suchte nach der vertrauten Stimme.

»Beatrice! Ich bin hier!«

Der Deckel eines der Fässer stand leicht offen, und der Kopf ihrer Großmutter lugte daraus hervor.

»Schnell! Spring rein, und ver-steck dich! Das Fass neben mir ist leer!«

## 29

# FÄSSER ZERSCHLAGEN

*– Ein schönes Spiel –*

Die Bestie konnte sich nicht entscheiden, in welche Richtung sie weiterlaufen sollte. Hayter versuchte, sie geradewegs zum Pier zu lenken, doch eine Flut von Vögeln und anderen Tieren strömte verführerisch in Bissreichweite vorbei. Hayter trieb die Bestie entschlossen weiter, und je mehr sie sich dem Pier näherten, desto weniger Tiere kamen ihnen entgegen. Schließlich waren es nur noch die langsamsten Kreaturen, die nicht mit den anderen mithalten konnten.

Der Tyranno drosselte sein Tempo und schnüffelte den Boden.

»Na? Hast du was gefunden, Süßer?«

Hayter lenkte die Bestie, die ihrer Nase zu einem Fass an einem Schuppen folgte.

Dort lag ein kleiner Paradiesraptor. Er konnte sich nicht bewegen und stieß einen trotzigen Schrei aus, als der Schwarze Zwergtyranno ihn mit den Kiefern packte, hoch in die Luft warf und dann verschlang.

Hayter drehte die Bestie in Richtung Straße. Er suchte Logan und seine Freunde, dabei schlug der Tyranno mit dem Schwanz und traf den Schuppen. Die Fässer fielen der Reihe nach um, und

aus einem von ihnen kullerte Bunty. Die glühenden gelben Augen der Bestie entdeckten sie noch vor Hayter. Sofort stürzte die Bestie sich auf sie, schnappte mit den vorderen Zähnen nach ihrem Kleid, zog sie hoch und ließ sie dann wieder fallen, um sie besser packen zu können.

»Hooo, Süßer. HOOO!« Hayter zog an den Zügeln, und die Bestie hielt nur wenige Zentimeter von Bunty entfernt inne, die unter ihr kauerte.

Der Tyranno atmete schnaubend ein und brüllte sie wütend an. Sein Speichel flog Bunty ins Gesicht, und sie fiel in Ohnmacht.

»Braver Junge. Warte … Warte auf mein Kommando …«

Hayter streichelte dem Tier den Hals, doch bevor er den Mordbefehl geben konnte, sprang Theodore aus seinem Versteck und zog der Bestie mit einer Planke eins über.

»Nimm das!« Die Planke brach entzwei.

Der Tyranno spürte den Schlag kaum. Mit einer schnellen Kopfbewegung warf er seinen Angreifer in die Luft, und Theodore landete zehn Meter entfernt auf dem Kopf. Benommen rappelte er sich wieder auf, um das Tier erneut zu schlagen, diesmal auf den schwarzen Schwanz.

Hayter konnte seine Freude kaum im Zaum halten. Er lachte laut.

Bunty kam wieder zu sich und kroch außer Reichweite.

»Wo sind dieser elende Saurierjunge und dieses furchtbare Mädchen?«

Bunty und Theodore schwiegen.

»Wollen wir doch mal sehen, ob sie sich auch in den Fässern verstecken.« Hayter riss an den Zügeln und drehte den Tyranno so, dass er an den Fässern schnüffeln konnte, bevor er sie zertrat.

»Stopp!«, schrie Bunty.

»Nein. Das ist ein schönes Spiel. Noch drei!«

Die Bestie stürzte sich auf das zweite Fass, und es zerbarst in tausend Splitter.

»Zwei fehlende Tiere, und zwei Fässer sind noch übrig. Perfekt. Suchen wir uns eins aus.«

Bunty erstarrte, und Hayter machte »Ene Mene Muh«.

»Bea! Raus da!«, schrie Bunty.

Doch es war zu spät. Hayters Finger landete auf einem der Fässer, und der Tyranno stellte seinen riesigen Fuß darauf, spielte ein wenig damit herum und zerquetschte es dann.

Voller Vorfreude schaute Hayter nach unten, doch außer Splittern war da nichts.

»Nun, Sie haben nach Bea geschrien. Daher nehme ich an, dass die kleine Ratte im letzten hockt. Süßer, sie gehört dir!«

Der Tyranno drehte das Fass, bis er es mit den mächtigen Kiefern packen konnte. In einer fließenden Bewegung hob er es hoch und warf es in die Luft, sodass es krachend auf dem Pier zerplatzte. Mit heraushängender Zunge lief die Bestie zu dem zertrümmerten Fass. Endlich hoffte sie auf Beute, doch wieder wurde sie enttäuscht, als sie nur mehr Splitter sah.

»Suchen Sie nach mir?«

Bea trat aus den Überresten des Schuppens. Sie hatte ein Seil in der Hand. Theodore war es inzwischen gelungen, sich zu Bunty zu schleppen. Er winkte Bea verzweifelt zu verschwinden, doch es war zu spät. Es hatte zwar eine Weile gedauert, bis Hayter die Bestie dazu bewogen hatte, mit dem Schnüffeln aufzuhören, doch jetzt drehte sich das Vieh um. Hayter funkelte Bea an.

»Diesmal helfen dir keine Pfeile.«

»Pfeile nicht, aber das hier.«

Und mit diesen Worten riss Bea an dem Seil. Ein Enterhaken kam zum Vorschein, und an einer der Dornen steckte ein schon leicht fauliger Fisch.

Bea zog erneut, und der Blick der Bestie ging zum Fisch. Das sah nicht nur interessant aus, es roch auch so. Bea zog ein drittes Mal, und der Blick der Bestie folgte dem Köder.

»Und was willst du damit tun?« Hayter grinste dreckig.

Bea funkelte ihn an.

»Ihr Schwarzer Zwergtyranno ist zwar ein wenig größer und dünner als mein Vollblut-Allosaurus, aber selbst Duster mit seinem größeren Gehirn liebt dieses Spiel.«

Bunty und Theodore nickten einander zu. Sie wussten sofort, welches Spiel Bea meinte.

Bea stieß einen hohen Pfiff aus und riss an dem Seil, sodass der Fisch zuckte. Der Tyranno starrte ihn an, und Speichel troff ihm aus dem Maul. Bea wusste, dass sie die volle Aufmerksamkeit des Tieres hatte. Dann rannte sie los und schleifte den Haken hinter sich her. Bei jedem Stein und jedem Loch machte der Fisch einen Hüpfer.

Die Bestie konnte nicht widerstehen und stürmte hinterher, sodass Hayter im Sattel hin und her geschleudert wurde. Mit gesenktem Kopf versuchte das Vieh, nach dem Fisch zu schnappen, während Bea Haken schlug. Dabei blieb sie immer einen Schritt vor dem Tier.

»Hooo! Stopp! STOPP! STOPP, Süßer!« Hayter riss an den Zügeln, aber es nutzte nichts. Der Tyranno sprang hin und her und schnappte nach dem Fisch.

Dann machte Bea kehrt, ließ aber zu viel Leine. Sie rannte, doch kurz blieb der Enterhaken liegen. Mit einer schnellen Bewegung schnappte sich die Bestie den Fisch. Danach richtete sie ihre Aufmerksamkeit auf Bea.

Der Schwarze Zwergentyranno stürzte sich auf sie, packte sie am Kragen der Bluse ihrer Mutter und hob sie hoch. Glücklicherweise war die Bluse ein paar Nummern zu groß. Bea rutschte heraus und fiel zu Boden. Die Bestie bemerkte nicht, dass Bea nicht mehr da war, und zerfetzte das Kleidungsstück.

Hayter hatte es jedoch gesehen. Er grub die Fersen in die Flanken des Viehs und riss an den Zügeln. Kaum sah der Tyranno Bea, da stürzte er sich wieder auf sie, verfehlte sie aber, als sie sich duckte und zu Theodore und Bunty fliehen wollte. Mit zwei langen Schritten holte der Tyranno Bea ein, rannte sie um und drückte sie mit seinem riesigen Fuß zu Boden wie eine Katze die Maus. Verzweifelt versuchte sie, sich zu befreien.

»Rühr dich nicht! Spiel toter Mann!«, schrie Theodore.

Es war zu spät. Der Tyranno senkte den Kopf für den tödlichen Biss … doch Hayter riss an den Zügeln. »Wo ist der Saurierjunge? Raus mit der Sprache, sonst ist das Mädchen Futter!«

Bunty und Theodore waren wie gelähmt. Plötzlich riss der Tyranno den Kopf herum und sah sich einem großen Clan von Schattenraptoren gegenüber, die sich hinter ihm versammelt hatten. Und mitten unter ihnen stand der Junge. Er hatte sein Gesicht mit frischem Annattosaft wieder rot angemalt, und seine kalten blauen Augen leuchteten wie Saphire in Blut. Auch die Gesichter der Raptoren glühten wütendrot, und sie starrten den Schwarzen Tyranno vor sich drohend an. Bea sah deutlich, wie gut ihr verlorener kleiner Bruder sich seiner Ersatzfamilie angepasst hatte.

Hayter lachte laut. »Soll das eine Herausforderung sein, Junge? Mit einem Tyranno kannst du es nicht aufnehmen.«

Die Bestie riss das Maul auf und brüllte so furchterregend, dass die Federn der Raptoren bebten. Doch der Junge rührte sich nicht und starrte den Tyranno weiter an. Als die Bestie brüllte, fing etwas im Maul das Licht auf, das der Junge erkannte. Er schaute zu Bea. Dann kniff er die Augen zusammen und drehte sich wieder zu dem Tyranno um.

Die Raptoren und der Junge stießen die Köpfe nach vorne, zischten und sträubten die langen Halsfedern. Der schwarze Zwergtyranno schätzte die Bedrohung ein, indem er den Kopf von links nach rechts bewegte und mit seinem riesigen Kiefer knirschte. Das erzeugte ein Geräusch, das sowohl den Raptoren als auch den Menschen das Blut in den Adern gefrieren ließ … allen außer Hayter, der lachend auf der Bestie saß.

Der Junge zischte wieder und trat allein vor. Dabei schaute er dem Tyranno unverwandt in die Augen. Die Bestie drehte langsam den Kopf, um ihm zu folgen. Hayter zog an den Zügeln, um die Bestie umzudrehen. Schließlich war der Tyranno gezwungen, den Fuß von Bea zu nehmen, um das Gleichgewicht zu bewahren.

Bea kroch zu Theodore und Bunty, die sie in die Arme nahmen und fest an sich drückten.

»Junge, das ist doch sinnlos. Glaubst du wirklich, dass du es allein mit meiner Bestie aufnehmen kannst?«

Hayter lachte wieder und drehte den Tyranno weiter hinter dem Jungen her.

# 30

## DER STAHLHAKEN

*– Ein übler und sinnloser Tod –*

Den Blick fest auf den Tyranno gerichtet bewegte der Junge langsam die Arme, sodass die langen Schaufedern im Takt seines Herzens pulsierten. Und mit jedem Herzschlag hoben sich die Federn ein wenig mehr, bis sie schließlich voll aufgerichtet waren. Dann krümmte der Junge den Rücken, senkte den Kopf und ging mit jedem Flügelschlag weiter in die Knie.

»Was macht Carter da?«, flüsterte Bea Theodore zu, der sie fest in den Armen hielt.

»Ich weiß es nicht.«

Dann begann die Bestie, im Takt der Flügelschläge zu atmen. Der Tyranno hatte sich fast ganz auf den Boden gedrückt und drehte sich im Kreis. Inzwischen konnte der Junge den riesigen Saurier fast berühren, und er war so dicht am Boden, dass seine Flügelschläge den Staub aufwirbelten. Er spürte den Atem des Tyrannos im Takt mit seinem.

Die Flügelschläge des Jungen wurden immer langsamer, bis es nur noch ein sanftes Flattern war.

Der Tyranno starrte dem Jungen so intensiv in die Augen, dass er gar nicht bemerkte, wie der Flügelschlag schließlich sogar ganz aufhörte. Sein Kopf war nun auf Bodenhöhe, und die Flügel des Jungen zeigten direkt auf sein Maul. Alle waren wie verzaubert. Die Neugier zwang selbst Hayter, darauf zu warten, was als Nächstes geschah. Bea beobachtete alles aufmerksam. Vollkommen furchtlos kauerte ihr neuer Bruder mit ausgestreckten Armen auf dem Boden, in Bissreichweite des muskulösen Schwarzen Zwergtyranno.

Dann wich der Junge einen Schritt zurück und zog dabei den Finger über den Boden, weg vom Gesicht des Tyrannos. Die Bestie lag nun flach auf dem Bauch. Wie hypnotisiert starrte sie auf den imaginären Strich, den der Finger hinterlassen hatte.

Der Junge drehte den Kopf und schaute zu Bea. Bunty und Theodore hatten ein breites Grinsen auf dem Gesicht. Bea hob anerkennend den Daumen, und der Junge erwiderte die ihm unbekannte Geste.

Dann ging er direkt zu dem verzauberten Monster, tätschelte ihm sanft die Nase, strich ihm über die Wangen und umarmte seinen Kopf. Schließlich legte er seinen eigenen Kopf auf die Stirn des Tyrannos. Beide atmeten so perfekt zusammen, dass der Junge mit jedem Atemzug ein Stück angehoben wurde. Dann kniete er sich vor die Bestie. Mit beiden Händen packte er das Maul des Monsters und öffnete es, so weit es ging.

Hayter, der bis jetzt ebenfalls wie hypnotisiert zugeschaut hatte, erkannte plötzlich, was hier geschah. Er grub die Fersen in die Flanken der Bestie, doch die sonst so festen Muskeln des Tiers waren vollkommen entspannt.

»Schnapp ihn dir, du Drecksvieh!«, schrie er und trat zu.

Der riesige Tyranno zeigte nicht die geringste Reaktion. Die Bestie war in ihrer eigenen Welt und starrte glücklich auf den Strich vor sich.

Der Junge ignorierte Hayter, starrte in das gewaltige Maul des Tyrannos und inspizierte die rasiermesserscharfen Zähne. Staunend legte er sogar den Finger auf einen. Ein Holzsplitter steckte im Zahnfleisch des Tyrannos. Das sah schmerzhaft aus. Also zog der Junge den Splitter heraus und warf ihn weg. Dann steckte er dem riesigen Saurier den Kopf ins Maul, betrachtete die Zähne von hinten und fand, wonach er gesucht hatte. Mit der freien Hand griff er hinein und holte Beas Halskette mit dem Medaillon heraus, die an einem der hinteren Zähne hängen geblieben war. Er wischte Speichel und Essensreste von dem Medaillon, klappte es auf und prüfte die beiden Schwarz-Weiß-Fotos darin. Schließlich klappte er es wieder zu, trat einen Schritt zurück und tätschelte der Bestie noch einmal die Nase. Das Tier rührte sich noch immer nicht. Sein Maul stand nach wie vor offen, und Speichel floss aus ihm heraus. Sanft schloss der Junge das Maul des Monsters wieder. Über ihm schrie Hayter. Er trat der Bestie noch immer in die Flanken, doch nichts drang zu dem mächtigen Saurier durch.

Der Junge ging zu Bea und gab ihr das Medaillon.

»D… Danke, Carter.« Bea hatte es vollkommen die Sprache verschlagen.

Wie dem Tyranno, so war auch Bunty und Theodore die Kinnlade heruntergefallen.

»Carter?«, erwiderte der Junge. Bea lächelte, schlang die Arme um ihn und drückte ihren neuen Bruder zum ersten Mal fest an sich.

»Steh auf, du dämliches Vieh!« Der Saurier hörte Hayter gar nicht.

Carter löste sich aus Beas Armen und ging zu der Bestie zurück. Diesmal fixierte er den Blick auf Christian Hayter, der wie wild auf das Tier eintrat. Carter setzte einen Fuß auf die Unterlippe des Tyrannos, packte das Jochbein und stellte den anderen Fuß auf die Maulspitze. Dann kletterte er den Kopf der Bestie hinauf wie auf einen umgestürzten Baum.

Er steckte die Hände in den Hosenbund und zog zwei geschärfte Raptorenklauen heraus. Carter zischte Hayter an, der sich daraufhin im Sattel nach hinten beugte. Verblüfft von der Tapferkeit des Jungen zückte er seinen schweren Stahlhaken und hob ihn hoch über den Kopf.

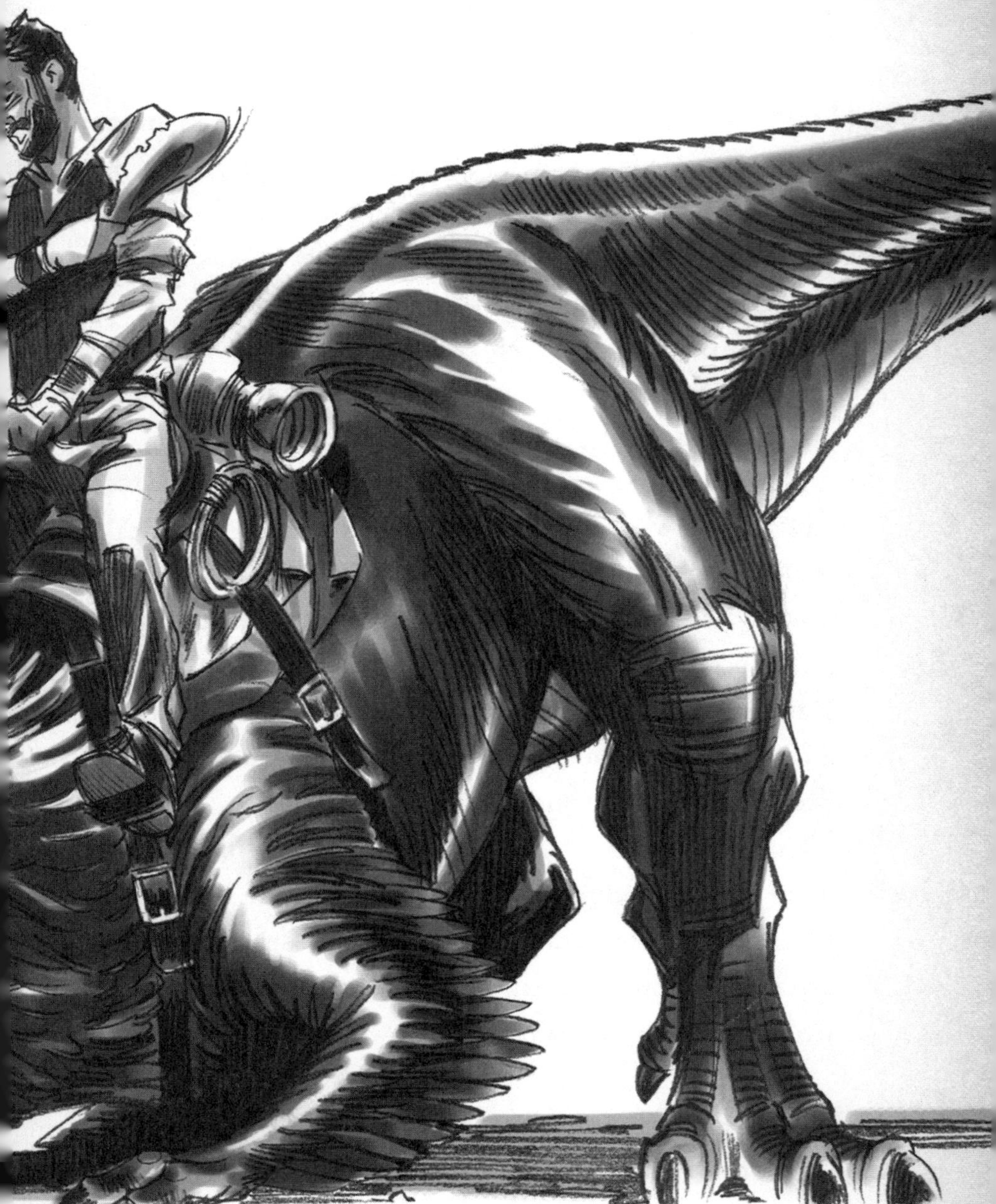

»Hören Sie sofort auf damit! Er ist doch nur ein Kind!«, rief Bea. »Was wollen Sie eigentlich von ihm? Was hat er Ihnen denn getan?«

»Er ist kein Kind! Er ist ein Tier!«, schrie Hayter, und mit diesen Worten schlug er zu … doch nicht auf Carter, sondern auf den Hals des Tyrannos. Tief grub sich der Stahl ins Fleisch der Bestie. Das Tier brüllte vor Schmerz. Brutal war es aus seiner Trance gerissen worden. Die Bestie richtete sich wieder auf, stieß ein weiteres Brüllen aus, das einem das Blut in den Adern gefrieren ließ, und zwang Carter, rückwärts von seinem Kopf und auf den Boden zu springen.

Hayter grinste. Der kleine Trick des Jungen hatte sich erledigt. Jetzt hatte er wieder das Sagen.

Die Bestie wirbelte herum und schlug mit dem Schwanz, sodass Carter darüberspringen musste. Der zweite Schlag war höher gezielt, doch Carter sah ihn kommen und rollte sich darunter weg. Dann sprang er auf, rannte zwischen die Beine des Tyrannos und zwang Hayter so, die Bestie erneut zu drehen, um ihn nicht aus den Augen zu verlieren.

Doch Carter wusste genau, wo das Monster einen toten Winkel hatte. Er sprang ihm auf den Fuß und klammerte sich ans Bein. Hayter versuchte herauszufinden, wohin der Junge verschwunden war. Er entdeckte den Arm des Jungen unter sich. Frustriert schlug er wieder mit dem Haken zu.

»Schüttele ihn ab, du blödes Vieh!«

Doch als er wieder nach unten schaute, hatte der Junge seine Position verändert und war nicht mehr zu sehen.

»Wo steckst du, kleiner Saurierjunge?«

Hayter trat weiter auf den Tyranno ein, riss an den Zügeln und schlug der Bestie mit seinem Haken in den Hals. Das Tier litt fürchterlich. Schließlich geriet die Bestie ins Straucheln und versuchte, die beiden Menschen abzuschütteln. Sie schlug mit dem Schwanz, und die Raptoren sprangen erschrocken zurück. Als der Tyranno auch noch zu buckeln begann, konnte Carter sich nicht mehr halten und sprang ab. Hayter wiederum wurde nach vorne geworfen, ließ die Zügel los und wäre fast heruntergerutscht. Im letzten Moment schwang er seine Waffe, und der Haken bohrte sich in den Hals des Tyrannos. Die Bestie schrie gequält.

Hayter zog sich wieder hinauf und entdeckte Carter. Der Junge stand inmitten seines Clans von Schattenraptoren. »Töte sie! Töte sie alle!«

Hayter drehte den Haken im Fleisch der Bestie, und das Tier bebte vor Schmerz am ganzen Körper.

Carter wich jedoch nicht zurück, sondern zirpte einen Befehl. Der Clan stellte seine ansonsten verborgenen scharlachroten Kopffedern auf und zischte.

»Greif an!«

Wieder drehte Hayter an dem Haken, um den Schmerz zu verstärken, doch das war zu viel für den Tyranno. Erneut buckelte er vor Schmerz, und sein rechtes Bein gab nach, als der Schmerz wie ein Blitz in seine Gliedmaßen fuhr. Der Saurier geriet ins Stolpern und schlug hart auf dem Boden auf. Staub stieb in die Höhe. Carter kreischte, und die Schattenraptoren stürzten sich auf den gefallenen Tyranno. Der Junge rannte mit ihnen und half ihnen, den schreienden Hayter aus dem Sattel zu ziehen.

Bunty schloss die Augen und wandte sich ab.

»Du kannst ruhig hinsehen, Oma. Sie bringen ihn nicht um.«

Vorsichtig öffnete Bunty erst eins, dann beide Augen. Bea hatte recht. Die Raptoren drückten Hayter auf den Boden und schnappten nach ihm, um ihn einzuschüchtern, doch sie verletzten ihn nicht wirklich. Sein Betteln ging in ihrem Zischen unter.

Carter sprang dem Tyranno zu Hilfe. Das Tier stand unter Schock. Es zuckte nur noch vor sich hin und schnappte nach Luft. Der Junge strich ihm mit der Hand über die Schnauze und versuchte, ihn mit einem sanften Gesang zu beruhigen. Dann nahm er vorsichtig den Griff des Hakens, der noch immer im Hals des Tyrannos steckte. Dunkelrotes Blut quoll aus der Wunde, das durch die schwarzen Federn fast wie Tinte wirkte. Die Bestie atmete erleichtert aus. Sie schien förmlich in sich zusammenzufallen. Carter schaute dem Tier weiter in die Augen, während sein Blick immer mehr verschwamm.

Bea stand auf. »Ist er okay?« Sie lief zu Carter, der mit Augen voller Tränen zu ihr hinaufschaute.

Bunty blickte zu Carter, der weiter den großen Kopf streichelte. »Oh, das arme Tier. Es sieht gar nicht gut aus. Theodore, können wir denn gar nichts tun?«

Theodore ging zu Bea und musterte den Tyranno mit geübtem Blick. »Doch, da gibt es was. Schnell! Helft mir, den Sattel abzunehmen!«

Und mit diesen Worten zog er sein Messer und schnitt die Sattelgurte durch, um den Tyranno von seinen Fesseln zu befreien. Bunty und Bea zogen den Sattel weg, und plötzlich füllte sich die Lunge des verletzten Sauriers wieder. Carter quiekte vor Freude, als das Leben in die benommene Bestie zurückkehrte.

Bea drehte sich zu Theodore um. Der steckte das Messer wieder weg.

»Theo, das war eine verdammt gute Idee. Woher hast du das gewusst?«

»Das habe ich auf die harte Tour gelernt. Im Krieg. Wir haben viele gute Allosaurier verloren, nachdem sie gestürzt sind. Der Sattel kann ihnen die Luftzufuhr abschnüren. Das ist ein übler und sinnloser Tod.«

# 31

## DIE RÜCKKEHR DES HELDEN

*– Eine einstimmige Wahl –*

Die Stadtbewohner hatten sich um Hayter und die Bestie versammelt. Alle hatten das Spektakel verfolgt, und jetzt wollten sie sich den Mann und den Saurier, die sie so lange gefürchtet hatten, aus der Nähe ansehen.

»Haltet sie mir vom Leib! Hilfe! Ich tue alles, was Sie wollen! Haltet sie mir vom Leib!«

Hayters erbärmliche Schreie hallten durch den Hafen, doch niemand bot ihm Hilfe an, und die Raptoren zwickten ihn unbehelligt weiter.

Bea kniete sich neben Carter und half ihm, den erschöpften Tyranno zu trösten. Sie war ein wenig verwirrt, als Carter einen Schattenraptor zu sich rief und das Tier begann, die Wunden zu lecken. Doch was auch immer der Raptor da machte, es schien zu funktionieren. Theodore zeigte ebenfalls Interesse daran. Er ließ seinen Arm kreisen und strich mit den Fingern über die Schussverletzung, die ungewöhnlich schnell und schmerzlos verheilte. Seine letzte Kreisbewegung war so weit, dass er fast Bunty traf.

»Das war ein gutes Versteck, Bunty. Ich habe überall nach dir gesucht!«

»Nun, offenbar hast du dich nicht allzu sehr bemüht.« Sie stieß ihm verspielt mit dem Ellbogen in die Rippen. »Und? Was hältst du jetzt von dem Jungen?«

»Ich kenne nur einen, der einen Tyranno so zähmen konnte, und das war Franklin.« Theodore schaute zu Bunty hinunter. »Wir werden vielleicht nie die ganze Wahrheit über Grace und Franklin herausfinden, aber ich bin sicher, dass Carter ihr Junge ist.«

Bunty nickte und lächelte zustimmend.

Die Postfrau löste sich aus der schadenfrohen Menge und ging zu den beiden. »Und wie soll das unsere Probleme lösen? Was sollen wir tun, wenn seine Männer wieder zurückkommen?«

Theodore winkte Bea, mit Carter zu ihnen zu kommen.

»Sie hat recht«, sagte er. »Und wir müssen uns noch um etwas anderes kümmern: Sammy. Er steckt in Schwierigkeiten.«

Bea schnappte nach Luft. »Was für Schwierigkeiten denn?«

»Er ist mit Hayters Männern in Old Town. Wir müssen ihm helfen.«

Hayter versuchte aufzustehen, doch die Schattenraptoren setzten sich einfach auf ihn.

»Ich weiß, was wir tun«, verkündete Bea.

Theodore schaute sie an und hob die Augenbraue. »Und was?«

»Ich brauche deine Waffe.« Bea streckte die Hand aus.

»Beatrice, nein!« Bunty war genauso geschockt wie die Postbeamtin, doch dann fiel ihr etwas auf. »Moment mal … Du hattest die ganze Zeit über eine Waffe, und trotzdem hast du zugelassen, dass dieser furchtbare Mann uns so zusetzt?«

Theodore strich sich über den Schnurrbart

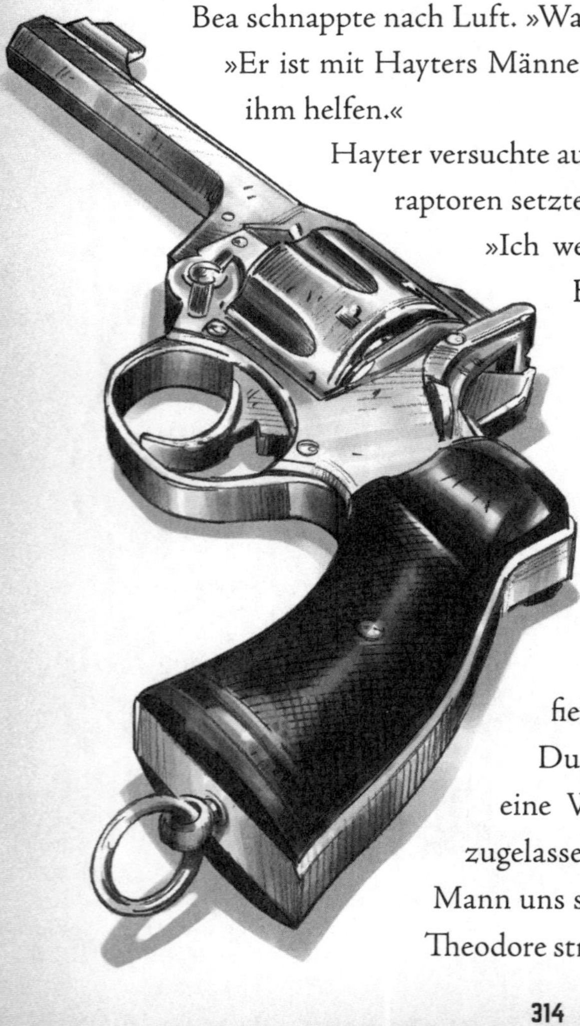

und dachte kurz nach. Dann sagte er: »Sicher. Eine Waffe ist aber stets der letzte Ausweg, und so weit waren wir noch nicht.«

Er zog den Revolver aus seinem Gürtel, klappte ihn auf, ließ die Patronen herausfallen und schloss ihn wieder. Dann zwinkerte er Bea zu und gab ihr die Waffe.

Bea steckte sie in ihren Hosenbund, ging zu den Raptoren und versuchte, sie zu verscheuchen – ohne Erfolg. Die Tiere schauten zu Carter. Der Junge schnalzte mit der Zunge, und die Raptoren sprangen sofort beiseite. Hayter war vollkommen zerkratzt. Schützend hatte er die Arme vors Gesicht gelegt, und er wimmerte.

»Danke, danke, danke!«, rief er. Doch dann schaute er nach oben und sah, wer ihn gerettet hatte. »Du?«

»Ja, ich. Stehen Sie auf.«

Hayter ließ seinen Blick über die Raptoren und Menschen um sich herum schweifen und schnappte nach Luft. Dann drehte er sich auf alle viere und rappelte sich mühsam auf.

»Was willst du?«

Hayter klang noch immer trotzig. Bea stemmte die Hände in die Hüfte, sodass sich das Licht auf dem Revolverlauf spiegelte und Hayter blendete. Zum Schutz hob Hayter die Hand. Bea trat auf ihn zu. Plötzlich stürzte Hayter sich auf sie und schnappte sich den Revolver. Mit der anderen Hand packte er Bea am Handgelenk, riss sie herum und hielt ihr die Waffe an den Kopf.

»Zurück! Alle!« Hayter lachte leise vor sich hin. »Ihr haltet mich wohl für dumm!«

Theodore spielte mit und hob die Hände.

»Ganz ruhig, Christian. Das ist schon viel zu weit gegangen. Sie haben da ein Kind.«

Bea funkelte Theodore verärgert an. »Ich bin dreizehn Jahre ALT, nicht JUNG!«

Theodore musste sich ein Lachen verkneifen. Er wollte sich nicht verraten.

Die Zuschauer waren jedoch entsetzt, und Carter wollte sich auf Hayter stürzen, doch Theodore packte ihn und zog ihn wieder zurück.

»Nein, Carter. Er hat eine Waffe. Lass uns erst einmal hören, was er will.«

Hayter grinste, spie Blut auf den Boden und lachte laut.

»Ich habe Ihren dämlichen Plan sofort durchschaut. Der Junge und der Kylo seines Großonkels ... Ha! Was für ein Witz. Dann das falsche Telegramm ... Netter Versuch. Und schließlich der Sprengstoff am Kontor ... Nun, mein bester Mann entschärft das just in diesem Moment.«

Eine Mischung aus Blut und Speichel sammelte sich in Hayters Mundwinkel, als er böse lachte. Im selben Moment schoss ein greller Blitz in den Himmel, gefolgt von einem ohrenbetäubenden Knall, der die Erde erbeben ließ und die Vögel aus den Bäumen vertrieb. Einen Augenblick später rollte eine Wolke aus Staub und Trümmern die Straße herunter und auf den Pier. Und als alle auf den Rauchpilz über der Stadt starrten, riss Bea sich von Hayter los. Allen klingelten die Ohren, als sie sich wieder zu Hayter umdrehten. Er hatte die volle Wucht der Wolke abbekommen und sah nun aus wie ein verstaubter Geist.

Die Postfrau sprach als Erste: »Was war das noch mal mit dem Witz? Haben Sie meinen eigentlich auch mitbekommen? Der medizinische Alkohol ... Oder war das Essig? Ich weiß es nicht mehr.

Sie wissen schon ... Die Flaschen sind sich so ähnlich. Und das Soda für Ihren Magen ... Oder war das mein Fußpuder? Ich wette, das hat gut geschmeckt.«

Hayter richtete die Waffe auf sie. »Sie werden nicht mehr lange genug leben, um das zu bedauern.«

»Ach ja? Machen Sie schon! Erschießen Sie mich!«, trotzte die Frau dem Mann, den sie von ganzem Herzen hasste.

»Zurück, oder ich knalle euch alle ab!« Hayter wirbelte zu den Zuschauern herum.

Bea nahm Carters Hand, damit er verstand, dass eigentlich alles in Ordnung war. Dann sagte sie: »Fangen Sie ruhig mit mir an.« Sie trat vor.

»Und dann ich.« Bunty trat neben sie.

Hayter grinste. »Es wird mir eine Freude sein.«

Die Postfrau sprang vor sie. »Nein! Hinter mich, meine Damen. Ich war zuerst dran ... Niemand wird vor mir erschossen!« Sie schnalzte mit der Zunge, verschränkte die Arme vor der Brust und musterte Hayter verächtlich von Kopf bis Fuß.

»Meinetwegen.« Hayter lachte. »Dann sind Sie eben die Erste.«

Shuggy erschien hinter dem Rock seiner Mutter und trat vor.

»Nein, Sir. Ich bin der Erste.«

»Shuggy! Du verdirbst mir immer alles! Jetzt geh sofort wieder zurück!«, rief die Postfrau.

Doch trotzig grinste Shuggy Hayter an.

»Sonst noch jemand, der erschossen werden will?« Hayter lachte wieder.

»Ja, bitte.« Keuchend bahnte Biggie sich einen Weg durch die Menge.

»Biggie! Sie sind in Sicherheit!«, rief Theodore. »Ihr Timing ist perfekt, alter Freund. Wir haben gerade viel Spaß. Unser guter Freund Christian hier hat angeboten, uns alle mit einer ungeladenen Waffe zu erschießen.«

Hayter schaute auf den Revolver und drehte die leere Trommel.

»Meine Männer haben noch jede Menge Kugeln«, bluffte er. Er funkelte Biggie an. »Das war Ihr Dynamit, nicht wahr? An Ihrer Stelle würde ich mich jetzt nicht verärgern. Meine Männer haben Ihren Sohn.«

Nun hatte Hayter seinen letzten Trumpf ausgespielt, und plötzlich änderte sich das Machtgleichgewicht. Bea drehte sich um und sah Theodores besorgtes Gesicht.

»Bitte, entschuldigen Sie. 'tschuldigung. Darf ich mal? Danke. 'tschuldigung.«

Die Zuschauer teilten sich und machten Platz für Sammy und Junior.

»Was habe ich verpasst? Fleißiges Bienchen, ich hoffe, du hast nicht wieder Ärger gemacht!«

Bea lächelte ihn glücklich an, und die Stadtbewohner jubelten dem jungen Helden bei seiner Rückkehr zu. In Netze gewickelt lagen Hayters Männer auf Juniors Rücken, alle gespickt mit winzigen Blasrohrpfeilen. Stolz hob Biggie seinen Sohn hoch und drückte ihn fest an sich.

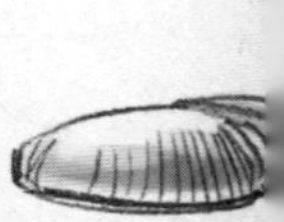

»Haben Sie mir etwa meinen Plan kaputt gemacht, Mr. Glowgan?«

Theodore konnte sich ein Grinsen nicht verkneifen. Er nickte Sammy zu. Sein Timing war schlicht perfekt.

»Und jetzt, Mr. Hayter, werden Sie mit Ihren Freunden auf diesen Frachter steigen und diese Insel für immer verlassen. Verstanden?«, erklärte die Postfrau entschlossen.

»Sie haben hier gar nichts zu bestimmen. Hier hat nur einer das Sagen: ICH!«, erwiderte Hayter rasch. So einfach wollte er sich nicht geschlagen geben.

»Nun, dann lassen wir doch das Volk entscheiden.« Die Postfrau drehte sich zu der Bevölkerung von New Town um. »Leute, das hier ist eine Notfallsitzung des Stadtrats. Hände hoch, wenn ihr mich als Bürgermeister wollt!«

Und alle hoben die Hände … mit Ausnahme von Shuggy.

»Shuggy, das ist eine freie Wahl, und ich respektiere deine Stimme. Aber wenn wir wieder zu Hause sind, dann werde ich dich …«

Shuggy kämpfte mit etwas in seinen Händen, doch da ihn nun alle anstarrten, hörte er sofort damit auf. Rasch hob er die Hand. Sie steckte im Ingwerglas.

»Gut. Die Wahl ist also einstimmig. Jetzt habe ich hier das Sagen«, erklärte die Postfrau. »Und als erste Amtshandlung befehle ich Ihnen, Mr. Hayter, die Insel zu verlassen, und zwar sofort!«

Jetzt endlich hatte es Hayter die Sprache verschlagen.

# 32

# TROTZIG BIS ZUM ENDE

*– Das war's dann –*

Biggie sperrte die ganze Bande in die Käfige an Bord des Frachters und warf die Schlüssel ins Meer. Die betäubten Männer schnarchten weiter glücklich vor sich hin, außer Christian Hayter. Zu seinem Pech waren die größeren Käfige schon alle belegt, also musste er sich mit einem nur halb so großen zufriedengeben. Die Mannschaft hatte man großzügig mit Gewürzen dafür bezahlt, die Bande so weit wie möglich wegzubringen und sich nicht überreden zu lassen, die Käfige zu öffnen. Sicherheitshalber entfernte Theodore jedoch auch noch alles von dem kleinen Schiff, womit man die Schlösser hätte aufbrechen oder die Gitter hätte durchsägen können.

Niemand winkte ihnen zum Abschied.

*

Am nächsten Tag kehrte Kapitän Wilbur Woods auf die Aru-Inseln zurück, um seine Passagiere wieder aufs Festland zu bringen. Ihn erwartete eine große Überraschung. Alle Bewohner hatten sich versammelt, um seinen Passagieren zum Abschied zuzuwinken.

Überall auf dem Pier erzählte man sich, dass die neue Bürgermeisterin viel verändern wolle. Die Menschen sollten wieder so leben wie früher.

Bea war als Erste an Bord der Orca, genau wie sie es sich selbst vor einer Woche versprochen hatte. Ihr Bruder folgte ihr. Er setzte sich an den Bug und betrachtete seine Heimatinsel. Theodore half Bunty wie immer auf den Dampfer, und der dürre Deckarbeiter sah zu seiner großen Freude, dass sie nur noch einen Koffer hatte.

»Käpt'n Woods, passen Sie auf damit.« Bunty klopfte auf den Koffer. »Der enthält hoffentlich die Antworten, wegen derer wir gekommen sind.«

Der Kapitän zählte seine Passagiere kurz ab, sah, dass sie einen neuen hatten, und hob die Augenbrauen, als er die zerzausten Federn des Jungen bemerkte. Theodore lächelte und winkte den Menschen zu, die sich am anderen Ende des Piers versammelt hatten.

Auf dem Pier schlang Biggie die Arme um Sammy und Jara. »Ich hasse es, Lebewohl zu sagen.« Er knirschte mit den Zähnen und eine wehmütige Träne kullerte ihm über die Wange.

Sammy spielte an der Muschelkette herum, die Bea ihm gegeben hatte, und versprach sich selbst, sich nie wieder die Wange zu waschen, auf die Bea ihn zum Abschied geküsst hatte. Er nahm die zehn Dollar an, die Theodore ihm schuldete, doch er be-

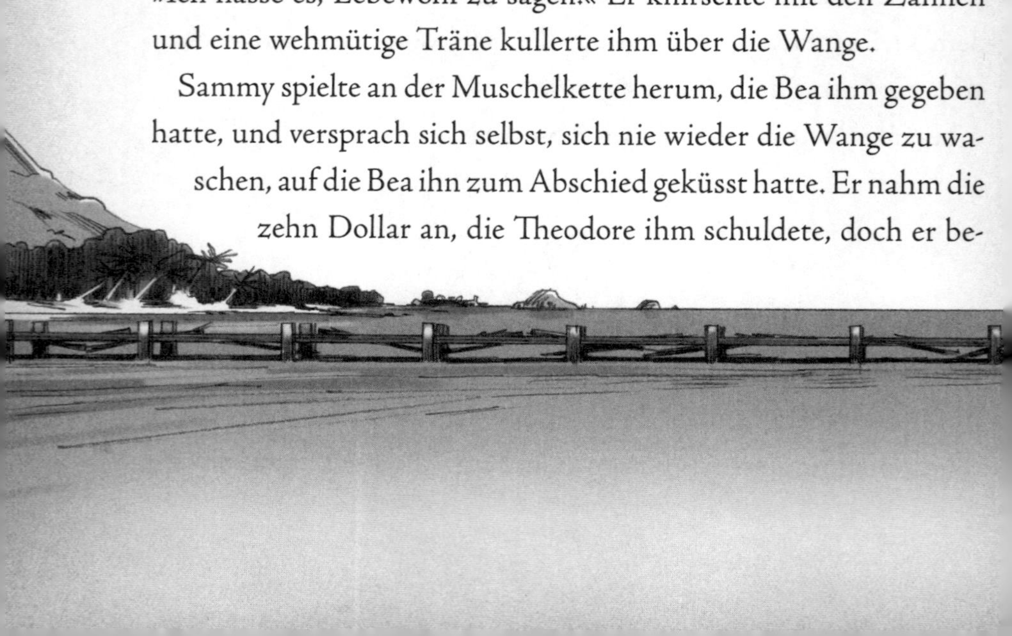

stand darauf, dass die Miete für Junior »aufs Haus« gehe. Die neue Bürgermeisterin/Postamtsleiterin/ Kolonialwarenhändlerin/Hotelbesitzerin und Krankenschwester strahlte über das ganze Gesicht. Sie hatte einen neuen Hut. Bunty hatte ihn für sie aus Grace' Koffer herausgesucht. Sie tätschelte Shuggy den Kopf.

Plötzlich hallte ein Brüllen über den Pier, das allen das Blut in den Adern gefrieren ließ. Die Menschenmenge teilte sich, und dort, an den Bäumen, stand die Bestie. Alle gingen ihr aus dem Weg und versuchten, sie nicht zu erschrecken. Die Bestie schaute den Pier hinauf zu dem Dampfer, der gerade abgelegt hatte. Carter stand neben dem Steuermann und blickte zur Insel zurück.

Die Bestie ließ ihren Blick über die Stadtbewohner schweifen und schaute dann wieder zum Schiff. Als hätte er eine Sprungfeder in den Beinen, stürmte der Saurier los und wetzte den Pier hinauf. Die dicken Bohlen knarrten unter seinen schweren Schritten, und die Stützpfeiler bebten. Theodore sah kommen, was gleich passieren würde, und hielt Bunty gut fest.

Bea packte Carter mit einer Hand und wickelte sich rasch ein Tau um die andere.

Die Bestie stürmte über den Pier, und Kapitän Woods gab Volldampf, um so schnell wie möglich wegzukommen, doch es war zu spät. Der Tyranno sprang ab, landete auf dem Heck des Dampfers und drückte es kurz unter Wasser.

Ein Schrei ging durch die Zuschauer, als das kleine Schiff wild vor und zurück schaukelte, bis es sich schließlich wieder beruhigte. Der riesige Saurier versuchte, das Gleichgewicht zu halten, rutschte aber aus und landete auf dem Bauch. Zum Glück versuchte er nicht aufzustehen. Wie Carter war auch er zum ersten Mal auf einem Schiff. Der Junge lief sofort zu ihm. Er freute sich wie wild, wieder mit seinem neuen Freund vereint zu sein, und tätschelte ihm die Nase.

Theodore beobachtete die beiden. Dann öffnete er seine Ausrüstungstasche und kramte darin herum. Schließlich fand er, was er suchte: Angelschnur und Haken. »Wir sollten lieber angeln! Er muss gefüttert werden, sonst sucht er sich noch selbst einen Snack an Bord.« Er drehte sich zu dem verwirrten Kapitän um. »Haben Sie noch Platz für einen mehr?«

»Wir brauchen ein größeres Boot«, murmelte der Kapitän und lenkte die Orca aufs offene Meer hinaus.

Und das war's dann.

*

Das Ende ist genauso wenig das Ende, wie der Anfang der Anfang ist.

# 33

## DER JUNGE MACHT MICH NERVÖS

*– Federn auf einem Schiff –*

Als sich alle eingerichtet hatten und die Aru-Inseln nur noch ein Fleck am Horizont waren, nahm Kapitän Woods Theodore beiseite. »Der Junge macht mich nervös.«

Theodore zwinkerte dem Kapitän zu. »Mehr als der Tyranno?«

»Nein. Es sind die Federn. Es bringt Unglück, Federn auf einem Schiff zu tragen.«

Theodore ging zu Carter. Der Junge stand allein am Bug und genoss die frische Brise mit ausgestreckten Armen und dem flatternden Rest seiner Federn.

»Wie wäre es, wenn wir dieses Kostüm jetzt ausziehen und dich in etwas … in etwas Menschlicheres stecken würden?«

Theodore lächelte, um dem Jungen zu zeigen, dass er es gut meinte. Doch als er ihm sein Jackett anbieten wollte, legte sich ein großer Schatten über sie.

Bevor irgendjemand etwas dagegen tun konnte, wurde Carter von einem riesigen Pterosauria in die Luft gehoben. Theodore sprang hoch, packte Carter am Knöchel und zog. Die Riemen des Federumhangs gaben nach, und gemeinsam fielen Theodore und Carter aufs Deck.

Carter sprang sofort auf und schaute zu dem Pterosauria, der über ihren Köpfen kreiste. Er hatte das Maul voller Federn. Dann landete er elegant auf dem Meer.

Bea rannte zu Carter und folgte seinem Blick. Der Saurier warf Carters alte Federn in die Luft und verschluckte sie.

»Keine Angst. Da, wo wir hinfahren, brauchst du die ohnehin nicht mehr«, tröstete Bea ihren Bruder.

Das Wasser unter dem Pterosauria verdunkelte sich, und ein riesiger Mosasaurus durchbrach die Wellen. Er hatte das Maul weit aufgerissen und entblößte seine Ehrfurcht gebietenden Zähne. Er verschlang den Pterosauria mit einem Biss. Bea und Carter schauten einander an und schluckten.

In ihrer Kabine legte Bunty den Rest von Carters Federkostüm, das Stirnband, in den Koffer seiner Mutter. Dann grub sie ein altes Hemd und eine kurze Hose seines Vaters aus. Der Koffer enthielt viele Geheimnisse aus der Vergangenheit, doch im Augenblick hatten sie andere Sorgen: ihre gemeinsame Zukunft.

*

*Ende*

# ANHANG

Auszüge aus

## SAURIER DER WELT

*von: Nigel Windsor*

### DROMAEOSAURIER

*Allesfresser / Zweibeiner*

Dromaeosaurier sind heutzutage schlicht als »Raptoren« bekannt. Sie entstammen einer langen Linie von Dromaeosauriern, exzellenten Jägern mit furchterregendem Ruf. Der berüchtigte Velociraptor dürfte wohl den meisten Lesern bekannt sein. Den vielfältigen Überresten nach zu urteilen, die man auf der ganzen Welt gefunden hat, waren sie einst weit verbreitet. Inzwischen sind sie jedoch zu großen Teilen ausgerottet. Heute findet sich nur noch eine kleine Anzahl in freier Wildbahn. Außerdem sind sie deutlich weniger aggressiv als ihre berühmten Vorfahren. Genetische Untersuchungen haben gezeigt, dass diese Raptoren nicht von Wildtieren, sondern von schon früh domestizierten Dromaeosauriern abstammen. Durch Zucht hat man ihnen viel von ihrer Aggressivität genommen. Doch unglücklicherweise hat sich ihr schlechter Ruf gehalten, und die Menschen töten sie, wann immer sie einen zu Gesicht bekommen.

Raptoren sind agile Zweibeiner mit Sägezähnen, schmalen Schnauzen und nach vorne gerichteten Augen in verhältnismäßig großen Köpfen, die von gebogenen Hälsen gestützt werden. Sie haben einen kurzen, kräftigen Oberkörper und ein langes Schambein, das aus der Wurzel ihrer schlanken, steifen Schwänze herauswächst. Die langen Arme tragen sie oft angewinkelt am Körper. Ihre Hände sind groß, und die drei langen Finger enden in kräftigen Klauen. Charakteristisch ist der stark vergrößerte zweite Zeh mit seiner sichelförmigen Klaue. Beim Gehen wird er angehoben, die Klaue sozusagen »eingefahren«. Lediglich der dritte und vierte Zeh tragen das Gewicht des Tiers.

## PARADIESRAPTOREN

Die Gruppe von Sauriern, die wir als Paradiesraptoren kennen, gelten in der Wissenschaft als »echte« Dromaeoraptoren. Sie leben isoliert auf Papua-Neuguinea und einigen der umliegenden Inseln, weshalb ihre Evolution auch frei von menschlichen Einflüssen geblieben ist. Da sie auf diesen Inseln überdies auch keine Fressfeinde haben, dafür aber einen Überfluss an Nahrung in Form von kleinen Säugetieren, haben diese Saurier einige ungewöhnliche Charakteristika entwickelt, die man bei anderen Raptoren nicht findet. Die Weibchen sind für gewöhnlich von brauner Farbe und ihre Erscheinung wenig bemerkenswert, doch die männlichen Paradiesraptoren haben ein farbenfrohes Schmuckgefieder und ausgefeilte Balzrituale. Auch sind sie nicht mehr aggressiv. Unglücklicherweise nimmt ihre Zahl rapide ab, vor allem aufgrund des weltweiten Handels mit exotischen Federn.

### *Der Blaue Gehörnte Paradiesraptor (die Blauschnauze)*

Den Blauen Gehörnten Paradiesraptor, auch bekannt als Blauschnauze, findet man nur auf den abgelegenen Aru-Inseln, die zu Indonesien gehören. Er ist einer von nur drei Raptorarten, die über fleischige Hörner und einen Kehllappen verfügen. Beides zeigen die Tiere jedoch nur während der Balz. Männliche Blauschnauzen sind für gewöhnlich dunkelrot mit blauen, schwarzen und weißen Flecken. Sie haben ein leuchtend blassblaues Gesicht mit weißen Ringen um die schwarzen Augen und einen kurzen Latz unter dem Hals. Weibliche Blauschnauzen wiederum haben ein braunes Gefieder und ebenfalls weiße Ringe um die Augen. Als Teil des Balzrituals öffnet die männliche Blauschnauze weit das Maul und bläht den Kehllappen und die Hörner. Forschungen haben ergeben, dass die Blauschnauze Luft schluckt, um die Speichelproduktion anzuregen, und indem sie den Kopf schüttelt, pumpt sie Speichel und Blut in die fleischigen Auswüchse. Die Hörner ragen über den Augen heraus, und der Kehllappen zeigt ein spektakuläres Muster aus dunkelblauen und violetten Markierungen in der Mitte und leuchtend roten an den Rändern.

*Der Goldene Fächerschwanz*

Der Goldene Fächerschwanz lebt in den Regenwäldern Papua-Neuguineas und der umliegenden Inseln, doch aufgrund des weltweiten Handels mit exotischen Tieren hat er sich inzwischen auch in Teilen von Kanada, den Vereinigten Staaten, Australien, Großbritannien und in ganz Westeuropa verbreitet. Die Männchen tragen ein größtenteils goldenes Gefieder mit einer scharlachroten Brust und dunkelblauen Armfedern, dazu einen gelben Kehllappen und gelbe Beine. Die Halskrause ist hellorange mit dunkelblauen Flecken und kann zu Schauzwecken aufgestellt werden.

*Paradiesraptoren: 1 Kurzschwänziger Paradiesraptor / 2 Langschwänziger Paradiesraptor*

Wie bei Paradiesraptoren üblich sind die Weibchen weit weniger auffällig. Ihr Gefieder ist vorwiegend braun, nur die Beine sind ebenfalls gelb.

Die Federn des Goldenen Fächerschwanzes sind Anfang des 20. Jahrhunderts in Mode gekommen, doch die grausamen Methoden, mit denen sie gewonnen wurden, sind schon seit einiger Zeit verboten. In den 30er-Jahren eingeführte Gesetze veränderten den Handel, und kurz darauf wurde es Mode, sich einen lebenden Raptor zu halten, anstatt die Federn eines toten zu tragen. Um die Nachfrage zu erfüllen, verkauften die Exporteure Zuchtpaare, und es dauerte nicht lange, da hielten sich viele Familien ein, zwei Raptoren im Garten. Als sie irgendwann dann wieder aus der Mode kamen, entkamen viele dieser »Haustiere« oder wurden absichtlich ausgesetzt. Viele passten sich ihrer neuen Umgebung gut an und paarten sich mit einheimischen Wildraptoren. So entstanden Mischlinge wie der Gemeine Bambiraptor im Vereinigten Königreich und der schon ikonische Amerikanische Goldraptor.

*3 Schattenraptor / 4 Fächerschwanz / 5 Blauschnauze / 6 Riesenparadiesraptor*

*Der Riesenparadiesraptor*

Der Riesenparadiesraptor ist eine der größten Arten der echten Paradiesraptoren. Die Männchen können bis zu 1,70 Meter Körperlänge erreichen, die langen Zwillingsschwanzfedern nicht mitgerechnet. Diese können seine Länge noch einmal verdoppeln. Das Weibchen ist mit einem Meter deutlich kleiner. Der männliche Riesenparadiesraptor hat kastanienbraune Körperfedern und einen leuchtend lindgrünen Kopf und Hals. Diese Färbung erstreckt sich auch auf seine Armfedern, die dieses Lindgrün an den Spitzen und auf der Unterseite aufweisen. Letzteres ist jedoch nur zu sehen, wenn sie während der Balz flattern. Die braunen Schwanzfedern sind weiß-blau gestreift und enden in zwei auffällig langen Federn, die das Tier hinter sich herschleift. Damit schlägt der Riesenparadiesraptor ständig hin und her oder über seinem Kopf. Die Weibchen sind im Vergleich dazu weit unauffälliger. Sie haben nur ein schlichtes, kurzes Körpergefieder. Beide Geschlechter weisen jedoch auffällig gelbe Augen und blaue Schnäbel auf.

In Papua-Neuguinea zelebrieren die einheimischen Stämme die Jagd auf Riesenparadiesraptoren sowohl als Sport als auch als Männlichkeitsritual. Dabei werden die Tiere jedoch nicht getötet. Die jungen Männer sollen dem Tier nur eine der langen Schwanzfedern ausrupfen, um sie ihrem Kopfschmuck hinzuzufügen. Da die Riesenraptoren diese Federn in der freien Wildbahn auch leicht verlieren, wachsen sie erstaunlich schnell nach. So wird die Balz nicht gefährdet, und das wiederum sichert den Bestand der Art.

Es gibt auch einige kleinere Raptorenarten, die ebenfalls über lange Schwanzfedern verfügen, wie zum Beispiel der Weiße Peitschenparadiesraptor mit seinem kohlrabenschwarzen Körper und seinem leuchtend weißen Schwanz und der Pferdeschweifraptor, dessen Schwanzfedern derart strukturiert sind, dass sie mehr an das Haar eines Pferdes als an die Federn eines Vogels erinnern.

*Der Schattenraptor*

Man weiß nur wenig über das Verhalten der zurückgezogen lebenden Schattenraptoren, der größten ihrer Art. Im Gegensatz zu anderen Paradiesraptoren haben die Männchen und Weibchen der Schattenraptoren das gleiche Gefieder. Dank dieser einmaligen Federn sind sie in ihrer natürlichen Umgebung nahezu perfekt getarnt. Besonders auffällig sind die gut ein Dutzend langen Schaufedern, die sie hinter dem Kopf aufstellen können, sowie die geschwungenen Federn an ihren Knöcheln, die nach außen und oben zeigen. Diese Beinfedern haben eine doppelte Funktion: Zum einen verdecken sie die Bewegungen der Tiere, zum anderen wischen sie damit ihre Nist- und Balzplätze.

Ähnlich wie die ausgestorbenen Dromaeoraptoren haben Schattenraptoren im Verhältnis zu ihrem Körper ungewöhnlich lange Beine. Das sieht man bei anderen Paradiesraptoren nicht. Diese Beine ermöglichen es den Schattenraptoren, sich besonders leichtfüßig durch den Regenwald zu bewegen. Schattenraptoren sind überdies reine Fleischfresser. Haben sie ihre Beute erlegt, setzen sie sich, halten die Beute mit ihren langen Beinen fest und zerschneiden das Fleisch mit ihren scharfen Klauen. Und noch etwas unterscheidet sie von anderen Paradiesraptoren: ihre Aggressivität. Deshalb betrachten viele Leute die Schattenraptoren auch als die wahren Erben der echten Dromaeoraptoren.

*Der Kurzschwänzige Paradiesraptor*

Der Kurzschwänzige Paradiesraptor hat einen gedrungenen, kleinen Kopf, der von langen, feinen Federn gekrönt ist, die bis zur Brust oder sogar zum Oberschenkel reichen können. Dieser Kopfputz kann sowohl nach hinten als auch nach vorne gestellt werden. Die Arm- und Schwanzfedern sind ungewöhnlich breit und kurz und werden von einem großen, bunten Kreismuster geziert, das oft an ein Auge erinnert. In der Balz werden diese Schwanzfedern gespreizt und bilden einen Halbkreis hinter dem Raptor. Die Arme des Kurzschwänzigen Paradiesraptors sind beweglicher als die aller anderen Raptoren. Dadurch ist er in der Lage, auch nach vorne einen Halbkreis aus Federn zu bilden. Mit dem Kopf zwischen diesen beiden Halbkreisen fällt es dem Beobachter schwer zu sagen, was vorne und was hinten ist. Diese Illusion verstärkt der Raptor noch dadurch, dass er sich in der Balz schnell auf der Stelle dreht. Eingezogen hängen die breiten Schwanzfedern unter dem Schwanz und verleihen dem Tier ein eigentümliches Profil. Aufgrund der Popularität ihrer Federn findet man heute nur noch wenige Kurzschwänzige Paradiesraptoren in der freien Wildbahn, aber in Gefangenschaft gibt es viele davon, und sie lassen sich auch mit anderen Spezies kreuzen. Einige dieser Mischlinge haben Doppelkreise auf den Federn, und der Valentinskurzschwanz weist sogar herzförmige Markierungen auf.

## HADROSAURIER

*Pflanzenfresser / Zwei- und Vierbeiner*

Hadrosaurier haben flache Schnäbel, die an Enten erinnern (daher auch die Bezeichnung »Entenschnabelsaurier«), große Köpfe auf flexiblen Hälsen und lange Körper, die übergangslos in lange, steife Schwänze übergehen. Sie sind in der Lage, auf ihren langen Hinterbeinen zu laufen, doch zum Grasen lassen sie sich auf alle viere nieder. Ihre hinteren Füße haben drei gespreizte Zehen und ihre starken Unterarme vier »Finger«. Drei davon sind gleich groß und einer kleiner. Oft hat sich Letzterer auch zu einem Dorn entwickelt.

Erwachsene Männchen tragen oft auffällige und ungewöhnliche Knochenpanzer auf dem Kopf. Diese Kronen ermöglichen es uns nicht nur, die Unterart und das Geschlecht der Tiere zu identifizieren, sie dienen auch der Klangverstärkung für die Kommunikation sowie der Wärmeregulation. Hadrosaurier fühlen sich in Habitaten mit viel Frischwasser besonders wohl, da ihre Nahrung größtenteils aus großen Mengen frischer Pflanzen besteht. Einige Unterarten der Hadrosaurier haben sich jedoch auf Salzwasserumgebungen spezialisiert oder können sogar in Wüsten oder Trockensteppen überleben.

Als Haustiere sind Hadrosaurier zurückhaltend und zahm. Das macht sie zu beliebten Begleitern des Menschen. In vielen Entwicklungsländern wird ihr Kot überdies als Dünger, Baumaterial und Brennstoff geschätzt.

### *Der Fäustlingshadro*

Der Fäustlingshadro hat seinen passenden Namen frühen Reisenden aus dem Westen in Südostasien zu verdanken. Die Knochenkrone der Männchen hat zwei verdrehte Vorsprünge. Der erste ist größer und flacher, der zweite kürzer und zylindrisch. Optisch ähnelt sie so einem Fausthandschuh. Doch ihr westlicher Name hat in diesem Teil der Welt natürlich keine Bedeutung, denn Handschuhe – die man im Dschungel ja nicht braucht – sind hier unbekannt. Stattdessen sind sie je nach Region unter unterschiedlichen Namen bekannt. Fäustlingshadros sind in ganz Indochina und Indonesien weit verbreitet, und Größe und Form der

Kopfkrone variieren je nach Unterart. Weibliche Tiere sind in Größe, Muster und Färbung nahezu identisch mit den Männchen, nur die Krone fehlt ihnen. Eine Herde dieser Saurier besteht stets aus zwei Alphamännchen mit einem Harem von bis zu dreißig Weibchen. Seltsamerweise zeigen die Kronen der beiden Alphamännchen immer in die entgegengesetzte Richtung, die des einen Männchens nach rechts, die des anderen nach links. Der Grund dafür ist unbekannt.

## ANKYLOSAURIER

*Pflanzenfresser / Vierbeiner*

Ankylosaurier haben breite, schwere Körper, die teilweise mit unregelmäßigen Knochenplatten gepanzert sind. Diese Platten verjüngen sich nach außen hin zu Dornen. Ihre breiten Köpfe haben einen Knochenschnabel und zwei nach hinten gerichtete Hörner sowie zwei weitere darunter, die nach unten zeigen. Die nicht von diesen Platten gesicherten Teile ihres Körpers weisen runde Osteodermata auf, Hautknochenplatten, was die Kylos zu den bestgepanzerten Sauriern überhaupt macht. Größere Varianten dieser Saurier verfügen überdies über eine zur Keule geformte Knochenmasse am Schwanzende, die die Tiere sowohl zur Verteidigung einsetzen als auch um ihre Bewegung zu unterstützen. Der Schwung der hin- und herschwingenden Keule hilft ihnen, den schweren Körper über dem Boden zu halten. Schlankere und damit leichtere Unterarten benötigen diese Keule jedoch nicht. Dafür haben sie längere Dornen an den verwundbaren Stellen, um ihre Verteidigung zu verstärken. Kylos haben hufähnliche Zehen an allen vier Beinen. Allerdings sind die Vorderbeine ein wenig kürzer als die hinteren.

Ankylosaurier gibt es in vielen Variationen, und einst lebten sie auf der ganzen Welt. Viele antike Zivilisationen stellten Rüstungen aus ihrer dicken Haut und den Knochenplatten her. Zahlreiche Beschreibungen und Darstellungen von in Kylorüstungen gekleideten Heeren führten Gelehrte zu der Annahme, dass diese formidablen Saurier einst sogar verehrt wurden. Aufgrund ihrer Fähigkeit, in Bewegung zu fressen, große Strecken zurückzulegen und die härtesten Umweltbedingungen zu ertragen, wurden diese Saurier über Jahrtausende hinweg als Lasttiere genutzt. Mit der Erfindung des Rads und von Wagen, die von Pferden gezogen werden konnten, bekamen die Menschen jedoch eine schnellere Transportmöglichkeit, und Kylos wurden immer seltener eingesetzt. Als Folge davon sind heute viele Unterarten nahezu ausgestorben. Aber man findet sie noch immer in Gegenden, wo Pferde und Karren eher unpraktisch sind, und sie können Gewichte tragen, unter denen ein Pferd zusammenbrechen würde.

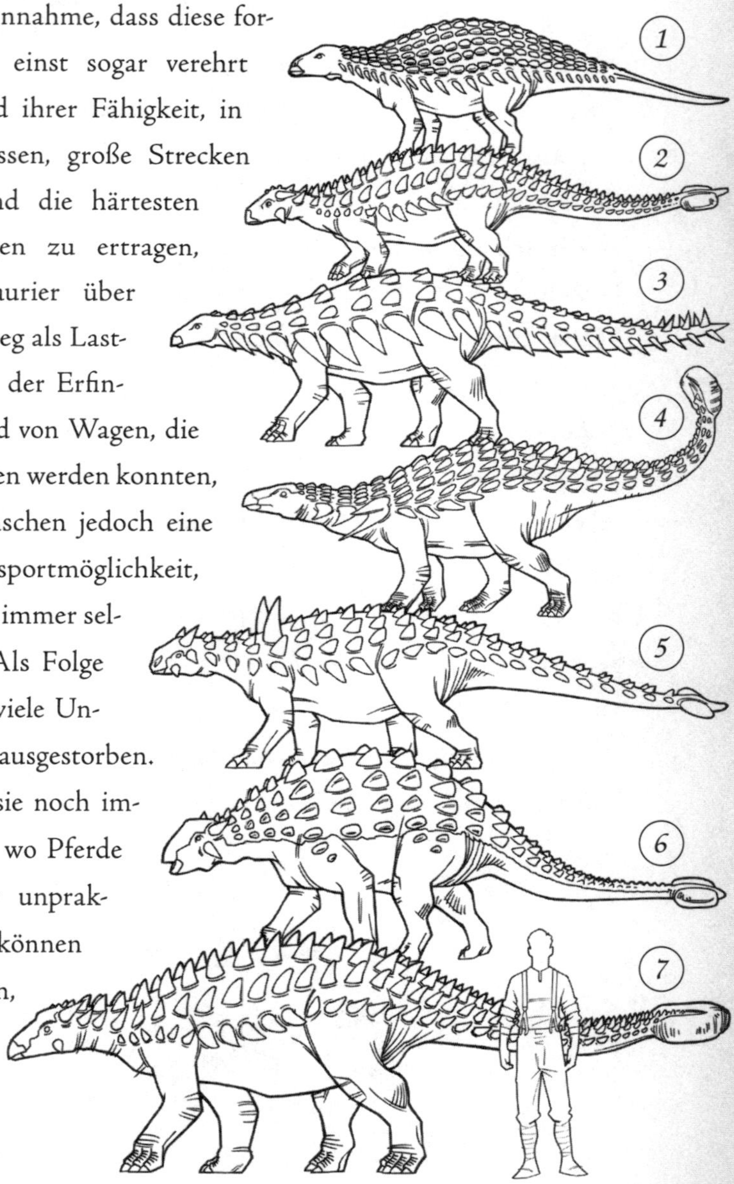


*Ankylosaurier: 1 Lederrücken / 2 Dornrücken / 3 Seitenstachler / 4 Langhorn 5 Hornrücken / 6 Höckerrücken / 7 Maximus*

## ORNITHOMIMOSAURIER

*Allesfresser / Zweibeiner*

Ornithomimosaurier, oder kurz »Mimos«, sind leicht gefiederte Saurier mit kräftigen Beinen und jeweils drei kurzen, starken Zehen an ihren langen Füßen, die in hufähnliche Klauen auslaufen. Sie haben lange, schlanke Hälse, vogelartige Köpfe mit großen Augen an der Seite und zahnlose Schnäbel. Die meisten Unterarten besitzen je drei lange, kräftige Klauen an den schlanken Armen. Damit ziehen sie Äste herunter, an denen sie fressen wollen. Manchmal ergänzen die Mimos ihre pflanzliche Diät mit kleinen Beutetieren, wenn sich die Gelegenheit dazu ergibt. Diese Saurier sind sehr sozial und leben oft in großen Gruppen.

Auf der ganzen Welt züchtet man Mimos für die unterschiedlichsten Zwecke, denn sie lassen sich leicht ausbilden, sind in Gegenwart von Menschen ruhig und kosten kaum etwas im Unterhalt. Allerdings sind sie wie alle Pflanzenfresser in Gegenwart von Raubsauriern äußerst unberechenbar. Entweder erstarren sie an Ort und Stelle, zittern unkontrolliert oder gehen durch vor Angst. Viele Besitzer nutzen deshalb Scheuklappen, um zu verhindern, dass ihre Mimos nach hinten schauen können. Andere trainieren sie, den Kopf zwischen die Armfedern zu stecken, wenn eine potenzielle Bedrohung besteht.

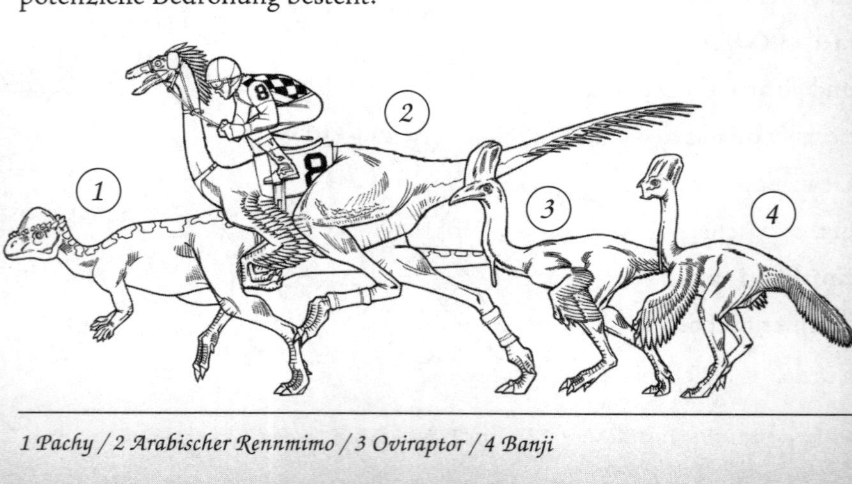


*1 Pachy / 2 Arabischer Rennmimo / 3 Oviraptor / 4 Banji*

Heute hat die Popularität von Mimorennen in einigen Teilen der Welt wieder deutlich zugenommen. Oft finden sie zusammen mit Pferderennen statt. Dabei waren die beiden Sportarten über Jahrhunderte hinweg strikt getrennt. Abhängig von der Familientradition war man entweder ein Pferde- oder ein Mimofan. Oft kam es zu Auseinandersetzungen zwischen den beiden Lagern, die sogar in Familienfehden ausarten konnten. Im Laufe des Weltkrieges wurden die beiden Sportarten jedoch für ein höheres Ziel zusammengeführt. Nach dem Krieg wiederum blieben die Pferde vor allem in der Landwirtschaft beliebt, während das Interesse an den Mimos deutlich nachgelassen hat.

*Waldmimos*

Aufgrund ihres hervorragenden Gleichgewichtssinns eignen sich Waldmimos ideal für Ritte durch dichten Wald und in den Tropen. Die Tiere bewältigen sowohl steile Anstiege als auch Abhänge mit Leichtigkeit, auf denen Pferde und selbst Esel ins Stolpern geraten würden. Waldmimos können leichtere Lasten über weite Entfernungen transportieren, und sie arbeiten gut in der Gruppe und fressen im Laufen.

## OVIRAPTOREN

*Allesfresser / Zweibeiner*

Oviraptoren sind gefiederte, vogelartige Saurier mit charakteristischen kurzen Papageienschnäbeln und oft mit Knochenkronen auf dem Kopf. Üblicherweise haben Oviraptoren lange Unterarme (obwohl das bei einigen Spezies stark variiert) mit je zwei langen Klauenfingern und einem dritten kürzeren. Die meisten Unterarten verfügen über eine Reihe verlängerter Schmuckfedern an den Armen. Die Körperfedern sind deutlich kürzer. Ihre langen Beine sind kräftig und schuppig, und ihr Gewicht tragen je drei Zehen an jedem Fuß. Ihre kurzen Schwänze enden oft in vier aneinander gewachsenen Schwanzwirbeln, an denen auch ihr Federfächer hängt. Einige Arten ergänzen ihre pflanzliche Diät durch kleine Wirbeltiere oder Weichtiere.

*Der Banji*

Beim Banji handelt es sich um einen kleinen, leichten Waldoviraptor. Er stammt aus dem Norden Chinas, doch durch den Seehandel hat er mittlerweile auch andere Lebensräume erschlossen. Tatsächlich ist er inzwischen auf vielen kleinen Inseln überall auf der Welt verbreitet. Sowohl männliche als auch weibliche Banjis haben rote Schnäbel, lange gelbe Kehllappen und in einigen Fällen leuchtend bunte Federkämme. Ihre Körperfedern sind normalerweise leuchtend grün oder türkis, einige Unterarten haben jedoch ein leuchtend blaues Gefieder. Die Weibchen sind ein wenig größer und haben einen bunteren Kopfputz als die Männchen, zumindest in den Unterarten, die einen besitzen.

In den tropischen Regenwäldern von Papua-Neuguinea, auf den umliegenden Inseln und im Nordosten Australiens hat der Oviraptor eine starke Ähnlichkeit zu den Kasuaren entwickelt – den großen Laufvögeln in dieser Region. Diese Ähnlichkeit ist sehr nützlich, denn Kasuare gelten als ausgesprochen aggressiv und greifen sogar Menschen an. Tatsächlich hat man früher geglaubt, der Kasuar sei ein Saurier. Erst im 20. Jahrhundert hat man ihn als Vogel klassifiziert. Im Gegensatz zu anderen Oviraptoren, die längliche Eier in flachen Nestern legen, gräbt der Banji große, tiefe Nester in den feuchten Waldboden. Die Wärme dort hilft ihm beim Brüten. Dadurch sind seine Eier auch vollkommen rund. Banjifleisch gilt in China als Delikatesse, und in der Mongolei ist es der Mittelpunkt des Khaanfestes. Anderswo auf der Welt gilt ihr Fleisch jedoch aufgrund seines bitteren Geschmacks als ungenießbar. Heutzutage nimmt die Zahl der Banjis rapide ab, denn auf den abgelegenen Inseln, die sie einst beherrscht haben, lassen sich immer mehr Menschen mit ihren Haustieren nieder. Vor allem die Hunde stellen eine Bedrohung für die Banjis dar, denn sie graben die Nester aus, um die Eier zu fressen. Ebenso haben die Hühner sie immer mehr verdrängt, denn Hühner liefern sowohl schmackhafte Eier als auch schmackhaftes Fleisch, und sie brauchen deutlich weniger Futter und Pflege als ein Banji. So ist zum Beispiel der Braune Banji, den man einst in ganz Neuseeland finden konnte, mittlerweile vom Aussterben bedroht, und den winzigen Rotkopfbanji findet man überhaupt nicht mehr in freier Wildbahn.

*Der Pachycephalosaurus*
*Pflanzenfresser / Zweibeiner*

Der Pachycephalosaurus, im Allgemeinen auch »Pachy« genannt, hat ein stark verdicktes Schädeldach, manchmal auch keilförmig, das von Dornen umgeben ist, die sowohl der Balz als auch der Verteidigung dienen. Ihre langen Beine haben je drei Zehen, die das gesamte Gewicht tragen, und ihre eher kurzen Arme haben fünf Finger. Ihre breiten, starken Schwänze helfen ihnen, das Gleichgewicht zu bewahren. Das hilft ihnen vor allem in dem zerklüfteten Bergland ihres natürlichen Lebensraums.

Pachys sind nomadisch, und sie kommen nicht gut mit anderen Tieren aus. Sie sind von Natur aus aggressiv. Auch in der freien Wildbahn kämpfen sowohl die Männchen als auch die Weibchen täglich um die Position des Alphatiers. Dank ihrer Schädelform und ihres gekrümmten Halses können sie jedoch nicht wie Schafe oder Ziegen die Köpfe gegeneinander knallen. Stattdessen schlagen sie seitwärts mit den Köpfen, und den Knall, wenn sie aufeinandertreffen, kann man noch in mehreren Meilen

Entfernung hören. Als Sieger gilt für gewöhnlich der, der den lautesten Knall verursacht hat, und das ist nicht unbedingt der Pachy, der am härtesten zugeschlagen hat. In der Balzzeit versammeln sich große Herden von Pachys, und der Lärm, den sie erzeugen, ist geradezu ohrenbetäubend und hält über Tage hinweg an.

Gezähmte Pachys kommen in der ganzen Welt zum Einsatz. Ihre Fähigkeit, große Lasten über weite Strecken zu transportieren, macht ihr asoziales Verhalten anderen Tieren gegenüber wieder wett. Ihre Unfreundlichkeit macht sie zudem zu hervorragenden Wachsauriern, denn sie gehen jeden Eindringling umgehend an. Während Wachhunde bellen oder vielleicht auch mal beißen, stürmen Pachys auf ihren Gegner los, und mit ihrem massiven Kopfpanzer können sie selbst einem kräftigen Mann die Knochen brechen. So sind sie verständlicherweise auch gefürchtet, und selbst ihre Besitzer müssen Vorsicht walten lassen.

Durch Zucht kämpfen domestizierte Pachys zwar nicht mehr täglich um ihren Status in der Herde, dennoch muss man ihnen mit genauso großer Vorsicht begegnen wie ihren wilden Vettern. Dabei muss der Besitzer sich selbst als Alphatier etablieren. Für gewöhnlich macht ein Metalleimer, den man einem Tier auf den Schädel schlägt, genug Lärm, um zu »gewinnen«, doch manchmal muss man sich auch einem echten Duell stellen. Jeder Pachyhirte kann Geschichten darüber erzählen, wie er sich einmal für einen Tag dem Sieger hat beugen müssen. Leider muss der unterlegene Mensch in so einem Fall häufig medizinische Hilfe in Anspruch nehmen.

## RHAMPHORHYNCHIDAE

*Allesfresser / Flugsaurier*

Es gibt über tausend bekannte Arten von Rhamphorhynchidae, kurz Rhampos genannt, und vermutlich ist kein Flugwesen so missverstanden wie sie. Viele große Religionen verteufeln die Rhampos als »fliegende Dämonen«, doch eher schamanisch geprägte Völker betrachten sie sogar als Glücksbringer, denn sie fressen Moskitos und anderes Ungeziefer. Auch gelten sie bei vielen Naturvölkern als Delikatesse. Einen zu fangen und zu essen gilt als großes Glück. Rhampos werden oft mit Dsungas verwechselt, dabei gibt es zwei Merkmale, an denen man sie gut voneinander unterscheiden kann. Rhampos haben lange Schwänze und nach vorne und manchmal auch nach außen gebogene Nadelzähne. Dsungas wiederum haben kurze Schwänze und nur kleine Zähne. Für gewöhnlich haben Rhampos lange Schnäbel (mit Ausnahme einer Unterart, den Womp Rhampos), während Dsungas eher kurze, breite Köpfe haben, mit Ausnahme einer gut dokumentierten Untergruppe von Galapagos-Dsungas. Die haben zahnlose, scharfe Schnäbel.

### *Der Rhiptus-Rhampo*

Den Rhiptus-Rhampo findet man vorwiegend in Indonesien, Papua-Neuguinea und Nordaustralien. Ein paar kleinere Kolonien sind auch in Japan bekannt. Man geht davon aus, dass man sie Anfang des 19. Jahrhunderts eingeführt hat, um eine Mückenplage zu bekämpfen. Rhiptus-Rhampos haben eine charakteristische, nach oben gebogene Schnabelschnauze, verdrehte Zähne und große Augen, die es ihnen ermöglichen, selbst bei schlechtem Licht im Dschungel zu sehen. Mit einer durchschnittlichen Flügelspannweite von 70 Zentimeter ist der Rhiptus-Rhampo einer der größten subtropischen Rhampos. Er fängt seine

Beute meist im Flug. Sein kurzes Federkleid ähnelt mehr einem Fell als einem Gefieder und dient dazu, den Regen abzuweisen. Seine Flügelmembran ist leicht irisierend und mit Mustern versehen. Besonders auffällig ist der lange, steife Schwanz mit der farbenfrohen Fahne.

*Der Rhampo-Rhampo*

Der Rhampo-Rhampo hat eine Flügelspannweite von durchschnittlich 30 Zentimeter. Er ist einer der winzigsten Rhampos der Welt. Man findet ihn vorwiegend in kleineren Waldgebieten oder landwirtschaftlichen Gebäuden, denn seine Nahrung besteht hauptsächlich aus Schmeißfliegen. Europäische Rhampos sind größtenteils grau und haben eine breite, stumpfe Schnauze, die perfekt zu ihrer Nahrung passt. Ihr langer, steifer Schwanz hat eine kleine, dunkle, ovale Fahne. Die europäischen Rhampos mischen sich häufig mit dem Braunrhampo. Daraus ist der Gemeine Rhampo-Rhampo entstanden, in dessen Gefieder sich beide Farben mischen. Aufgrund des Niedergangs der traditionellen Landwirtschaft hat auch die Zahl der Rhampo-Rhampos stetig abgenommen, und inzwischen haben mehrere europäische Staaten Gesetze zu ihrem Schutz erlassen. Außerdem leiden die europäischen Rhampo-Rhampos stark unter der Geflügelmilbe, die von Hühnern übertragen wird. Die Milben infizieren ihre Nester und rufen Hautirritationen hervor. Wenn die Rhampos sich dann mit ihren spitzen Zähnen kratzen, fallen ihre Federn aus, und oft schaffen ihre halbnackten Jungen es nicht durch den ersten Winter.

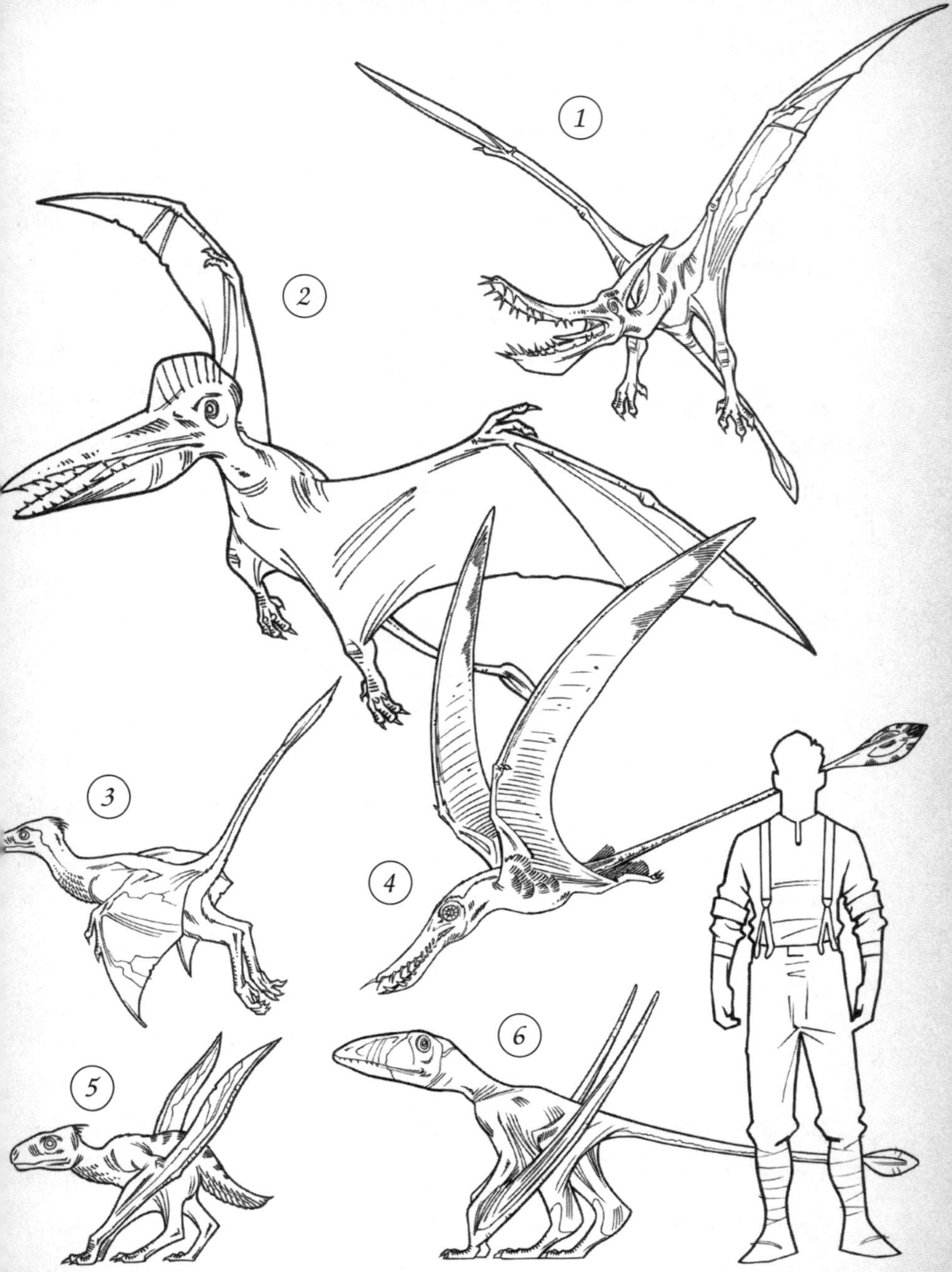


1 Womp-Rhampo / 2 Meerespterosauria / 3 Rhampo-Rhampo / 4 Rhiptus-Rhampo
5 Dsunga / 6 Stupsnäsiger Rhiptus

## CERATOPSIER

*Pflanzenfresser / Vierbeiner*

Ceratopsier sind stämmige Vierbeiner mit dicken Schwänzen und kurzen, starken Gliedmaßen. Sie haben drei Hufzehen an jedem Vorderfuß und je vier hinten. Was sie unverwechselbar macht, sind die mächtigen Hörner und Knochenkragen an ihren dicken Hälsen. Sie dienen sowohl der Balz als auch der Verteidigung sowie der Wärmeregulation. Die Ausrichtung, Zusammenstellung, Farbe und Größe ihrer Hörner und Kragen sind bei den einzelnen Unterarten außergewöhnlich variantenreich. Die meisten Ceratopsier haben entweder lange, dreieckige Kragen und gut entwickelte Stirnhörner oder aber eher kurze, rechteckige Kragen mit Dornenrändern und einzelne Nasenhörner. Die Mehrheit lebt in riesigen Herden. Diese Herden haben eine komplizierte Sozialstruktur und eine feste Hierarchie. Aufgrund ihres saftigen Fleisches und ihrer vielseitig verwendbaren Haut geht man davon aus, dass die Ceratopsier zu den ersten Tieren gehörten, die der Mensch gezähmt hat. In einigen der ältesten altsteinzeitlichen Höhlen sind überdies Jagdszenen mit Ceratopsiern zu sehen. Durch Zucht sind verschiedene Hybriden entstanden, die sich besser zur Fleisch- und Lederproduktion eignen wie auch für viele Sportarten und landwirtschaftliche Arbeiten.

### *Das Silberkurzhorn*

Das Silberkurzhorn gehört zu den kleineren Ceratopsiern, und die häufigste Variante findet man heute in Indonesien. Ihre vergleichsweise geringe Größe sowie ihre eher kleinen Hörner und Kragen machen sie zusammen mit ihrer Gutmütigkeit ideal für Inselgemeinschaften, bei denen Zäune unüblich sind. Das Silberkurzhorn stammt ursprünglich von Java. Es ist eine Kreuzung der größeren einheimischen Silberhaut mit dem beliebten Westlichen Kurzhorn. So entstand ein kleinerer Ceratopsier mit dem schmackhaften Fleisch des Westlichen Kurzhorns und dem edlen Leder der Silberhaut, das in einer Vielzahl von Kleidungsstücken und Haushaltsgegenständen Verwendung findet.

Silberkurzhörner werden oft als Paar gehalten. Alle achtzehn Monate legen sie acht bis zehn Eier. Beide Geschlechter beteiligen sich an der Aufzucht der Jungen. Für gewöhnlich werden die Jungtiere dann mit ungefähr achtzehn Monaten geschlachtet, um Platz für die nächste Brut zu schaffen. Inzwischen verbieten Gesetze, die Jungtiere vor dem Schlachten zwei Wochen lang hungern zu lassen, um die Haut besser abziehen zu können, doch in der Praxis wird diese barbarische Methode an abgelegenen Orten noch immer angewandt.

## TYRANNOSAURIER

*Fleischfresser / Zweibeiner*

Diese Fleischfresser haben kurze s-förmige Hälse, um ihre massiven Schädel zu stützen, und mächtige Kiefer mit der höchsten Beißkraft aller Landtiere. Tyrannosaurier – oder kurz Tyrannos – haben einen breiten, kräftigen Oberkörper, mächtige Beine mit je drei Zehen (die unter den Sauriern zu den längsten im Vergleich zur Körpergröße gehören) und einen langen, schweren Schwanz. Ihre vorderen Gliedmaßen sind zwar kräftig, aber kurz und haben je zwei Klauenfinger. Um das Gewicht des riesigen Körpers auszugleichen, sind die meisten Knochen der Tyrannos hohl, was ihr Gesamtgewicht erheblich reduziert, ohne dass sie an Kraft verlieren würden. Einige Tyrannos, sogenannte Ceratyrannos, haben hornähnliche Auswüchse auf dem Kopf. Die einzelnen Arten unterscheiden sich stark in ihrer Größe.

*Der Schwarze Zwergtyranno*

Der Schwarze Zwergtyranno ist bei Weitem der kleinste bekannte Tyrannosaurier. Ausgewachsene Tiere messen maximal acht Meter. Man nimmt an, dass sie sich auf der kleinen Insel Flores in Indonesien entwickelt haben. Fossilien, die man auf anderen umliegenden Inseln gefunden hat, legen nahe, dass die Tiere einst gute Schwimmer waren. Vermutlich konnten sie ihre Köpfe dank ihrer langen Hälse selbst auf größeren Distanzen über Wasser halten. Die modernen Nachfahren dieser Tiere verbringen jedoch mehr Zeit an Land, wo sie im Flachwasser Fische fangen und sich so gut wie nie bis hinter die Korallenriffe wagen. An ihren Unterarmen haben die Schwarzen Zwergtyrannos eine zusätzliche Haut, sodass sie die Arme beim Schwimmen einsetzen können, und ihre verlängerten Schwanzfedern dienen im Wasser als Antrieb.

Schwarze Zwergtyrannos haben ein ungewöhnliches dominantes Gen, das für eine Hyperpigmentierung verantwortlich ist, eine sogenannte Fibromelanosis. Das heißt, dass ihre Haut, ihre Federn, ihre Klauen, ihre Knochen und sogar ihre inneren Organe kohlrabenschwarz sind. Ihr Blut und ihre Zunge sind jedoch nicht davon betroffen, auch wenn beides

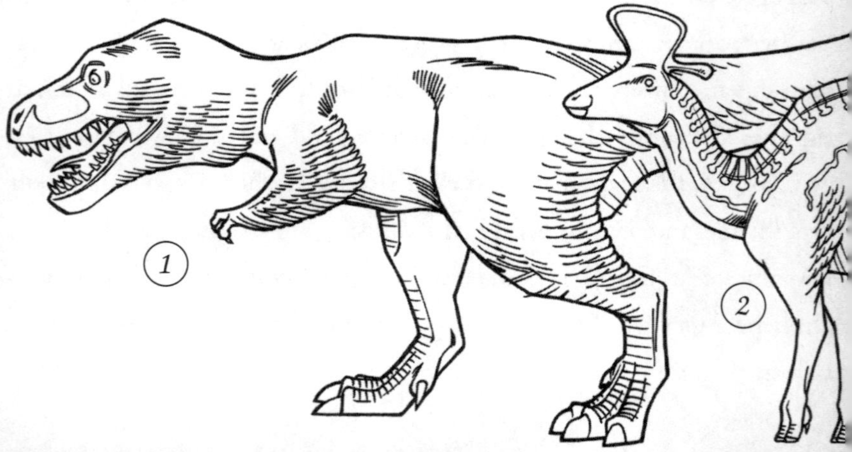


*1 Schwarzer Zwergtyranno / 2 Fäustlingshadro / 3 Silberkurzhorn*

ungewöhnlich dunkel ist. Man nimmt an, dass diese Mutation das Ergebnis von Inzucht ist, bedingt durch ihre isolierte Evolution.

Ihre hauptsächlich auf Fisch basierende Nahrung hilft den Schwarzen Zwergtyrannos, ein Öl zu produzieren, das sie aus jeder Pore ausscheiden. Dieses Öl nährt die schwarzen Federn, macht das Gefieder wasserdicht und hält Sandfliegen und andere Insekten ab, die sich für gewöhnlich am Ufer tummeln. Die so geölten Federn schimmern irisierend und schützen die Haut des Tyrannos vor ultraviolettem Licht. Das verleiht dem Schwarzen Zwergtyranno überdies das furchterregende Aussehen eines gut geölten Bodybuilders.

Schwarze Zwergtyrannos geben ein charakteristisches, nervöses Klappern von sich, das entsteht, wenn sie den Unterkiefer hin und her bewegen und gleichzeitig geifern und atmen. Niemand weiß, warum sie das tun, doch die ersten Siedler auf diesen Inseln glaubten, die Tyrannos seien Teufel, die man aus der Hölle verbannt habe, und sie zitterten, weil sie nach den Höllenfeuern ständig froren.

# DANKSAGUNG

Allen, die ich kenne, und allen, die mich in irgendeiner Form beeinflusst haben, danke ich dafür, dass ich zu dem Menschen geworden bin, der ich heute bin. Nur deshalb ist mein Traum der SUPERSAURIER wahr geworden. Und ohne die Hilfe der folgenden Personen würden die SUPERSAURIER auch nach wie vor nur in meinem Kopf herumschwirren. Dank an:

Chris West – dafür, dass du bereits vor langer Zeit mit mir auf diesen Zug aufgesprungen bist und mir dabei geholfen hast, dieser Welt Leben einzuhauchen. Er würde Patsy, Sophia und Jasmin für ihre Liebe, Unterstützung und unzählige Tassen Tee danken.

Matt Nicholls – ohne den nichts von alldem hier möglich gewesen wäre.

Jamie Sully – die alles unter Dach und Fach gebracht hat, sodass dieser Traum real wurde.

Jeremy Davies – der als Zweiter mit mir auf den Zug aufgesprungen ist.

Jack Dyson und Matt Kopinski – die mir dabei geholfen haben, das Ganze in Worte zu fassen.

Jon Elek und Nicholas Lovell – für ihre Beratung und Begeisterungsfähigkeit.

Das fabelhafte Team bei Preloaded – die bei der Entwicklung und Umsetzung der App geholfen haben.

Mark Smith und alle bei Bonnier – die dieses Abenteuer realisiert haben, allen voran meine fantastische Lektorin Emma Matthewson.

Liebe, Unterstützung und Zuspruch in höchstem Maße bekam ich in den letzten Jahren von:

Meiner wunderbaren Frau Mel und unseren Jungs Cash und Carter, die mir alles bedeuten.

Der Familie Burridge: Barbara, Roger, Patricia, Cody, Bev, Sienna und Carmen.

Der Familie Myers: Micki, Matthew, Lucia, Javier, Jackson, Kate, Lola und Toni.

Den Familien Moss/Woods/Logan: vom Richter, Lisa, Caitlin, Mimi, Becca, Toby, Wilbur, Bennett, Nick, Caz, Freddie, Gail und Ian, Harriet, von Mark und den Jungs, Barnaby, Sam, von Lana und dem echten Theo Logan.

Matt, Lou, Guy, Bea und Honor Nicholls. Jase, Elly, Cass und Noah Flemyng, Minnie und Henry Driver; Shane, Nigel, Kate und Phillip Winser. Pete, Laura, Archie, Kit und Annie Williams. Amy, Tim, Nell und Jago Bevan. Mike, Mel, Bonnie, Lulu und Carmella Keat. Claire, Bob, Audrey und Louis Sakoui. Und von meinen Countryshire-Freunden: den Crossleys, den Van-Cutsems, den Delevingne-Grants, Martin Goodyear und Tania Rotherwick.

Jamie Oliver danke ich für seine unerlässliche Unterstützung und Freundschaft und dafür, dass er einen verrückten Einfall in ein Dinosaurier Diner verwandelt hat. Dank an Steve Lazarides, den Captain, den Sailorboy, Schwester Millie, Fabian Fritze und das gesamte Team, das bei der Ausstellung in LA mitgewirkt hat.

Schließlich noch mein Dank an Huse Monfaradi, weil ich ihm vor sehr langer Zeit einmal versprochen habe, dass er, wann immer möglich, ohne speziellen Grund in meiner Widmung vorkommen würde.

Ich widme dieses Buch außerdem dem wundervollen Mike Myers und Mark Speight, die sich so manches haben entgehen lassen.

Jay Jay x

Begib dich im nächsten Band der

# SUPER SAURIER

mit Bea und Carter auf ein neues Abenteuer!
Die Geschwister erwartet in der Wildnis Afrikas eine gefährliche Mission mit gigantischen Dinosauriern ...

NORTH AMERICA
NORTH PACIFIC OCEAN
SOUTH PACIFIC OCEAN
SOUTH AMERICA
NORTH ATLANTIC
SO ATLAN OCE
ANTARCTI
180 165 150 135 120 105 90 75 60 45 30 15